Jacques Berndorf
Magnetfeld des Bösen

Jacques Berndorf Jacques Berndorf ist das Pseudonym des 1936 in Duisburg geborenen und 2022 in Dreis-Brück in der Eifel verstorbenen Journalisten, Sachbuch- und Romanautors Michael Preute. Sein erster Eifel-Krimi, *Eifel-Blues*, erschien 1989. In den Folgejahren entwickelte sich daraus eine deutschlandweit überaus populäre Romanserie mit Berndorfs Hauptfigur, dem Journalisten Siggi Baumeister.

Berndorf setzte mit seinen Romanen nicht nur die Eifel auf die bundesweite Krimi-Landkarte, er avancierte auch zu einem der erfolgreichsten deutschen Kriminalschriftsteller mit mehrfacher Millionen-Auflage. Sein Roman *Eifel-Schnee* wurde im Jahr 2000 für das ZDF verfilmt. Drei Jahre später erhielt er vom »Syndikat«, der Vereinigung deutschsprachiger Krimi-Autoren, den »Ehren-Glauser« für sein Lebenswerk.

Jacques Berndorf

Magnetfeld des Bösen

Die Originalausgabe erschien 1969
als Fortsetzungsroman im *Stern*
und 1970 in Buchform
im C. Bertelsmann Verlag.

1. Auflage 2016
2. Auflage 2016
3. Auflage 2016
4. Auflage 2016
5. Auflage 2016
6. Auflage 2017
7. Auflage 2017
8. Auflage 2020
9. Auflage 2024

© KBV Verlags- und Mediengesellschaft mbH, Hillesheim
www.kbv-verlag.de
E-Mail: info@kbv-verlag.de
Telefon: 0 65 93 - 998 96-0
Umschlaggestaltung: Ralf Kramp
unter Verwendung von: © Tupungato - www.fotolia.de
Druck: CPI books, Ebner & Spiegel GmbH, Ulm
Printed in Germany
ISBN 978-3-95441-289-1

Jacques Berndorfs erster Kriminalroman

»Dieser Tag ist wichtig, ungeheuer wichtig sogar. Denn an diesem Tag begaben sich sechs Menschen in die düstere, eklige Welt des Verbrechens. Fünf von ihnen, ohne es zu ahnen, einer mit festem Vorsatz.«

Den jungen Journalisten Michael Preute, aus dem später einmal der Romanautor Jacques Berndorf werden sollte, der irgendwann die große Welt gegen die kleine Eifel eintauschte, verband eine recht kurze berufliche Zusammenarbeit mit dem *Stern*. Für das Hamburger Magazin übernahm er für ein Jahr den Posten des NRW-Büros mit Sitz in Düsseldorf. Er war damals etwa dreißig Jahre alt, und dieser Job war einer der letzten in Festanstellung, bevor er sich schließlich als Freier Journalist auf unsicheres Terrain wagte.

Trotzdem brach der Kontakt zum *Stern* nicht ganz ab. Neben seinen engagierten Reportagen, für die er mittlerweile von Kontinent zu Kontinent hetzte, pflegte er seine wachsende Leidenschaft für spannende

Romanstoffe. Schon mit Mitte Zwanzig hatte er für den *Duisburger General-Anzeiger* eine Fortsetzungserzählung verfasst, und dann, im Jahr 1969, erzählte er im *Stern*, aufgeteilt auf mehrere Ausgaben, die Geschichte des Kölner Industriellen Friedrich Kraft, der eines Tages zu erkennen glaubt, dass der Mord an seinem Schwager für ihn der einzige Ausweg aus seiner beruflichen und privaten Misere zu sein scheint. Die Tat, die er folgen lässt, und die tragischen Verstrickungen, die sich in der Folge entwickeln, werden mit beeindruckender Nüchternheit und erschreckender Härte erzählt.

Als Buch erschien »Magnetfeld des Bösen« dann im Jahr 1970 und ist somit der erste von Jacques Berndorf veröffentlichte Kriminalroman, der heute, nach mehr als 40 Jahren, nun endlich wieder in gedruckter Form vorliegt.

Die Details seiner Geschichte hat der Autor dem wirklichen Leben abgeguckt. Die Typen, ihre Psyche, die Ermittlungen, die Justiz – er hat all diese Erfahrungen umsortiert und vor dem Hintergrund der zu Ende gehenden unruhigen 60er Jahre zu einem hochspannenden Drama wieder neu zusammengesetzt. »Magnetfeld des Bösen« transportiert das Lebensgefühl und die Ängste einer vergangenen Epoche und ist trotzdem in seiner brillanten Erzählweise zeitlos. Es lohnt sich, dieses Buch zu lesen.

Ralf Kramp, Verleger

Prolog

Ich habe das Ausmaß der Tragödie jetzt begriffen, aber es fällt mir schwer, sie niederzuschreiben. Gleichgültig, ob man eine Figur des mörderischen Spiels war oder, wie ich, nur Sachbearbeiter: Bei der Aufzeichnung der Ereignisse muss höchste Sorgfalt angewandt werden. Zu groß ist die Gefahr, dass man von Gefühlen mitgerissen wird.

Ich bin Staatsanwalt, nicht Erster Staatsanwalt, nicht Oberstaatsanwalt. Ich werde auch nicht die Anklage vertreten. Das wird der rotgesichtige, arrogante Fiedler tun. Er hat erklärt, er brauche bei diesem »menschlich so interessanten Fall« drei junge Dachse, die ihm die Kleinarbeit abnehmen. Er hat mir den Bereich Motive der Frauen zugeteilt. Ich habe amtlich-artig geantwortet: »Jawohl, Herr Oberstaatsanwalt!« Und bin sofort krank geworden. Fiedler hat für so etwas sehr viel Verständnis, weil er leberkrank ist. Er trinkt zu viel und motiviert das mit gesellschaftlichen Verpflichtungen. Als ich ihm sagte, ich würde den Fall trotz meiner Grippe zu Hause bearbeiten, war er höchst zufrieden.

Er weiß nicht, dass ich zwei der Mörder kannte, und er wird es auch nie erfahren. Er weiß auch nicht, dass ich versuchen will, den ganzen Fall zu erklären, nicht nur die Motive der Frauen.

Ich frage mich, warum ich das tue. Warum mache ich mir die Mühe, spiele krank und schreibe auf, was war?

Wahrscheinlich, weil ich befürchte, dass irgendjemand Unrecht getan werden könnte. Ich weiß es nicht genau.

Ich muss versuchen, den Toten und Lebenden gegenüber gerecht zu sein. Man kann auch dem Mörder Unrecht tun. Und dem Mörder des Mörders. Und Mörder Nr. 3.

Einige Sätze, einige Gedanken, Gesten sind erfunden.

Ich musste sie erfinden, weil ich nicht die Möglichkeit habe, Tote zu fragen. Zugleich muss ich aber szenisch denken, muss Verbindungen schaffen, muss die Bühne bauen, auf der das alles abrollte.

Es wird schwer sein, leidenschaftslos zu berichten. Ich sehe das erste Opfer vor mir, wie es mit verzerrtem Gesicht, schlaff wie ein Gallertklumpen, im blaugrünen Wasser des Mittelmeeres hin und her schwappt.

27. Juli

Dieses Datum ist wahrscheinlich objektiv falsch. Niemand wird je herausfinden, an welchem Tag, zu welcher Stunde der Tod des ersten Opfers endgültig geplant wurde. Ich bin sogar sicher, dass nicht einmal die Jahreszahl bestimmbar ist.

Sie lag nackt auf dem Bett, die Beine leicht gespreizt, und summte *Michelle* vor sich hin. *Michelle* war ein Schlager, den in diesen Monaten jeder summte.

»Es ist sieben«, sagte sie heiser. Morgens war sie immer heiser, weil sie zu viele Gauloises rauchte und abends Korn trank. Aber schon morgens war sie hübsch mit ihrem langen dunklen Haar, ihren großen dunklen Augen und dem großen sinnlichen Mund. Sie sah niemals aus, als habe sie gerade geschlafen.

Kraft stand vor dem Spiegel und band eine Krawatte. Er drehte sich leicht zur Seite und betrachtete sie mit dem heiteren Stolz des Besitzers. Er sagte: »Es ist schamlos, wie du daliegst.« Tatsächlich war er stolz darauf, dass sie so war. In den ersten Monaten ihrer Ehe hatte ihn das irritiert, aber das war nun drei Jahre her, und er hatte begriffen, dass sie ihn mit ihrer Schamlosigkeit reizen wollte und dass sie ihm vorbehalten war.

Sie richtete sich seufzend auf und griff nach den Zigaretten auf dem Lederkissen neben ihrem Bett. »Ich bin nicht schamlos.« Sie hustete. »Ich mag das so.« Sie starrte auf seinen breiten Rücken, schloss die Augen und fragte mit einer Spur von Ungeduld: »Wie lange wirst du in der Fabrik bleiben müssen?« Sie hörte, wie er die Schranktür aufschloss. Jetzt nahm er sein Jackett heraus und zog es mit den ihm eigenen, schnellen, energischen Bewegungen an. Er antwortete nicht, er antwortete nie auf diese Frage, obwohl sie sie nahezu jeden Morgen stellte.

»Es ist sieben«, sagte sie. »Und du hast noch eine Stunde Zeit. Es ist viel zu früh.«

»Ich stehe doch gern früh auf«, sagte er leichthin. »Ich will mich an den Schreibtisch setzen und ein bisschen nachdenken.«

Sie lächelte. »Natürlich über Schumacher«, murmelte sie. »Und ob er dir heute wieder etwas zwischen die Beine werfen wird.«

»Das auch.« Er gab es nur widerwillig zu, aber es hatte keinen Sinn zu lügen. Sie wusste ohnehin sehr genau, wie es um ihn und Schumacher stand.

Während sie die Beine aus dem Bett schwang, betrachtete er sie aufmerksam. Sie war jetzt neunundzwanzig, aber ihr Körper war noch der einer Zwanzigjährigen. Nicht einmal die Brüste hatten an ihren Ansätzen diese verräterisch gekräuselte Haut. Sie standen noch immer steil herausgereckt wie Waffen. Er lächelte bei dem Gedanken.

»Was lachst du?«

»Ich habe dich angesehen.«

»Das habe ich gemerkt. Man merkt es auf der Haut.« Sie sah aufmerksam an sich herunter. »Ist irgendwo etwas auszusetzen?«

Er sah auf das dunkle Dreieck zwischen ihren Beinen und schüttelte den Kopf. »Ich könnte dein Vater sein«, sagte er.

Er sagte das häufig, und sie glaubte, er wolle dann Komplimente hören. Also murmelte sie: »Sei nicht albern, du bist großartig.«

Er lächelte und wusste, dass das nicht stimmte. Vielmehr war sie großartig, und er schwamm begierig in ihrem Kielwasser. Es war ihm noch nicht bewusst, dass er sein Alter immer häufiger erwähnte. Nur Melancholie spürte er manchmal, einen sanften Druck, vor dem er sich fürchtete.

Laut rief er hinunter: »Therese! Ist das Frühstück fertig?«

Und sofort kam von unten Thereses Stimme: »In zwanzig Minuten!«

Kraft nickte, sah seine Frau gedankenverloren an und fuhr mit der rechten Hand über die glattgelackte Fläche des Türrahmens. Das Buch war unten.

Es gab Dinge, die getan werden mussten, und dies war so eine Sache. Er wehrte sich schon lange nicht mehr dagegen. Er spürte auch nie die Versuchung, Rita etwas davon zu sagen, und der Gedanke an ihre mögliche Reaktion erheiterte ihn derart, dass er sich schnell abwandte und die Treppe hinunterging. Nach vier Stufen erreichte ihn ihre Stimme.

»Ich gehe in die Sauna und zur Massage. Holst du mich ab?«

»Es wird nicht gehen«, antwortete er. »Schumacher macht Dampf, viel Dampf.« Er hörte noch, wie sie unwillig mehrere Male »Schumacher, Schumacher« murmelte, dann erreichte er die Tür zum Wohnzimmer und starrte durch den mattdunklen Raum auf das große helle Viereck des Fensters zur Terrasse. Er ging schnell an das wandhohe Regal mit den vielen Büchern, von denen er höchstens zehn gelesen hatte.

Bevor er das Buch herausnahm, zog er die Klappe des Plattenspielers auf und suchte bedächtig zwischen den grellfarbenen Hüllen nach *Sergeant Pepper's Lonely Hearts Club Band*. Er mochte die Beatles, und er war stolz darauf, zu den Leuten zu gehören, die fünfzig Jahre alt sind und die Beatles mögen.

Er nahm jetzt das Buch heraus und legte es auf den Schreibtisch. Er begann nicht sofort zu lesen, sondern stellte sich an das große Glasfenster zur Veranda.

Er starrte hinüber zu den Türmen des Domes. »Gloria in excelsis Deo ...«

Es würde immer wieder so sein. Sie würden zusammen in das Hochamt gehen, formiert wie eine kleine private Prozession. Schumacher voran, dann er mit Rita, dann Andreas mit Chris. Sie würden knien und stehen, irgendeine endlose Predigt hören, an der nichts neu war, und die Kommunion empfangen. Schumacher würde, ebenso wie er und Andreas, einen

Hundertmarkschein in den Klingelbeutel werfen, sie würden sich bekreuzigen und gehen. Und irgendwo in ihrer Nähe würde Ilse Winter sich bewegen, Schumachers Geliebte. Sie würde herausfordernd auf den Stufen des Portals stehen, dann dicht an Schumacher vorbeigehen, ihm irgendetwas zuflüstern und im Gewirr auf dem Domplatz verschwinden. Schumacher würde ihnen gleichgültig zunicken und einen schönen Sonntag wünschen. Dann würde auch er verschwunden sein.

Und in dieser so selbstsüchtig frömmelnden Stadt wohnt ein Mann, der töten wird, kühl und gezielt töten. Kraft dachte, dass man das in bestimmten Kreisen für ganz selbstverständlich halten mochte. Aber in der guten Gesellschaft von Köln am Rhein?

Er wandte sich um und ging zum Schreibtisch.

Das Buch trug den Titel *Das Jahrhundert der Detektive*. Er wusste nichts über den Autor, aber er war ihm fast überschwänglich dankbar für den Fingerzeig, den er ihm gegeben hatte. Das Buch war 571 Seiten stark, und Kraft hatte das wichtige Kapitel durch einen reinen Zufall entdeckt. Zunächst hatte er nicht begriffen, was er las, er hatte das Buch fortgelegt, um Stunden später ganz plötzlich zu begreifen.

Ihn interessierten nur ein paar Seiten, und er kannte beinahe jede Zeile auswendig. Auf Seite 230 stand die Passage, die ihn am meisten beschäftigte: *Auch auf dem Gebiet des Todes im Wasser war es also gelungen, vielerlei diagnostische Möglichkeiten zu schaffen, soweit es sich um die Untersuchung von Todesfällen handelte, die kurz oder relativ kurz zuvor eingetreten waren. Viel schwieriger war es festzustellen, ob ein Toter zwar noch lebend, aber gewaltsam ins Wasser gestürzt oder unter Wasser gedrückt worden war. Es gab Möglichkeiten, tödliche Verletzungen nachzuweisen, wenn dem Sturz ins Wasser ein Mord voraufgegangen war. Doch beim Tod durch gewaltsames Ertränken stellte die Untersuchung besondere Probleme. Hier gab es nur einen die Diagnose erleichternden Umstand: Die Opfer gewaltsamen Ertränkens setzten sich im Todeskampf unverhältnismäßig heftig zur Wehr. Sie zwangen ihre Mörder, fest zuzupacken, mit oft verzweifelter Kraft, sodass Quetschungen und Kratzwunden entstanden.*

Kraft zündete sich eine Zigarette an und blies den Rauch gegen das Fenster. Dann schlug er die Seite 241 auf. Dort war ein Bild des englischen Ehepaares Smith. Dieser George Smith faszinierte Kraft. Auf dem Foto stand er im Gehrock neben einer auf einem Stuhl sitzenden Frau, und sein Gesicht unter dem Zylinder war voller Schatten, nichtssagend. Unter dem Foto waren zwei Zeichnungen. Eine zeigte eine nackte Frauenleiche in einer mit Wasser gefüllten Badewanne. Die zweite zeigte diese Wanne von oben mit den verschiedenen, gestrichelt angedeuteten Tiefen der Wanne. Der Textblock daneben gehörte zum festen Repertoire Krafts. Er hatte ihn so oft gelesen, dass er ihn hätte aufsagen können wie Kinder ein Geburtstagsgedicht.

Der Erste Weltkrieg verhinderte, dass der Fall des Engländers G. J. Smith, der zwischen 1911 und 1914 drei von ihm geheiratete Frauen in Badewannen ertränkte, zu einer kriminalistischen Sensation der Weltpresse wurde. Die Toten zeigten keine Spur von Gewaltanwendung. Das Bild zeigt ihn mit einem seiner Opfer, Bessie, geb. Mundy. Spilsbury gelang der Nachweis, dass Smith seine ahnungslosen Opfer im Bad bei den Füßen gepackt und die Füße in die Höhe gerissen hatte. Der Oberkörper glitt unter Wasser, das in Mund und Nase eindrang und einen Schocktod herbeiführte.

Rita rief von irgendwoher: »Ich suche meine Handcreme.«

Therese schrie etwas zurück, was Kraft nicht verstand. Er starrte auf das Foto und dachte, dass die Polizei damals in England sehr lange geglaubt hatte, die drei Frauen seien ertrunken. Und er war sicher, dass kein Gelehrter wie Spilsbury auftauchen würde, um ihm einen Mord nachzuweisen.

Kraft war ein überaus vorsichtiger Mann, ein wirklich guter Mörder.

Er klappte das Buch zu, stand auf und stellte es zurück zwischen die anderen. Er wusste nicht genau, woher er dieses Buch hatte. Vermutlich war es ein Geburtstagsgeschenk von einem der Leute in der Firma, von der Planungsabteilung oder seinem Sekretariat. Bücher interessierten ihn nicht.

Er stellte den Plattenspieler ab und rief: »Ich möchte Kaffee!«

Flüchtig glitt sein Blick über den Schrank mit den Jagdwaffen, und er dachte beschämt, dass er vor Monaten in Erwägung gezogen hatte, sein Opfer mit einer dieser Waffen zu erschießen. Es war unglaublich, wie dumm man sein konnte, wenn man jemanden hasste.

Therese glitt wie ein Schatten durch die Diele zum Esszimmer hin.

»Guten Morgen, altes Haus!«, sagte Kraft heiter.

Die Alte tauchte wieder in seinem Blickfeld auf und nickte einmal kurz. Es war ihre Art, Zuneigung zu zeigen, und Kraft amüsierte das immer aufs neue.

Rita stand auf der Treppe in einem sehr knappen Bikini. Sie liebte derartige Überraschungen, und er ging mit viel Verständnis darauf ein.

»Was soll das?«

Sie lachte, ließ einen Augenblick die Hüften kreisen, und ihre langen dunklen Haare bewegten sich träge wie ein schwerer Vorhang. »Ich werde ihn tragen.«

»Dann bekomme ich Konkurrenz.«

Sie sprang die letzten Stufen herunter und stellte sich so dicht vor ihn, dass er ihre Brüste spürte.

»Für dich gibt es keine Konkurrenz.«

»Nein.«

Er wusste, dass es so war, und er kannte den Grund. Er hatte jetzt die Möglichkeit, zynisch zu werden. Zum Beispiel könnte er sagen: »Du wirst nicht so dumm sein und dich auf ein Abenteuer einlassen, weil ich alles habe, was du brauchst. Geld, gesellschaftliche Stellung und dergleichen.« Er könnte es sagen, aber er würde es niemals tun. Denn zwischen ihnen war alles so klar: Sie liebten sich nicht mit der Hitze Unbesonnener, aber sie mochten sich sehr und konnten sich aufeinander verlassen. Sie waren klug gekuppelt worden, und sie ließen keine Traurigkeit aufkommen, solange ihr Leben in Ordnung war und angenehm verlief. Und das war bisher der Fall.

Es gab einen weiteren Grund, warum Kraft niemals etwas derart Törichtes sagen würde: Er wollte sich nicht bloßstellen, auf keine Weise, nicht einmal vor seiner Frau.

Therese kam aus dem Esszimmer zurück und sah Rita vor Kraft stehen. Sie fragte aggressiv, und die vielen Jahre in diesem Haus gaben ihr das Recht dazu: »Wollen Sie so frühstücken?«

Rita sagte zufrieden glucksend: »Ja.«

Therese verschwand, ohne den Kopf zu schütteln, aber mit einem vorwurfsvollen Blick.

»Sie ist deine erste Frau gewohnt!«

»Schumachers Schwester war nicht schlecht«, murmelte Kraft. »Nur ganz anders.«

»Trug sie rosa Büstenhalter?«

»Nein. Ich weiß nicht mehr.«

»Vielleicht strickte sie sie selber?« Rita begann zu lachen.

Sie machten sich gelegentlich über Krafts erste Frau lustig, die vor vier Jahren gestorben war. Sie fanden nichts dabei, denn in ihren Augen waren die Scherze harmlos und nur allzu berechtigt.

Kraft spürte keinerlei Bindung mehr an diese gestorbene Emmi Schumacher, deren Tod für ihn eine Erlösung gewesen war. Mit mattem Ekel erinnerte er sich an ihre leiernde Frömmigkeit und mit Belustigung an die wenigen Nächte, in denen er zu ihr gegangen war. Sie hatte sich danach wochenlang als Sünderin gefühlt und es vermutlich sogar gebeichtet.

Kraft hatte sie geheiratet, um an die Fabrik zu kommen, wenn ihr Bruder einmal sterben würde, und er war bereit gewesen, dafür seinen Preis zu zahlen: eine lebenslange Gemeinschaft mit dieser Frau. Er war dankbar, als sie starb, und es muss hier eingefügt werden, dass er nichts mit ihrem Tod zu tun hatte. Sie starb an Unterleibskrebs.

Kraft hatte das Trauerjahr eingehalten, ehe er Rita heiratete, und er empfand es als eine Ironie des Schicksals, dass ausgerechnet Ilse Winter, die Geliebte des Bruders seiner verstorbenen Frau, ihm Rita zugeführt hatte gemäß der seriösen und unverhüllten Zeremonie der Kuppelei, die sie mithilfe des ihr von Schumacher eingerichteten Schönheitsinstitutes betrieb.

Er lächelte auf seine Frau hinunter und schob sie sanft von sich. »Du willst mich verführen!«

»Ich will immer verführen, wenn ich müde und faul bin.«

Sie löste sich von ihm und ging vor ihm her in das Esszimmer. »Du bist unersättlich.«

»Natürlich.«

»Bist du eine Nymphomanin?«

»Vermutlich.«

»Mein Kaffee ist zu stark.«

»Dann gieß dir Wasser zu.«

»Steht etwas Besonderes in der Zeitung?«

»Ich habe noch nicht reingesehen.«

Es war wie immer. Belanglose Frivolitäten, belanglose Bemerkungen, träge Zufriedenheit. Kraft wusste, dass Rita noch einmal ins Bett gehen würde, wenn er losgefahren war. Er fand das selbstverständlich, denn was sollte eine Frau um diese Zeit Besonderes tun?

»Es ist der letzte Tag«, sagte er. Dabei stand er auf und stellte seinen Stuhl sorgfältig zurück an den Tisch. »Wann wirst du packen?«

»Heute Abend, wenn du mir hilfst. Allein packen macht keinen Spaß.« Auch sie stand auf.

Er ging hinaus in die Diele und hörte hinter sich ihre nackten Fußsohlen auf dem Marmorboden. »Fahr zu Chris und hilf ihr. Sie hat immer Reisefieber gehabt. Schon als kleines Kind.«

»Deine Tochter ist einundzwanzig und hat einen Mann«, sagte sie. Es widersprach ihrem Temperament, jemandem bei einer solchen Lächerlichkeit wie der Vorbereitung einer Urlaubsreise zu helfen.

»Sie war schon als Kind so«, sagte er.

»Wann fahren wir?«

»Heute Nacht. Gegen vier Uhr. Dann ist die Autobahn leer. Wir sind morgen Abend an der Küste.«

»An welcher Küste?«

»Am Mittelmeer. Aber das weißt du doch.«

»Ich höre gern, wenn man sagt ›an der Mittelmeerküste‹.«

Sie lachte flüchtig und küsste ihn. Als er die Treppe hinunter in den Vorgarten ging und die Garage beinahe schon erreicht hatte, rief sie ihm nach: »Ruf mich in einer Stunde an und weck mich.«

Er nickte und sah flüchtig, wie im Haus gegenüber jemand die Gardine beiseiteschob und seine Frau anstarrte, die frühmorgens um acht Uhr im Bikini in der Haustür stand. Er dachte flüchtig, dass ihn das vor vier Jahren noch schockiert hätte. Jetzt stimmte es ihn heiter, und er leistete sich den Scherz, freundlich zu dem Fenster hinüberzuwinken. Er wusste, dass da dieser picklige Student mit den dicken Brillengläsern stand. Vermutlich hatte der Junge jetzt feuchte Hände.

Kraft setzte das Auto, einen sehr auffälligen signalroten Lancia, rückwärts aus der Garage und ließ den

Motor einen Augenblick warmlaufen, ehe er losfuhr. Er verspürte nicht die geringste Lust zu arbeiten und nahm sich vor, die Fabrik so früh wie möglich zu verlassen, um irgendwo ein Bier zu trinken. Am besten in der Sonne. Außerdem war er sicher, dass Schumacher diesen Tag nicht vergehen lassen würde, ohne ihn erneut zu demütigen. Schumacher dosierte die Behandlung sehr sorgfältig. Und der Tag vor Beginn der Betriebsferien war gewöhnlich der quälendste des Jahres. Aber Kraft lächelte, denn er hatte gut und sorgfältig geplant, und das machte ihn stolz und ließ ihn sogar an die Unerträglichkeit Schumachers mit Gelassenheit denken.

Als er über die Brücke fuhr, stellte er das Radio an. Es gab Musik, zu deren Takt er auf das Lenkrad klopfte. Er fuhr in den starken Verkehr der Innenstadt, fuhr rücksichtslos und selbstsicher, hielt einmal an, um sich Zigaretten zu kaufen, und setzte dann seinen Weg in den Norden fort. Als er in die Straße einbog, als er die schwere Kupferplatte *Maschinenbau Gustav Schumacher* neben dem Pförtnerhaus sehen konnte, als das Tor beiseite glitt und ihn die Leute devot grüßten, dachte er heiter an einen Mord und sein Publikum.

So unglaublich es klingt: Für seinen Mord brauchte er ein bestimmtes Publikum.

Ich schreibe diese Geschichte nieder, um Klarheit über das zu erlangen, was geschehen ist. Ich muss Fehler vermeiden, über die man sich in der Presse und bei den Zuhörern amüsieren könnte. Ich bin einfach zu empfindlich, ich kann Spott nicht ertragen.

Der Tatbestand ist klar: Wir haben drei Leichen, und wir wissen, wer wen tötete. Aber obwohl es drei Mörder gibt, wird nur einer auf der Anklagebank sitzen, und schon da beginnen die Schwierigkeiten. Denn es stellt sich die beklemmende Frage, ob dieser eine überhaupt ein Mörder ist. Der Oberstaatsanwalt ist versessen darauf, Anklage wegen vorsätzlichen Mordes zu erheben. Weiß er, was er tut? Es gibt so viele Fragen.

Der Regen draußen ist in Schnee übergegangen. Ich werde diesen Tag, die Nacht und die folgenden Stunden benutzen, alles aufzuzeichnen. Wahrscheinlich werde ich darüber einschlafen, aber ich habe das Gefühl, dass dieses Unternehmen wichtig ist. Es ist wohl besser, mein Zimmer abzuschließen, damit die Kinder nicht hereinkommen und mich stören. Ich will allein sein.

Dieser 27. Juli, an dessen Morgen Kraft zum letzten Male in das Buch sah, um dann geradezu arrogant gelöst an den Mord zu gehen, ist ein wichtiger Tag, obwohl er bei der Gerichtsverhandlung mit Sicherheit kaum erwähnt werden wird. Ich kenne die Oberflächlichkeit gewisser Gerichte gut genug, um das behaupten zu können.

Der Vorsitzende wird irgendwann gelangweilt die Bemerkung machen: »Also der 27. Juli war der letzte Arbeitstag. Dann ging die Firma Schumacher für drei Wochen in Betriebsferien. Nun ja, das ist nicht weiter wichtig. Uns interessiert vielmehr …«

O nein, Herr Vorsitzender, Sie irren! Dieser Tag ist wichtig, ungeheuer wichtig sogar. Denn an diesem Tag begaben sich sechs Menschen in die düstere, eklige Welt des Verbrechens. Fünf von ihnen, ohne es zu ahnen, einer mit festem Vorsatz. Zwei würden wenig später auch morden. Wissen Sie eigentlich genau, Herr Vorsitzender, warum? Sie glauben es zu wissen, aber ich fürchte, dass Sie lediglich die bequemste Möglichkeit annehmen. Vielleicht wollen Sie die Sitzung auch nur kurz machen, damit nicht allzu viel vom Lack der guten Gesellschaft abspringt, der Sie selbst angehören? Das alles möchte ich sagen, aber ich kann es nicht, es ist nicht mein Amt.

Ich bin auch ziemlich sicher, dass Sie, meine Herren Richter, den Ausführungen der Psychiater nur unaufmerksam folgen werden, ganz abgesehen von den Geschworenen. Ihre gelangweilte Weisheit lässt Sie immer wieder glauben, die Menschen bereits zu kennen. Außerdem misstrauen Sie Psychiatern, obwohl mit Sicherheit einige von Ihnen jene Pillen in der Tasche tragen, die Ihnen über Depressionen und Angstzustände hinweghelfen.

Doch ich will weiterschreiben, ehe ich mich aus Zorn völlig nutzlos über einen Zustand aufrege, den ich gern als ein Krankheitssymptom unserer Gesellschaft bezeichne.

Kraft betrat um genau acht Uhr dreißig das glatte, marmorne Hochhaus der Firma Schumacher, ein schlanker großer Mann mit grauen Fäden im dunkelbraunen Haar und einem von Höhensonne gelblich braun getönten Gesicht, das als ›markant‹ oder ›scharf‹ zu bezeichnen ist.

Er durchquerte mit einem freundlichen »Guten Morgen« die Empfangshalle, die er insgeheim »das Krematorium« nannte, und hörte hinter sich die Stimme der hübschen dunkelhaarigen Frau, die als Empfangsdame fungierte und in Krafts Augen eine völlig sinnlose Dekoration war.

»Guten Morgen, Herr Direktor. Herr Schumacher ist noch nicht eingetroffen. «

Das sagte sie jeden Morgen, obwohl Kraft sich nicht daran erinnern konnte, jemals gefragt zu haben, ob Schumacher bereits eingetroffen sei. Vermutlich sagte sie es nicht nur ihm, sondern auch allen Abteilungsleitern und bestimmt mit dem Zusatz: »Herr Kraft und Herr Schumacher sind noch nicht eingetroffen.«

Kraft drehte sich am Lift um und nickte ihr freundlich zu, sie errötete und nickte zaghaft zurück. Auch das war jeden Morgen das gleiche.

Im Lift drückte er auf den Knopf zum dreizehnten Stockwerk und stellte sich nicht allzu intensiv die Frage, ob er es nicht doch allein versuchen solle. Er hatte diesen Punkt schon vor einiger Zeit mit äußerster Gewissenhaftigkeit untersucht und beantwortet. Es allein zu tun, war wegen gewisser technischer Finessen zu riskant. Er war zwar sicher, sein Ziel auch allein erreichen zu können, aber mithilfe seines Werkzeugs würde er nicht nur den äußersten Grad von Sicherheit erreichen, sondern auch das Gefühl haben, nicht ganz allein auf der Bühne zu stehen. Es ist bezeichnend für Kraft, dass er immer »Werkzeug« dachte und niemals einen Namen damit verband.

Der Lift hielt mit einem sanften Schnurren, und die Torflügel glitten zur Seite. Er trat hinaus auf den weinroten Läufer und hörte das heitere Geschwätz der Sekretärinnen.

»Trinkt ihr etwas?«

In der Tür zum Büro seines Schwiegersohnes erschien die Blondine, die sie alle nur Susie nannten, obwohl sie einen ganz anderen Namen hatte.

»Ob ihr etwas trinkt, habe ich gefragt.« Er lächelte sie an. Sie war hübsch, sehr hübsch sogar, und angeblich schlief sie mit dem Leiter der Werbeabteilung.

»Wir trinken Sekt. Herr Schumacher kommt erst um elf.«

»Das ist gut. Ist Kognak da?«

»Nicht hier, aber in Ihrem Zimmer.« Sie lächelte verschwörerisch. »Ich sage Anneli Bescheid.« Und dann ausgelassen wie im Karneval: »Anneli, Herr Direktor Kraft möchte einen Kognak!«

»Nicht nur einen«, murmelte Kraft und ging auf sein Büro zu. Hinter sich hörte er die hastigen Atemzüge Annelis.

»Entschuldigung, wir haben nur etwas …«

»Aber was macht das?« Er drückte die Tür auf und ging zu seinem Schreibtisch. »Ihr trinkt Sekt, ich trinke Kognak.«

»Natürlich«, sagte sie, und er wunderte sich darüber, dass sie in den fünf Jahren, die sie ihn schon betreute, noch immer nicht ihre Scheu verloren hatte.

Sie war dunkelhaarig und grazil. Kraft hatte sie sehr sorgfältig ausgewählt, und er wusste, dass sie noch immer in ihn verliebt war.

»Gieß mir einen Doppelten ein. Besser einen Dreifachen. Das Glas voll.«

»Ja.«

»Und weck meine Frau um neun Uhr.«

Er hörte sie hinter sich mit der Flasche hantieren. »Wohin fährst du?«

»Nach Ibiza.«

»Allein?«

»Ja.«

»Warum?«

»Mit wem soll ich denn fahren?«

»Mir irgendeinem Mann.«

»Ich mag das nicht.« Sie beugte sich über seine rechte Schulter und stellte das Glas auf die Lederplatte des Tisches.

»Du riechst gut.« Er lachte.

»Es ist Worth. Ich benutze es immer.« Obwohl sie fast auf ihn fallen musste, blieb sie so stehen, den Körper über ihn gebeugt, die Hand mit den langen, sehr schmalen Fingern am Stiel des Glases auf der Lederplatte.

»Wann war das eigentlich?« Er starrte aus dem Fenster.

»Das letzte Mal?«

»Das letzte Mal.«

»Das war vor drei Jahren, bevor Sie heirateten.«

»Warum sagst du nicht ›du‹, wenn wir allein sind?«

»Das ist gefährlich!«

»Vielleicht. Müssen wir heute noch Post machen? Ist viel gekommen?«

»Nicht viel. Es müssten drei Briefe diktiert werden.«

»Das machen wir nach dem Essen, nicht eher.« Er trank das Glas mit einem Zug aus. »Wie alt bist du jetzt?«

»Siebenundzwanzig.«

»Und du hast keinen Mann?«

»Nichts Bestimmtes.«

Er lachte leicht. »Wo ist mein Schwiegersohn?«

»Andreas ist in Halle eins.«

Andreas? Wieso sagte sie nicht Herr Lorenz? War da etwas?

»Duzt du Andreas?«

»Nein, natürlich nicht. Wir sagen alle immer nur Andreas.«

Sicher, so war es. Er musste sich hüten, misstrauisch zu werden.

»Ihr mögt ihn, nicht wahr?«

»Ja.« Sie löste sich von ihm und fragte: »Darf ich auch einen Kognak trinken?«

»Natürlich.« Er wusste, dass sie eine gewisse Bildung besaß und äußerst sensibel war. Auf keinen Fall konnte man sie mit anderen Sekretärinnen vergleichen. Sie war klug. Also behandelte er sie, als sei sie etwas sehr Wertvolles. Er behandelte überhaupt alle Menschen seiner Umgebung mit einem beinahe erschreckenden Maß an Fingerspitzengefühl.

Sie sagte »Zum Wohl« und dann lächelnd: »Auf dein Wohl!«

Sie tranken und sahen sich an.

»Wenn ich morgens trinke, bin ich schnell beschwipst. Wohin fährst du?«

»Wir machen eine Familienreise.« Er verzog angewidert den Mund, als sei ihm das sehr unangenehm. »Wir fahren zu viert. Wir wissen noch nicht, wohin. Es ist das beste, man fährt einfach drauflos. Wir wollen ans Mittelmeer.«

Sie setzte sich in den breiten schwarzen Lederstuhl vor seinem Schreibtisch und schlug die Beine übereinander, sodass ihre Oberschenkel sichtbar wurden.

»Ich habe deine Frau gesehen.«

»So?« Er wusste, dass nach normalen Maßstäben ein solches Verhältnis gefährlich wäre, aber bei Anneli war es etwas anderes, sie brauchte diesen persönlichen Kontakt.

»Sie war bei der Winter zur Massage.«

Er begann schallend zu lachen. »Gehst du auch dorthin?«

Sie lachte nicht: »Manchmal, wenn ich genügend Geld habe.«

Das war ihm peinlich. Er erwiderte nichts darauf, sondern trank einen Schluck.

»Sie ist hübsch«, sagte sie. Es klang kühl und objektiv.

»Ja«, sagte er. »Wir sind glücklich.«

»Natürlich.« Sie stand auf und stellte ihr Glas auf den Tisch.

»Du wolltest die Sache mit Heinemann heute Morgen erledigen.«

»Ach ja. Verbinde mich bitte mit ihm.«

Er hörte, wie sie in ihren Nebenraum ging.

»Wie viele Kinder hat er?«

»Drei, soviel ich weiß.«

»Glückliche Ehe?«

»Ja«, sagte sie. »Aber natürlich weiß man nicht alles.«

»Warum will Schumacher eigentlich, dass ich ihn hinauswerfe?«

Sie erschien wieder in der Tür. »Sie sollen ihn hinauswerfen, weil Herr Schumacher ihn nicht mag. Das ist alles.«

»Hat Heinemann Schumacher beleidigt?«

»Nein.« Sie lächelte ironisch. »Man sagt, sie wären neulich zusammen zufällig im gleichen Lift gefahren, und da hätte Schumacher Heinemanns Gesicht nicht sympathisch gefunden.«

Kraft verwahrte sich nicht dagegen, dass sie so verächtlich von Schumacher sprach, er wusste, dass sie ihn nicht mochte. Und sie wusste, dass er ihre Verachtung teilte.

»Also, verbinde mich mit Heinemann. Nein, warte, schick ihn herauf. «

»Jawohl, Herr Direktor.« Das war kein Spott, private und dienstliche Dinge trennte sie mit kindlicher Gewissenhaftigkeit.

Es war, als habe dieser Heinemann, von dem Kraft nur wusste, dass er ein leidlich guter technischer Zeichner war, auf die Vorladung gewartet. Es dauerte nicht einmal zwei Minuten, bis er vor Krafts Schreibtisch stand.

»Mögen Sie einen Kognak?«

Heinemann hatte eine dickliche, tollpatschig wirkende Figur und einen Hang zu grellen, blumigen Krawatten und Diskussionen über Marx und Mao.

Er fragte ruhig: »Werde ich einen gebrauchen können?«

Kraft nickte. Intelligente Leute versuchte er nie plump anzugehen. »Sie werden einen gebrauchen können.«

Der Dicke setzte sich umständlich in den Sessel, und Anneli kam aus ihrem Zimmer, um Kognak einzugießen. Nachdem sie gegangen war, scharrte Kraft mit beiden Füßen über den Teppich. Er sagte: »Ihr Vertrag läuft Ende des Jahres ab.«

»Ja.«

»Haben Sie etwas Neues in Aussicht?«

»Nein. Ich habe mich um nichts gekümmert.« Die Antworten des Mannes kamen selbstsicher, als wisse er genau, was kommen würde, und als habe er sich längst damit abgefunden.

»Ich glaube, Ihr Vertrag wird nicht verlängert.« Kraft lächelte. »Ich halte es nur für fair, Sie darüber zu informieren. Frühzeitig genug, damit Sie sich etwas Neues suchen können.«

Der Dicke trank von dem Kognak, dann grinste er breit. Es war, als spreche er zu sich selbst. »Ich weiß, wann es war. Donnerstag vor vierzehn Tagen. Ich fuhr mit Herrn Schumacher im Lift.« Er lachte leise. »Ich trug einen hellbraunen Cordsamtanzug, wissen Sie? Und dazu eine hellblaue geblümte Krawatte. Lauter Vergissmeinnicht. War es das?«

»Ich weiß es nicht«, sagte Kraft, und es klang einigermaßen glaubwürdig.

»An meiner Arbeit ist nichts auszusetzen, nicht wahr?«

»Sie bekommen ein sehr gutes Zeugnis.«

»Ja, gut. Also danke schön für den Hinweis.« Er stand auf und ging langsam vor Kraft her zur Tür. Es war unvermeidlich, dass er sich in der Tür noch einmal umwandte, um sein Verständnis und seine Intelligenz auszuspielen. »Es ist merkwürdig, dass solch fossile Erscheinungen wie Schumacher noch leben«, murmelte er heiter. »Man sollte eine Art Reservation für sie einrichten.«

Kraft hätte protestieren müssen, aber er tat es nicht. Er hielt es für das gute Recht dieses Mannes, sich zynisch über Schumacher und die Fabrik zu äußern. Er war ihm sympathisch, und er hasste es, ihn entlassen zu müssen. Und er verachtete Schumacher, weil er zu feige war, solche Dinge selbst zu erledigen.

»Anneli, bring mir meinen Kittel. Falls jemand fragt, ich bin bei meinem Schwiegersohn in Halle eins.«

Das war gegen neun Uhr fünfundzwanzig.

Ich habe die Pflicht, jeden Tag, jede Stunde und, wenn eben möglich, jede Minute zu rekonstruieren.

Auch der Inhalt scheinbar belangloser Gespräche ist von großer Bedeutung. Man kann in diesem Fall daraus schließen, ob Kraft eintönig negativ gewesen ist oder ob er auch liebenswerte Seiten hatte. Zum Beispiel finde ich es außerordentlich fair von ihm, wie er diesen Heinemann behandelte, und ich glaube, er war für Anneli ein ganz hervorragender Chef, um nicht zu sagen Partner.

Eines kann mit Sicherheit schon jetzt behauptet werden: Hätte ein bestimmter Mensch nicht gelebt, wäre Kraft niemals zum Mörder geworden.

Draußen auf dem Geländer des Balkons hockt der dick aufgeplusterte Star, den wir Hugo nennen. Weiß der Himmel, warum er nicht in wärmere Gefilde gezogen ist, anscheinend vertraut er ganz und gar auf unsere Tierliebe. Mit Recht. Der Schnee bleibt jetzt liegen, ich hoffe, ich kann mit den Kindern Schlitten fahren gehen, wenn ich mit dieser Sache fertig bin.

Bis jetzt habe ich fünfzig Seiten mit der Hand geschrieben und die erste Leiche noch nicht erreicht. Ich muss versuchen, den Stoff zu straffen.

In den vier Stunden bin ich nur einmal gestört worden. Es war diese Anneli, die Sekretärin Krafts. Sie versuchte mir am Telefon rührend kindlich klarzumachen, dass sie an diesem 27. Juli mit Kraft nur deshalb geschlafen habe, weil er so verzweifelt gewesen sei.

Und trotzig setzte sie hinzu: »Und wenn Sie es genau wissen wollen, so kann ich Ihnen nur sagen, dass Kraft der beste Mann gewesen ist, mit dem ich je geschlafen habe!« Ich habe nichts darauf erwidert. Denn auf eine solche Behauptung ist nichts zu erwidern. Ich glaube, ich gehe erst einmal los und besorge mir Tabak. Es wäre zu schade, wenn er mir zu einem Zeitpunkt ausgeht, an dem ich nicht aufhören kann zu schreiben. Beispielsweise an der Stelle, an der Kraft die Leiche in die Tiefe trudeln lässt wie einen Karton mit Abfall, den man los sein möchte.

Kraft fuhr mit dem Lift in das Erdgeschoss, ging durch den Wald von Gummibäumen in der Halle auf die Stahltür zum Verbindungstrakt zu und sagte der Empfangsdame: »Falls Herr Schumacher nach mir fragt, ich bin in Halle eins.« Er ging nicht direkt zu Andreas in den Steuerstand, sondern erst einmal in die Halle hinein, deren greller Lärm und heißer Dunst wie ein Schlag auf ihn wirkten.

Kraft schlenderte zwischen den Gruppen der Arbeiter herum und gab sich wie immer leutselig. Es ist höchst fraglich, ob das nur Theaterspiel war. Er hat die Arbeiter wirklich gemocht, und er liebte es, ihnen auf die Schulter zu klopfen und von irgendeinem Lehrling einen Kasten Bier holen zu lassen. Es ist berichtet worden, dass er sich ohne Umstände auf irgendeine verrostete und dreckige Stahlplatte setzte und Bier trank, so, als sei er einer von ihnen. Und murmelte ein Vorarbeiter oder Meister verlegen: »Sie machen Ihren Anzug dreckig!«, grinste er und antwortete einfach: »Scheiß drauf!«

Allerdings ließ er es nie zu, dass einer dieser Arbeiter sich über ihn beschwerte. In solchen Fällen wurde er brutal und rücksichtslos. Es gibt Zeugen dafür, dass er einmal einen Mann halb zu Tode prügeln ließ, weil der behauptet hatte, er schliefe regelmäßig mit Anneli und bezahle ihre Wohnung.

Auch folgender Fall ist bekannt: Einer der Abteilungsleiter beschwerte sich bei Schumacher über ihn und wurde vierzehn Tage später wegen Diebstahls entlassen. Den Diebstahl hat Kraft mit Sicherheit vorgetäuscht.

Andreas' Stimme kam aus dem Steuerstand über den Lautsprecher: »Hollmann, du Idiot, nimm den Kopf zurück, gleich hängst du in der Fräse!«

Kraft lächelte und blickte hinauf zu dem Stand, der wie die Kanzel eines Flugzeuges in die Halle ragte. Er winkte seinem Schwiegersohn flüchtig zu und sah, wie Andreas zurückwinkte und sich wieder zu dem Mikrofon neigte. »Galotti, du Dummkopf! Lass den Kran nicht so weit ausschwingen. Jungs, wenn ihr den Verschluss auf den Generator kriegt, gibt's einen Kasten Bier. Grauer, du Scheißkerl, setz den Schutzhelm auf und denk an deine Frau!« Jemand neben Kraft sagte: »Die geht sowieso fremd!«, und alles begann zu lachen.

Kraft ging durch die Stahltür hinaus und stieg die Wendeltreppe in den Steuerstand hoch. In dem gläsernen Kasten war es fast unwirklich still.

»Guten Morgen, mein Lieber.«

Andreas drehte sich nicht herum. Er sagte: »Guten Morgen, sieh dir das an!«

»Was?«

»Die Halle.«

»Was ist damit?«

»Zu gefährlich. Vier Krananlagen, sechzehn Maschinen, zweihundert Mann. Warum stellt Schumacher nicht mehr Maschinen auf? Warum?«

»Schumacher meint, es geht auch so.«

»Natürlich!« In Andreas' Stimme war offene Verachtung. Er drehte sich zu Kraft herum. »Ich bin jetzt ein Jahr in diesem Laden. Ich sage dir, ich habe die Nase voll.«

»Du hast keine Geduld.«

»Geduld? Was hat das mit Geduld zu tun? Wenn Schmid in Kran vier auch nur einen Tag sauer ist, weil seine Alte ihn betrogen hat, kann er mit einem Zehn-Tonnen-Stück glatt zwanzig Mann umlegen. So ist das.«

»Ich weiß.« Kraft mochte Andreas, mochte seine Ungeduld und seine zuweilen vulgäre Ausdrucksweise. »Aber wir müssen warten.«

»Warten? Worauf?«

»Bis Schumacher stirbt«, sagte Kraft heiser. »Was sonst?«

Andreas wandte sich wieder der Glasscheibe zu. »Hat er sich meine Rationalisierungspläne angesehen?«

»Nein.«

»Warum nicht?«

»Weil er sie nie ansieht. Er sagt zwar, dass du zur Familie gehörst, weil ich sein Schwager bin und du mein Schwiegersohn bist, aber in seinen Augen bist du trotzdem noch ein kleiner Hosenscheißer.«

Andreas ließ seinen Bleistift über das Pult rollen. »Er ist erst sechzig und gesund. Der stirbt nicht.«

»Wir müssen Geduld haben. Du kannst nicht einfach aussteigen.«

»Warum nicht?«

»Weil ich dann allein bin.«

Der Junge – so nannte ihn Kraft bei sich, obwohl Andreas sechsundzwanzig war – drehte sich herum.

»Ich kann doch kündigen und woanders anfangen. Wenn Schumacher gestorben ist, bist du Chef, und ich komme wieder.«

»Wohin willst du gehen?«

»Ich weiß nicht. Irgendwohin.«

Kraft sah in die unruhigen Augen und auf das hellblonde Haar des Jungen.

»Dann geht Chris mit dir, und sie ist meine Tochter.«

»Das wäre nicht gut für dich«, murmelte Andreas schnell, »das kann ich verstehen.«

Wie labil, dachte Kraft amüsiert. Er zündete sich eine Zigarette an.

»Wir treffen uns heute Nacht bei mir um vier Uhr.«

»Gut. Deine Tochter ist so aufgeregt, dass ich wahrscheinlich die Koffer packen muss.«

»Das ist sie immer vor Urlaubsreisen«, sagte Kraft.

Andreas starrte angestrengt in die Halle und sagte heftig: »Silke, ein Elektrokarren ist kein Rennwagen!

Melden Sie sich bei mir. Sofort!« Dann drehte er sich lächelnd zu Kraft um und sagte: »Wie wäre es, wenn wir Schmid bestechen? Vielleicht lässt er Schumacher bei Gelegenheit ein Aggregat auf den Kopf fallen.«

Kraft reagierte mit großer Erheiterung. »Das gibt keine schöne Leiche.«

In diesem Augenblick, exakt zehn Uhr fünf, kam über Lautsprecher der Ruf: »Herr Direktor Kraft bitte sofort zu Herrn Schumacher.«

Andreas lächelte: »Die Leiche ruft.«

Das Gespräch zwischen Kraft und seinem Schwiegersohn am Morgen dieses 27. Juli habe ich konstruiert. Sicher ist nur, dass es stattgefunden hat, Ohrenzeugen gibt es keine. Trotzdem weiß ich, dass es sich so und nicht anders abgespielt haben muss, denn ich kenne beide sehr gut, ich habe sie studiert.

In diesem Zusammenhang mache ich darauf aufmerksam, dass außer diesem ersten Gespräch noch zwei weitere konstruiert sind. Aber auch bei diesen ist sicher, dass sie stattgefunden haben, und ihre grundsätzliche Thematik ist mir bekannt, weil sie zwangsläufig nur einen Punkt betreffen konnten. Alle übrigen Gespräche, jedes Ereignis, ist durch Zeugen belegt.

Kraft wusste, dass Schumacher ihn auf irgendeine Art quälen oder demütigen würde, trotzdem ging er schnell und elastisch, beinahe angriffslustig zu ihm.

Schumachers Sekretärin war eine farblose Fünfzigerin, die den Namen Schmitzchen führte. Sie beherrschte weder die Stenografie noch das Maschinenschreiben. Dafür hatte sie aber andere Qualitäten. Mit unglaublicher Arroganz pflegte sie Schumacher gegen Besucher oder Angehörige des Betriebes abzuschirmen, und mit geradezu diabolischer Schlauheit intrigierte sie gegen Sekretärinnen aus dem Haus, die sich Hoffnungen auf ihren Platz machten. Und – das war der wichtigste Punkt – mit bewundernswerter Hingabe pflegte sie gewisse Verbindungen zu wichtigen Stellen und Leuten in der Industrie- und Handelskammer. Diese Verbindungen waren der Grundstock zu Schumachers sehr einträglichen Geschäften.

Obwohl Kraft wusste, dass sie ihn nicht leiden konnte, begrüßte er sie jovial.

»Guten Morgen. Wie geht es, meine Liebe?«

»Er wartet«, sagte Schmitzchen mit Verachtung. Kraft war für sie der Mann, der auf Schumachers Tod wartete. Und da das auch ihr Ende sein würde, war es verständlich, dass sie ihn nicht mochte.

Kraft klopfte an die Tür zu Schumachers Büro und trat ein, ohne auf ein Herein zu warten.

»Guten Morgen. Du willst mich sprechen?«

Entgegen Krafts Erwartungen begann Schumacher die Unterhaltung freundschaftlich.

»Setz dich, mein Lieber, wie geht es deiner Frau?«

Kraft war irritiert. »Gut«, sagte er, er setzte sich nicht.

»Du kannst rauchen, wenn du willst.«

»Danke.«

»Setz dich doch. Du weißt, vor dem Urlaub muss man immer einiges besprechen.«

»Ja, ja«, sagte Kraft.

»Wie ich gehört habe, fahrt ihr zu viert in den Urlaub.«

»Andreas, Chris, meine Frau und ich«, sagte Kraft. »Wir fahren heute Nacht.«

»In den Süden, vermute ich?«

»Richtig. Wir machen eine Rundreise. Ein bisschen Spanien, ein bisschen Frankreich, ein bisschen Italien.«

»Das ist recht so. Ich danke dir übrigens für die Vermittlung des Hauses. «

»Bitte«, sagte Kraft. »Ich hoffe, es gefällt dir.« Er zündete sich eine Zigarette an und setzte hinzu: »Ehe ich es vergesse – du musst dir unbedingt Badeschuhe besorgen. Der Strand vor dem Haus ist zwar weich und sandig, aber im Wasser liegen Seeigel herum, und es ist scheußlich, wenn man darauf tritt.«

»Danke für den Tipp«, sagte Schumacher. »Ich werde noch Schuhe kaufen. Sind wir dort wirklich ungestört?«

»Völlig.« Kraft sagte es leichthin. »Ich war in dem Sommer nach Emmis Tod dort. Das Haus liegt abseits, direkt am Strand und ist durch eine Mauer völlig abgeschirmt. Auch Ilse wird es gefallen.« Er wusste zwar, dass Schumacher nicht gern an seine Geliebte erinnert wurde, aber er nahm keine Rücksicht darauf.

Seltsamerweise reagierte Schumacher nicht mit der gewohnten Schärfe, sondern begann zu lächeln.

»Ich werde Ilse Winter im nächsten Jahr heiraten.«

»Donnerwetter!« Kraft sprang auf und streckte Schumacher die Hand entgegen. Er spielte seine Überraschung gekonnt, denn er wusste längst, dass Schumacher diesen Plan hatte.

Schumacher nahm seine Hand nicht. Er hatte offenbar eine andere Reaktion erwartet und zeigte sein Erstaunen offen. »Hast du keine Angst, dass dir ein Teil des Erbes genommen wird?«

Kraft setzte sich wieder. »Nein«, sagte er ruhig. »Warum sollte ich das befürchten? Wenn sie deine Frau wird, steht ihr das zu.«

Er strich langsam über seine Knie. »Sie ist eine Frau, und du weißt genau, dass ich sie mag. Mir wird sowieso nichts anderes übrig bleiben, als die Fabrik zu leiten. Mir geht es gut.«

Schumacher überdachte Krafts Worte. Er nickte bedächtig. »Du bist klug. Nun, ich habe nicht daran gedacht, etwas Grundlegendes zu ändern. In meinem Testament bleibst du mein Nachfolger. Meiner Frau wird lediglich ein Teil des Gewinns zufließen. Gieß uns einen Kognak ein. Was macht dein Schwiegersohn, der Liebling des Hauses?« Jetzt wurde er höhnisch, eindeutig höhnisch.

Kraft wandte sich zu dem kleinen Tischchen, auf dem einige Flaschen und Gläser standen.

»Dem Liebling des Hauses geht es gut. Er arbeitet wie ein Pferd.«

Das traf Schumacher. Bei einem solchen Argument war weiterer Hohn nicht am Platz.

»Will er noch immer rationalisieren?«

»Natürlich«, sagte Kraft bedächtig. »Und du weißt auch, dass er eigentlich recht hat. Man darf es ihm zwar nicht sagen, aber es ist so.«

»Es ist nicht so!« Schumacher wurde heftig. »Wir sind bisher immer gut gefahren.«

»Das wird nicht so bleiben.«

»Ich sage dir, es wird.«

Kraft nahm die beiden Gläser und trug sie vorsichtig zum Schreibtisch hinüber.

»Was wolltest du mit mir besprechen?«

Schumachers kantiges, rotes Pferdegesicht mit den wasserhellen Augen unter den rötlichblonden Haaren wirkte verkniffen.

»Es gefällt mir nicht, dass du dem Lorenz recht gibst. Ich kann mir genau vorstellen, was du tun wirst, wenn du erst an meinem Platz sitzt. Maschinen werden gekauft, und Arbeiter werden entlassen.«

»Wahrscheinlich«, gab Kraft zu. »Aber das wird noch lange dauern, denn du bist erst sechzig.« Er legte sogar Bedauern in seine Stimme, um Schumacher zu reizen.

»Ganz recht, ich bin erst sechzig.« Der massige Mann trank hastig und starrte Kraft bösartig an. »Ich kann mir überhaupt nicht vorstellen, dass du auf meinem Platz sitzen wirst.«

»Das kann kein Diktator«, sagte Kraft, und er fragte sich verwundert, woher er den Mut nahm, so etwas zu sagen. Wahrscheinlich hing es damit zusammen, dass …

»Ich sorge für meine Leute.«

»Natürlich.«

»Ich sorge gut für sie.«

»Ja«, sagte Kraft matt.

»Wieso nennst du mich Diktator?«

»Das braucht doch nichts Schlechtes zu sein.«

Schumacher wurde unsicher. Er war Krafts Intellekt nicht gewachsen, und es konnte nicht mehr lange dauern, bis er ausbrach und einen Angriff versuchte.

Wie würde er diesmal aussehen? Kraft sah gelangweilt auf das Kruzifix hinter Schumacher und auf das hand-signierte Foto des Kardinals. Aber Schumacher ließ ihn warten.

»Hast du auch niemandem gesagt, wohin ich mit Frau Winter fahren werde?«

»Niemandem.«

Schumacher lächelte und beugte sich vor. »Ich habe ihr gesagt, ich hätte das Haus selbst entdeckt. Nicht mal Schmitzchen weiß Bescheid.«

»Das ist gut«, sagte Kraft vorsichtig.

»Ich habe übrigens den Weihbischof!« Schumacher lächelte stolz.

Kraft begriff nicht sofort, und Schumacher sah es sei-nem Gesicht an. Er ergänzte: »Den Weihbischof habe ich, verstehst du? Er wird in drei Monaten Halle vier einweihen. Mit Weihwasserkesselchen und so.«

»Gratuliere«, sagte Kraft. »Wie hast du das geschafft?«

»Ich habe St. Pankraz ein neues Chorfenster gestiftet.« Schumacher schien das für einen glänzenden Schach-zug zu halten, und Kraft versagte ihm das Lob nicht.

»Du denkst an alles.«

»Das muss man auch, wenn man oben bleiben will.« Schumacher lehnte sich genüsslich zurück und starrte nach dem Fenster. »Denkst du eigentlich in den Ferien nach?«, fragte er.

Kraft dachte: Jetzt ist es so weit, und er spürte nicht die geringste Angst.

»Wie meinst du das?«

Schumacher beugte sich vor. »Ich finde, man kann im Urlaub herrlich nachdenken.«

»Das ist richtig.«

Schumacher zog eine Schublade seines Schreibtisches auf und nahm zwei hellgelbe Schnellhefter heraus. »Du wirst in diesem Urlaub viel nachdenken müssen«, sagte er heiter.

»Ich verstehe dich nicht.« Kraft sah auf die beiden Schnellhefter.

»Das glaube ich dir.« Schumacher kicherte. »Gieß uns noch einen ein.«

Kraft gehorchte, obwohl er sich fragte, ob es eigentlich nötig sei, sich noch einmal demütigen lassen zu müssen. Aber da es zu seinem Plan gehörte, wehrte er sich nicht.

Er trug die Gläser zu dem Tischchen, füllte sie, spürte einen Augenblick lang Schumachers Blick auf seinem Rücken wie eine körperlich unangenehme Berührung und trug die Gläser zum Schreibtisch zurück.

»Nun, was ist es diesmal?«

»Was heißt diesmal?« Schumacher tat beleidigt.

»Was ist es?«

Schumacher schlug die Deckel beider Schnellhefter gleichzeitig auf und sah Kraft dabei genussvoll an.

»Weißt du, was das ist?«

Kraft beugte sich vor. »Nein.«

»Es sind Kontoauszüge. Deine und die von Lorenz.«

Obwohl Kraft sich vorgenommen hatte, kühl zu bleiben, war seine plötzlich aufkeimende Wut so stark, dass er zu brüllen begann.

»Wie kannst du es wagen, dich in unsere persönlichen Dinge zu mischen?« Er stand auf und schlug beide Hände mit aller Gewalt auf die Tischplatte. Der

Schmerz traf ihn heftig, aber er ernüchterte ihn nicht. »Das ist Bankgeheimnis.«

Schumacher grinste und starrte auf die Unterlagen. »Ich habe diese Bank in der Hand«, sagte er. »Ich bin ein guter Kunde.«

Kraft keuchte vor Wut. »Das ist Bankgeheimnis.«

Schmitzchen sagte später aus, dass Schumacher darauf nur mit einem verächtlichen »Pfff!« reagiert habe, und sie sagte weiter, dass das die einzigen Bruchstücke der Unterhaltung gewesen seien, die sie genau habe verstehen können. Alles übrige habe sie sich aus einzelnen laut gesprochenen Worten zusammenreimen können.

Kraft ging hinüber zu dem Tischchen und goss sich erneut Kognak ein. Diesmal benutzte er ein Wasserglas, und er goss es halb voll.

Er sagte: »Du Schwein!«

Schumacher störte das nicht im geringsten. Beleidigungen störten ihn nie, wenn er jemand fest in seiner Gewalt hatte. Er sagte laut und deutlich, als halte er einen Vortrag: »Dein Konto ist mit fünfzigtausend Mark überzogen. Das von Lorenz mit fünfzehntausend.«

»Lass den Jungen aus dem Spiel!« Kraft brüllte noch immer. »Du weißt, dass er geheiratet hat und dass er vieles anschaffen musste. Lass ihn aus dem Spiel, verdammt noch mal.«

Schumacher sah Kraft heiter an. »Du bist zwar der Erbe, aber immer noch mein Angestellter. Was hast du mit dem Geld gemacht, und wie viel zahlst du monatlich ab?« Er machte eine Pause. »Ach, das steht ja alles hier.«

Kraft kam zurück zum Schreibtisch und setzte sich. Er hatte sich endlich gefangen. »Ich habe einen Swimmingpool gebaut«, sagte er, »ein Prachtbecken.«

»Einen Swimmingpool.«

»Ja, und jetzt gib mir die Unterlagen.«

»Nein.«

»Was willst du damit?«

»Ich werde dir das Geld vorstrecken.«

»Das ist es also.« Kraft lächelte dünn. »Du brauchst Menschen, die von deiner Gnade leben. Ich lehne ab.«

Schumacher stand auf und brüllte: »Einen Scheißdreck wirst du! In dieser Familie werden keine Schulden gemacht und keine Raten gezahlt.« Er drückte auf einen Knopf der Rufanlage und sagte: »Überweisen Sie einmal fünfzigtausend auf das Konto Kraft und einmal fünfzehntausend auf das Konto Lorenz. Es handelt sich um Darlehen. Sie werden normal verzinst.« Er lächelte auf Kraft herunter. »So bleibt es in der Familie. Warum hast du eigentlich ausgerechnet eine Badeanstalt gebaut? Für die junge Frau? Geht sie dir sonst durch?«

Kraft antwortete nicht.

»Hättest du das auch für meine Schwester getan?«

Kraft antwortete noch immer nicht. Er hielt die Augen geschlossen und trank Kognak.

»Antworte! Hättest du Emmi auch so einen Swimmingpool gebaut?«

Kraft stand auf und ging. Zwischen Schreibtisch und Tür blieb er stehen und wandte sich um. »Nein«, sagte er.

»Und warum nicht?« Schumachers Gesicht war Triumph.

»Sie besaß nicht einmal einen Badeanzug«, sagte Kraft. Er erinnerte sich an den Morgen dieses Tages und an das, was Rita über Emmis Büstenhalter gesagt hatte. Er begann leicht zu lächeln und setzte hinzu: »Tatsächlich, sie besaß nicht einmal einen Badeanzug. Nur scheußliche rosafarbene Büstenhalter.« Er sah, wie Schumacher zusammenzuckte, und setzte hinzu: »Vermutlich hat sie sich an gewissen Körperteilen nie gewaschen. Aus Scham und Keuschheit, verstehst du?«

Schumacher wollte etwas schreien, aber Kraft hatte die Tür schon erreicht, sagte leichthin: »Schöne Ferien!«, und ließ die Tür hinter sich zufallen.

Es ist sicher, dass es bei dieser Szene zu Gewalttätigkeiten gekommen wäre, wenn Kraft sich nicht so eisern beherrscht hätte, wenn er nicht so hervorragende schauspielerische Fähigkeiten besessen hätte und wenn sein Plan nicht gewesen wäre.

Er ging wie ein Schlafwandler zu seinem Büro und trat ein. Sein Gesicht war weiß. »Schneeweiß«, sagte Anneli später. Er setzte sich und rief: »Ich hätte gern einen Kognak.« Anneli sah sein Gesicht und fragte nicht. Er trank hastig und unbeherrscht und murmelte schließlich: »Ich glaube, ich bin gleich betrunken.«

»Sie sollten nach Hause gehen.«

»Was soll ich zu Hause?«

»Ich weiß nicht.«

»Na, siehst du.«

Sie stellte sich ans Fenster und fragte sanft: »Hat er dir sehr weh getan?«

Kraft schüttelte den Kopf. Fast heiter sagte er: »Es ist immer dasselbe.« Er sah sie an und setzte hinzu: »Ich möchte mit dir irgendwohin gehen.«

Sie nickte nur und wartete, bis er seinen Schreibtisch abgeschlossen hatte. Dann holte sie ihre Handtasche, den Trenchcoat und murmelte: »Also gehen wir.«

Er starrte auf sie hinunter und schüttelte dann leicht den Kopf. »Man soll nichts vergessen.« Er nahm den Telefonhörer und wählte eine Nummer.

»Susi? Ich gehe mit Anneli zu dem Versicherungsprojekt. Sie haben Schwierigkeiten beim Einbau der Maschinen.«

Auf diese Weise fiel nichts aus dem Rahmen, denn es kam häufig vor, dass er den Einbau irgendwelcher Maschinen kontrollierte und dass er bei diesen Fahrten Anneli mitnahm.

Erst im Wagen fragte sie: »Wir fahren wohl zu mir?«

Er nickte: »Ja.«

»Aber es ist nicht aufgeräumt.«

»Muss das sein?«

Sie lächelte und zündete ihm eine Zigarette an.

Ihre Wohnung erschien ihm wie ein sicheres Versteck. Er warf sein Jackett achtlos auf den Teppich und legte sich auf die Couch.

»Möchtest du einen Kaffee?«

»Nein.«

»Alkohol?«

»Nein, nicht mehr.«

Sie wollte in das Badezimmer gehen, um sich für ihn zurechtzumachen, aber noch auf dem Weg holte er sie ein. Er war wild und unbeherrscht, und sie kam ihm ohne Vorbehalt und mit gleicher Wildheit entgegen. Als sie nackt voreinander standen, murmelte er heiser: »Sprich nicht mehr von diesem Schwein.«

Es ist sicher, wenn auch ganz ohne Belang, dass sie sich, gemessen an herkömmlichen Vorstellungen, mit einer geradezu tierischen Lust liebten.

Anneli sagte später: »Ich weiß es nicht mehr genau, aber er kam mehrmals zu mir, und ich habe einmal so geschrien, dass die Leute unter mir mit irgendetwas an die Decke klopften.«

Es war fünfzehn Uhr zehn, als er ihre Wohnung verlassen wollte.

»Warum gehst du?«

»Ich muss noch einmal in die Fabrik.«

»Das ist nicht gut.« Sie presste sich an ihn und weinte.

»Es muss sein.«

»Nein, es muss nicht sein. Bleib hier.«

»Du siehst schon ganz müde aus.«

»Das macht doch nichts.«

Er nahm sie in die Arme und begehrte sie schon wieder. Er sagte: »Du bist einfach verrückt.«

Er verließ das Haus gegen siebzehn Uhr. Die Zeit ist nicht mehr genau festzustellen, weil Anneli glücklich und erschöpft war und nicht mehr auf die Uhr sah.

Ich habe gerade die letzten Seiten noch einmal gelesen und frage mich, warum ich Schumacher so einseitig, so widerwärtig gezeichnet habe, obwohl die menschliche Erfahrung lehrt, dass ein so erfolgreicher Mann auch seine guten Seiten haben muss. Aber in seinem Verhältnis zu Kraft zeigten sich bei Schumacher nur Widerwärtigkeiten, und so gnadenlos es auch klingen mag: Für mich war Schumacher das, als was Kraft ihn bezeichnet hatte, ein Schwein nämlich. Es mag sein, dass er in früheren Jahren einmal anders gewesen war, menschlicher vielleicht. Aber in dieser Zeit war er ein Sadist, und Kraft war sein Opfer.

Schumacher quälte Kraft grundlos, er gab sich nicht einmal die Mühe, einen Grund zu suchen. Er gefiel sich darin, seine Macht über diesen Mann in Bereiche auszudehnen, in denen jedes Wort eine Unterstellung, eine Beleidigung, eine Demütigung war. Für mich ist Schumacher in mancher Hinsicht eine Figur, die dem blutigen Mittelalter entstiegen sein könnte, die folterte, weil Foltern Freude bereitet.

Ich bemerke gerade, dass ich Schumacher damit der Perversität beschuldige und dass man meine eigenen Moralbegriffe stark infrage stellen kann, da ich für Kraft spreche. Ich will Kraft nicht verteidigen, der Gedanke ist absurd. Ich bin mir sehr wohl bewusst, dass er an diesem Nachmittag nicht nur Ehebruch beging, sondern etwas sehr viel Schlimmeres: Er züchtete in der empfindlichen, ihm hilflos ergebenen Anneli das Gefühl, geliebt zu werden. Und es ist mehr als fraglich, dass er sie liebte.

Vom Text der Gesetze her ist Kraft schuldig und Schumacher sein Opfer. Doch man darf nicht vergessen, dass der Text der Gesetze im Grunde viel zu kategorisch ist. Man darf nicht vergessen, dass Kraft ein Gequälter war.

O nein, ich will Kraft wirklich nicht verteidigen, ich will nur gewissenhaft zeigen, was ihm widerfuhr und wie er damit fertigzuwerden versuchte.

In diesem Zusammenhang ist eines interessant: Das Gericht wird ihm beweisen können, dass er seine Frau betrog, und es wird daraus folgern, dass er es vermutlich oft tat, obwohl ich das nicht glaube. Man sieht, wie verschieden man die Dinge betrachten kann. Für mich gelten die Worte der Anneli Kreuz. Ich glaube auch nicht, dass Kraft seine Frau bewusst betrog, ich glaube vielmehr, dass er hilflos vor Wut schnell eine Zuflucht suchte und sie dort fand, wo er geliebt wurde.

Ich arbeite jetzt ununterbrochen seit zehn Stunden, um eine klare Linie in den Fall zu bringen. Anfangs hatte ich gehofft, die Protokolle der Verhöre würden mich weiterbringen, aber sie umfassen viertausendsiebenhundertdreiunddreißig maschinengeschriebene DIN-A4-Seiten, und die Hälfte davon ist gänzlich unbrauchbar, ja nutzlos. In einigen Fällen sogar widerlich.

Da taucht immer wieder der Name eines Kriminalbeamten auf, dem vornehmlich die ersten Vernehmungen der Frauen übertragen worden waren.

Allein dieses Verhör erstreckt sich über zweihundertsieben Seiten. Es enthält erotische Einzelheiten, gegen die normale pornographische Schriften als Kinderbücher oder ähnlich Harmloses betrachtet werden können. Und die Zeugin ließ sich trotz ihrer Kühle in eine wahre Erzähllust hineinsteigern. Es ist mir heute noch unbegreiflich, aber selbst auf die Frage, was Schumacher während eines Liebesspiels zu sagen, zu stöhnen, zu fordern, zu brüllen pflegte, gab sie zuletzt bereitwilligst Auskunft.

Ich habe sofort nach dem ersten Studium dieses Verhörs den betreffenden Beamten zu einer psychiatrischen Untersuchung gezwungen. Das Ergebnis zeigte eine enorme sexuell

abartige Veranlagung. Er ist jetzt in einer Heilanstalt unter-
gebracht.

Der 27. Juli ist beschrieben, das Wesentliche herauskris-
tallisiert. Dieser Tag war ein Freitag. Ich überspringe nun
vier Tage und lege fest, was am 1. August, einem Mittwoch,
geschehen ist. Vierundzwanzig Stunden später nämlich war
das erste Opfer tot, und die sorgsam geplanten Kleinigkeiten,
die sein Sterben ermöglichten, ergeben ein Bild von geradezu
diabolischer Schlauheit.

1. August

Das Hotel hieß *Lion d'or* und war ausgezeichnet. Es war nicht neu und nicht alt, eine faszinierende Mischung. Das Hotel lag im alten Teil Nizzas, in einer der Gassen unten am Strand. In dieser Gegend lebte das Völkchen der Nacht, mittags lagen die Mütter in den Fenstern und tauschten über das blaue Pflaster hinweg die Erfahrungen und Geschäftserfolge der vergangenen Nacht aus, oder sie beschimpften sich.

Das *Lion d'or* hatte damit nicht etwa einen zweifelhaften Ruf, im Gegenteil, es genoss unter Kennern eher den Ruf einer exklusiven Insel inmitten der Welt des Lasters, wie es so schön heißt. Das war das Argument, mit dem Kraft mühelos die Bedenken der Frauen beiseitegeschoben hatte.

»Ich zeige euch Nizza, wie es wirklich ist.«

Sie waren am Samstagabend gekommen und hatten die Tage damit verbracht, in der weißen Sonne herumzuschlendern, zu baden, zu essen. Sie hatten – eine bemerkenswerte Eigenschaft des deutschen Touristen – sofort einen bestimmten Rhythmus in ihr Leben gebracht. Morgens fuhren sie nach einem ausgiebigen Frühstück auf die Uferstraße nach Cannes, folgten ihr etwa acht Kilometer und bogen dann in eine kleine, von dunkelfarbenen, scharfkantigen Felsen umgebene Bucht ein. Die beiden Männer fuhren mit dem Schlauchboot hinaus, um zu tauchen, während die beiden Frauen sich in der Sonne bräunen ließen. Das dauerte bis vierzehn Uhr. Dann verließen sie die kleine Bucht und gingen in ein Lokal landeinwärts, das *Chez Barbra* hieß. Dort aßen sie und fuhren gegen drei Uhr wieder in das Hotel. Es folgten vier Stunden, in denen beide Paare allein je nach Belieben entweder spazieren gingen oder schliefen oder nach Antiquitäten suchten. Um neunzehn Uhr zogen sie sich zum Abendessen um. Sie aßen abwechselnd im *Lion d'or* oder aber im *Palace Hotel* und gingen anschließend bummeln, das heißt, sie tanzten und tranken, wechselten sehr schnell die Lokale und waren gewöhnlich betrunken, wenn sie gegen zwei oder drei Uhr morgens nach Hause zurückkehrten.

Das fiel nicht auf, denn die Bordelle hatten in diesen Stunden großen Andrang, die Gassen waren voll mit schwadronierenden Männern. Es braucht nicht hinzugefügt zu werden, dass das der eigentliche Grund ist, weshalb Kraft gerade das *Lion d'or* ausgesucht hatte.

Kraft ließ den schweren Mercedes, den sie gewöhnlich Andreas' Fiat vorzogen, vorsichtig über die harten Betonrippen der Kellergarage des *Lion d'or* herunterrollen. Er sagte: »Ich habe Zahnschmerzen. Falls es nicht besser wird, muss ich zum Zahnarzt gehen.«

»Ich habe einen Sonnenbrand«, sagte Rita wie ein Kind. »Ich will schlafen.«

Andreas und Chris saßen hinten im Wagen. Sie hielten sich an den Händen und lächelten sich an.

»Papa«, sagte Chris, »geh doch lieber sofort zu einem Arzt.« Kraft nickte melancholisch: »Ja, ich glaube, du hast recht.«

Er hatte keine Zahnschmerzen, er brauchte lediglich einen Vorwand, um sich allein aus dem Hotel entfernen zu können. Nicht etwa, um zu morden, sondern um ein wichtiges Detail seines Mordplanes an den rechten Platz zu bringen.

Sie stiegen aus und bewegten sich mit der Mattigkeit von Leuten, die lange in der Sonne gewesen sind.

In der Halle, die angenehm kühl und ruhig war, löste sich Kraft von seiner Frau und ging zum Empfang.

»Wo finde ich einen Zahnarzt?« Sein Französisch war nahezu perfekt.

»Gleich um die Ecke, Monsieur«, sagte der Geschäftsführer mit dem nötigen Bedauern. »Darf ich einen Termin für Sie ausmachen?«

»Ja, bitte.« Kraft wandte sich um und grinste: »Geht nur hinauf, wir treffen uns zum Abendessen. Ich will es hinter mich bringen.«

Er sah den dreien nach, wie sie langsam und erschöpft die breite Treppe hinaufstiegen, und er lächelte leicht, als Rita ihm zurief: »Du bist ein Held!«

Er nahm eine Zeitung und setzte sich in einen Sessel, während der eifrige Geschäftsführer sich lautstark und gestenreich bemühte.

»Es geht sofort, Monsieur Kraft. Sofort! Der Doktor heißt Malraux. Malraux, wie der Dichter.«

»Aha«, sagte Kraft. »Ich danke Ihnen.«

Der Zahnarzt war ein schmaler Mann, vielleicht vierzig Jahre alt. Er trug eine sehr starke Brille und schien in einer Wolke von Pernod zu schweben. Er begrüßte Kraft lärmend und freundlich und sprach überraschend gut Deutsch.

»Was fehlt uns?«

»Rechts unten«, sagte Kraft. Er zog sein Jackett aus, als sei er täglich bei einem Zahnarzt und setzte sich in den Behandlungsstuhl.

»Hm«, Malraux hantierte irgendwo im Hintergrund mit Instrumenten. »Haben Sie seit langem Schmerzen?«

»Etwa seit drei Tagen.«

»Ständig?«

»Nein. Wenn ich genügend Wein getrunken habe, sind sie verschwunden.«

Malraux lachte. »Wollen Sie einen Pernod?«

»Natürlich«, sagte Kraft. »Mit Vergnügen.«

Sie tranken. Kraft bekam ein Wasserglas zu einem Viertel gefüllt, der Arzt trank die doppelte Portion.

»Es ist heiß heute.«

»Ja, sehr. Machen Sie den Mund auf.«

Kraft sah das zerstörte Gesicht dicht vor sich, und es ekelte ihn an.

»Ist es der?«

Kraft schüttelte den Kopf und wartete mit dem Zusammenzucken, bis der Arzt den äußersten Backenzahn beklopfte. Er schloss die Augen und verkrampfte sich.

»Aha!«

»Was heißt das?«

»Ich werde extrahieren müssen. Ist Ihnen das recht? Sie werden sonst immer stärkere Schmerzen bekommen. Und Sie wollen doch Ihren Urlaub genießen, nicht wahr?«

»Großer Gott«, sagte Kraft amüsiert. »Also los!«

Was immer man gegen Malraux haben konnte, eines musste man ihm lassen – er konnte hervorragend ziehen. Kraft verspürte nicht den geringsten Schmerz. Er spuckte das Blut eine Weile in den Napf, ließ sich die Wunde austupfen und spülte dann mit Wasser.

»Kann ich den Zahn mitnehmen?«

»Natürlich. Hier ist er. Sieht eigentlich gesund aus, aber Zähne sind hinterhältig.«

Kraft spuckte wieder. Dann fragte er resigniert: »Was kostet das?«

Als er auf der Straße stand, waren nicht mehr als dreißig Minuten vergangen. Er hielt ein Taxi an.

»Fahren Sie mich in eine Kneipe, in der Fischer verkehren. Keine Touristen, verstehen Sie? Fischer.«

»Oui, Monsieur.« Der Fahrer war jung und gelangweilt.

»Und fahren Sie schnell.«

»Oui, Monsieur.«

Kraft schluckte eine der Tabletten, die Malraux ihm mitgegeben hatte, und von Zeit zu Zeit spuckte er diskret Blut in sein Taschentuch.

Die Kneipe war eigentlich nichts als ein Weinlager mit einigen roh gezimmerten Tischen und Fässern statt Stühlen. Sie war voll besetzt und wirkte sehr schmutzig.

Kraft drängte sich vor bis an die Theke. »Anis.«

»Oui, Monsieur.«

»Trinken Sie mit?«

»Merci, Monsieur.« Der Wirt war unglaublich fett und schmierig, aber sein Gesicht war klug und voller Lachfalten. Als er Kraft das Glas vollgoss, fragte er: »Deutscher?«

»Sieht man das?«

»Ein wenig.«

»Das ist schlimm.«

Der Wirt lachte, und sie tranken.

Das taube Gefühl in den Mundpartien begann zu weichen, die Wunde schmerzte leicht. »Ich komme vom Zahnarzt«, sagte Kraft. »Es war scheußlich.«

»Ich spendiere einen«, sagte der Wirt. »Zahnarzt ist Scheiße.«

»Richtig.«

Kraft drehte sich herum und sah in den dunklen Raum. Er entdeckte keinen einzigen nüchternen Mann.

»Sind das alles Fischer?«

»Alles, Monsieur.«

»Sind sie immer betrunken?«

»Meistens. Fangen sie gut, betrinken sie sich vor Glück, kommen sie leer zurück, trinken sie aus Kummer. Nur ein paar ganz junge trinken nicht, aber sie werden noch kommen mit den Jahren.«

»Ich brauche einen Tintenfisch«, sagte Kraft. Er sah den Wirt lächelnd an. »Lebend, verstehen Sie?«

»Wozu, Monsieur?«

Kraft wurde verlegen. »Ich tauche«, erklärte er. »Und meine Frau will, dass ich so ein Biest heraushole. Aber ich habe noch keins gefunden, verstehen Sie?«

Der Wirt begriff sofort und begann schallend zu lachen. Er klopfte Kraft auf die Schulter und stieß dabei mit dem Bauch beide Schnapsgläser um.

»He! Jean-Pierre! Komm her!« Dann zu Kraft: »Jetzt ist er besoffen, aber nachts bei der Jagd auf Tintenfische ist er der Beste.«

Der Mann, der Jean-Pierre hieß, kam herangeschwankt und lächelte.

»Jean-Pierre, bist du sehr besoffen?«

»Nicht allzu sehr. Wie gewöhnlich.« Er war vielleicht fünfzig Jahre alt, und seine Zähne waren vom Kautabak fast schwarz:

»Also, hör zu. Dieser Monsieur hier braucht einen Tintenfisch. Lebend, klar? Morgen früh.«

»Wie soll ich so ein Vieh lebend bringen?«

»Ich gebe dir ein Fass, klar?«

Kraft sagte: »Das ist gut, das mit dem Fass ist hervorragend.« Jean-Pierre sah ihn an. »Wozu brauchen Sie das?«

»Das geht dich einen Furz an«, sagte der Wirt. »Wann bist du morgens zurück?«

»Um fünf«, sagte Jean-Pierre. »Ich komme immer um fünf zurück, das weißt du doch.«

»Also, ich gebe dir ein Fass, und du tust das Ding da rein. Dieser Herr ist um fünf am Kai und holt das Fass ab.«

»Ihr seid Klasse!«, sagte Kraft. Er gab beiden einen Fünfzig-Franc-Schein, und sie strahlten, wie nur diese Leute es können. Jean-Pierre sagte: »Ich will mit dir saufen, Kamerad.«

Kraft schüttelte den Kopf, lachte und ging hinaus. Als er das *Lion d'or* erreicht und schließlich mit dem Zahn in der Hand an Ritas Bett stand, die braun und nackt auf dem Leinen lag, waren nicht mehr als fünfundsechzig Minuten vergangen. »Schau dir das an«, klagte er. »Schau dir dieses Biest von Zahn an. Ich brauche Trost.«

Vielleicht wird jemand im Verlauf der kommenden Monate fragen, woher ich weiß, dass Kraft diese Zahnschmerzen nur vortäuschte. Nun, die Antwort ist einfach: Man hat den Zahn, den Kraft in einer Zündholzschachtel mit nach Hause brachte, bakteriologisch untersucht und als völlig intakt bezeichnet, was als Beweis ausreicht.

Ich bin einfach gezwungen festzustellen, dass Kraft große Qualitäten als Organisator und Schauspieler besaß. Gewiss, ich bin Staatsanwalt und dürfte so etwas nicht sagen, aber es ist nun einmal die Wahrheit. Dass er ein Höchstmaß all seiner Fähigkeiten an einem Mord bewies, ist traurig, schafft aber seine Fähigkeiten nicht aus der Welt. Er vollbrachte Kabinettstückchen nach Kabinettstückchen. Bei einer anderen Aufgabe hätte er sich niemals so viel Mühe gegeben. Er war der Überzeugung, nur dann in Frieden mit sich selbst und der Welt leben zu können, wenn ein bestimmter Mensch tot war.

Etwa zu der Zeit, als Kraft in Malraux' Behandlungsstuhl saß, kam seine Tochter aus dem Badezimmer, das Band in ihren Haaren war leuchtend orange. Sie setzte sich vorsichtig auf die Bettkante und sah Andreas neugierig an, als erwarte sie etwas Neues, Aufregendes.

»Ich liebe dich.«

Er zündete sich eine Zigarette an und blies ihr den Rauch ins Gesicht.

»Ich bin der Mann für Nirgendwo.«

»Das ist richtig. Aber hier bist du es noch mehr als zu Hause in Köln.«

»Hier bin ich im Urlaub.«

»Das ist es nicht. Es ist etwas anderes. Mach die Augen zu und schlaf. Vielleicht finde ich es heraus, wenn ich dich ansehe.«

Er schloss die Augen und murmelte: »Ich bin wirklich müde.« Dann tastete er nach dem Aschenbecher und drückte die Zigarette darin aus.

Einige Wochen nachdem er sie kennengelernt hatte, war sie auf den Namen *der Mann für Nirgendwo* gekommen. Sie hatten viel darüber gelacht, aber wenn er es sich richtig überlegte, traf diese etwas lächerliche Bezeichnung zu. Es gab keine innere Bindung zwischen ihm und dieser Dynastie Schumacher. Nichts an dieser Stadt, in der er lebte, war ihm so viel wert, dass er bleiben müsste. Er liebte seine Arbeit nicht sonderlich und besaß nicht einmal eine Spur jener Frömmigkeit, die notwendig war, das Leben in dieser Gesellschaft angenehm zu finden.

»Was für ein Leben willst du eigentlich?«, hatte sie gefragt. »Und wo willst du es führen?«

»Ich weiß es nicht«, hatte er geantwortet.

Er stammte aus einem kleinen Dorf an der Oberweser, und sein Leben hatte begonnen, als er nach dem Abitur die Technische Hochschule in Aachen besuchte. Da seine finanziellen Mittel sehr gering waren, versuchte er in den Semesterferien zu arbeiten. Aber das geschah nur einmal, denn dann entdeckte er plötzlich seine Fähigkeit, Menschen zu bezaubern.

Das Wort *bezaubern* erinnert an dümmliches Geschwätz in einem Damensalon. Aber für Andreas Lorenz gibt es kein Wort, das der Wahrheit näher kommt. Er bezauberte Menschen, Frauen gleichermaßen wie Männer. Er bezauberte durch sein Aussehen, durch seine scheinbare Hilflosigkeit, durch seine Launen und durch seine zuweilen mit Brutalität verbundenen Anfälle von Jähzorn.

Mit einundzwanzig Jahren war er der Geliebte einer bekannten Aachener Industrieerbin, die damals fünfunddreißig Jahre alt war und hoffnungslos abhängig von ihm. Seine Kommilitonen gaben ihm den Namen *der Schlenderer*. Selten sah man ihn in Vorlesungen, häufig dagegen durch die Straßen schlendern, verträumt Steine oder leere Konservendosen vor sich her stoßend. Eine auf die Männer jungenhaft und albern wirkende Eigenart, aber die Frauen machte das neugierig.

Als er sechsundzwanzig war, bewarb er sich nach bestandenem Diplom auf ein Inserat hin bei der Kölner Firma Schumacher. Es war ihm gleichgültig, was er tat und wo es getan werden musste. Im Grunde hätte er die Stelle in Köln nicht anzutreten brauchen, denn zu dieser Zeit wurde er von der Frau eines Wiener Juweliers ausgehalten, die ihm eindeutig zu verstehen gab, er könne alle Zeit auf ihre Hilfe hoffen. Aber in einer seiner Launen gefiel es ihm plötzlich, *irgendwo richtig zu arbeiten.*

Bei dieser Gelegenheit traf er Chris Kraft. Der Unterschied zwischen ihr und den anderen Frauen, die er kannte, war so groß, dass er sich auf ein Abenteuer mit ihr einließ, das mit ihrer Hochzeit endete.

Sie gab seinen Launen freies Spiel, und sie gab ihm Gelegenheit, sie selbst zu einer Frau zu machen, eine Aufgabe, der er sich mit rührender Zärtlichkeit annahm.

Er tat, was ihm gefiel, dieser Mann für Nirgendwo. Er hatte gute und schlechte Züge wie wir alle. Er hatte nur die Vorteile, auf eine männliche, blonde Art hübsch zu sein und Launen zu haben und keine Disziplin.

Hätte man ihn im *Lion d'or* an diesem 1. August gefragt, was er sich vor allen anderen Dingen wünsche, so hätte er träge lächelnd gebeten: »Gebt mir einige Millionen und lasst mich mit meiner Frau weggehen.« Er konnte nicht ahnen, dass sein Schwiegervater ihm neunzehn Stunden später das alles in den Schoß legen würde. Allerdings gegen einen hohen Preis.

»Schläfst du?«

»Nein«, sagte er träge. »Wenn du mich ansiehst, kann ich nicht schlafen.«

»Ich habe darüber nachgedacht, ob du gern mit mir verheiratet bist.«

»Ja.«

»Und es wird immer so sein?«

»Nein. Wir werden uns zanken, und ich werde mich voller Wut besaufen. In diesen Minuten werde ich nicht gern mit dir verheiratet sein.«

Sie lachte, und sie war glücklich.

»Zieh diesen scheußlichen Bademantel aus.«

»Aber sieh mich nicht an. Mach die Augen zu.«

Von diesem Abend ist nichts Besonderes zu berichten. Sie aßen zusammen im *Palace*, gingen tanzen und waren gegen ein Uhr im *Lion d'or*.

Obwohl zu diesem Zeitpunkt der 2. August schon angebrochen ist, muss noch eine Begebenheit dieser Nacht vor das Datum gestellt werden. Sie hängt mit Krafts Vorbereitungen zusammen.

Er wartete, bis seine Frau gegen ein Uhr fünfundvierzig eingeschlafen war, knipste dann das Lämpchen über seinem Bett an und las bis vier Uhr. Dann zog er sich an und ging aus dem Zimmer. Er fuhr mit dem Lift bis in die Kellergarage und verließ das Haus mit dem Wagen gegen vier Uhr fünfzehn. Er fuhr direkt zum Fischkai und wartete dort auf den Kutter des Jean-Pierre, der vier Uhr fünfundfünfzig einlief. Es fiel niemandem auf, dass er fünf Minuten später mit einem Vierzig-Liter-Weinfass keuchend an den Fischern und Händlern vorbeiging, das Fass vor den vorderen Nebensitz des Wagens klemmte und vorsichtig davonfuhr. Fünfzig Minuten später stand das Fass, beschwert mit einigen Steinbrocken, an Ort und Stelle.

Der Wirt der Fischerspelunke war sogar so umsichtig gewesen, Löcher in das Fass zu bohren und einen Deckel abzusägen, damit das Tier am Leben blieb.

Es gab nun nichts mehr zu tun, als zu morden.

2. August

Kraft war ganz ruhig. Er hatte diesen Mord so oft in Gedanken begangen, dass es für ihn zwischen Planung und Beginn der Ausführung kaum noch einen Unterschied gab. Wäre er nervös gewesen, dann wegen unkalkulierbarer technischer Umstände, niemals aber wegen des Gedankens, einen Menschen töten zu wollen. Unkalkulierbare technische Umstände aber waren auszuschließen.

Es gab zwar einen Faktor, den er nicht genau vorausberechnen konnte, aber er hatte monatelang darüber nachgedacht und war überzeugt, dass ihm von dieser Seite keine Gefahr drohte.

Gegen zehn Uhr rollten sie in ihre Badebucht und entluden den Wagen.

Es war so heiß, dass Krafts Hände beim Ausladen der Taucheranzüge nasse, schmierige Spuren auf dem schwarzen Gummi hinterließen. Wahllos warfen sie alle Mitbringsel in den weißen Sand, sie bewegten sich träge und lustlos, als absolvierten sie ein langweiliges, zur Routine gewordenes Pflichtpensum.

»Kein Wind«, klagte Chris. »Wo ist meine Sonnen-brille?«

»Such sie«, sagte Kraft. Er überlegte, ob es ausreichen würde, das Opfer fünf Meter tief zu ziehen. Fünf Meter waren nicht viel, aber es kam auf die Schnelligkeit der Bewegung an.

»Was fangt ihr heute?«, fragte Rita. Sie stand mit dem Gesicht zur Steilwand der Felsen und zog sich unter ihrem Bademantel um.

Chris pumpte mühsam mit einem kleinen Blasebalg eine Luftmatratze auf. »Sie werden einen Wal mitbringen.«

»Keinen Wal«, sagte Kraft vergnügt. »Aber ich denke, wir versuchen, einen Tintenfisch herauszuholen.«

»Nein«, sagte Chris hastig. »Die sind so widerlich.«

»Das Jagen macht aber Spaß«, sagte Kraft. »Und meis-tens wehren sich die Biester.«

»Wie wehren sie sich?« Rita hatte das umständlich und lächerlich wirkende Ritual des diskreten Umklei-dens hinter sich gebracht. Sie trug einen weißen, an ein-fache Unterwäsche erinnernden Bikini, und wie immer wirkte sie sehr sinnlich.

Kraft nahm sein Tauchgerät hoch, das aus den übli-chen Schläuchen und einer Doppelflasche bestand. Er beobachtete den Druckmesser und erklärte: »Sie weh-ren sich passiv, sie klammern sich mit allen Saugnäpfen an die Unterseite von Felsen oder in Felshöhlungen. Manchmal braucht man Stunden, um sie zu lösen. Und es nützt auch nichts, wenn man sie tötet, diese Saugfä-higkeit bleibt lange erhalten.«

»Das ist eklig«, sagte Chris, aber es klang nicht son-derlich interessiert.

»He, Andreas«, schrie Kraft. Er setzte sich in den Sand und begann den schwarzen Taucheranzug über seine Beine zu ziehen.

»Er hat das Meer gern«, sagte Chris schnell. »Er hat es mir gesagt.«

»Er war heute Nacht besoffen«, sagte Kraft. »Er ist verkatert. Das ist es.«

Andreas wandte sich um und kam die wenigen Meter zu ihnen in den pulvrigen Sand.

»Was ist los? Man kann kleine Fische sehen, das Wasser ist ganz klar.«

Rita lachte. »Andy, reib mir den Rücken ein.« Sie drehte sich auf den Bauch und löste den Verschluss des Oberteils ihres Bikinis.

Andreas kniete sich neben sie in den Sand und drückte aus einer Tube Creme auf ihren Rücken.

»Das ist schön kühl. Deine Hände sind aufregend.«

»Na, na«, sagte Kraft, aber es klang gutmütig.

»Seine Hände sind aufregend«, beharrte Rita. »Bist du eifersüchtig?«

»Das nicht«, sagte Kraft. »Aber es ist dein Stiefschwiegersohn.«

Sie lachten, und Andreas spürte, wie er Ritas Körper mit seinen Händen erregte. Das überraschte ihn nicht, er hatte es erwartet. Seit er diese Frau kannte, wusste er, dass sie einmal zu ihm kommen würde. Für gewisse Unvermeidlichkeiten hatte er einen unfehlbaren Instinkt entwickelt.

»Andy«, rief Chris. »Was soll ich anziehen? Den Grünen oder den Weißen?«

»Den Weißen«, rief er zurück.

»Da sieht man mehr Busen«, Ritas Stimme klang hell und befriedigt. Sie warf einen schnellen Blick auf Kraft, der sie belustigt ansah, und fügte hinzu: »Wir leben im Zeitalter des Busens.«

»Das ist nicht neu«, murmelte Kraft, und in seine Belustigung mischte sich Neugier.

Andreas bemühte sich sehr sanft um die Partien unterhalb ihrer Achselhöhlen.

Sie wehrte sich. »Es ist gut. Du hättest Masseur werden sollen.« Ihre Stimme klang gepresst.

»Ja«, sagte er gedehnt, und seine Stimme war voller Lachen. Plötzlich bemerkte er, dass dies ein gefährlicher Moment war, denn Krafts Augen wirkten plötzlich kühl. Er stand schnell auf und streckte sich.

»Es ist heiß heute.«

»Wie immer«, sagte Rita. Auch in ihrer Stimme war ein Lachen.

»Mach das Schlauchboot fertig«, sagte Kraft. »Wie viel Druck hast du auf den Flaschen?«

»In jeder tausend Liter Frischluft, auf zweihundert Atmosphären verdichtet. Das reicht für zwei Stunden, wenn wir nicht viel tiefer als fünfzehn Meter hinuntergehen. Willst du tiefer?«

»Um Gottes willen!«, sagte Kraft. »Ich bin doch nicht lebensmüde.«

Andreas pumpte das Schlauchboot auf und schleppte es zum Wasser. Den kleinen Outborder setzten sie gemeinsam ein, dann den Boden aus Aluminiumleisten. Während Kraft die Harpunen und Paddel zusammensuchte und in das Boot trug, zog Andreas sich den Anzug über. Die Sauerstoffflaschen legten sie noch nicht an.

»Bringt einen Hering mit«, rief Rita träge.

»Einen hübschen Seestern oder eine rote Muschel«, sagte Chris.

Sie beobachteten die Männer, wie sie das Boot in das Wasser hineinschoben, den kleinen Motor starteten und vorsichtig in das Wasser hinunterklappten, wobei die kleine Schraube ein Geräusch machte wie ein heftig gurgelnder Mann.

»Sie werden wie üblich nichts mitbringen«, sagte Rita. »Dein Vater traut sich bestimmt nicht an einen Tintenfisch heran. Er kann Schlangen nicht leiden und sicher auch keine Tintenfische.«

»Aber Andy macht's«, sagte Chris eifrig. »Als wir auf unserer Hochzeitsreise in Loano waren, hat er es schon mal gemacht. Es war scheußlich.«

»Ich möchte wissen, warum ich solch einen Bikini anziehe.« Rita vergrub ihr Gesicht zwischen den Armen. »Was ist denn in diesem verdammten Meer so Interessantes zu sehen?«

»Das ist eine Sache für Männer«, sagte Chris, es klang altklug.

»Dann könnten sie doch mit einer elektrischen Eisenbahn spielen. Wenn mich niemand anstarrt, weil niemand hier ist, will ich wenigstens davon träumen.«

»Wie du redest!«

Rita lachte träge, es klang hohl. »Eines Tages wirst du es begreifen.«

»Es war scheußlich damals.«

»Was?«

»Das mit dem Tintenfisch.«

»Erzähl.«

Die Sonne war so heiß, dass man es ohne Schatten im Sand nicht aushalten konnte. Chris stellte einen kleinen bunten Schirm auf und richtete ihn so, dass das Oval seines Schattens auf ihre Köpfe fiel. »Wir waren ein paar Tage in Loano, und ein Mann fragte Andy, ob er mitkommen wolle, einen Tintenfisch zu holen. Er ging mit. Sie kriegten einen zu fassen, aber er saugte sich an den glatten Steinen fest, die draußen im Meer waren. Sie steckten zwei Harpunen rein und kamen dann aus dem Wasser. Wir aßen zu Mittag, und sie zogen sich wieder um, um ihn zu holen. Es dauerte bis abends, und als sie kamen, ringelte sich das Vieh noch immer. Ich habe lange davon geträumt.«

»Er ist ein toller Bursche, dein Andy«, sagte Rita gutmütig.

»Alle Frauen mögen ihn.« Es klang auf eine rührende Weise stolz.

»Du musst auf ihn aufpassen.«

»Das will ich auch.« Chris fühlte sich jetzt unbehaglich.

Das Schlauchboot mit den beiden Männern war um eine Felsnase herum verschwunden, und auch Chris legte sich jetzt auf den Bauch und vergrub ihr Gesicht in den Armen.

»Das geht so nicht«, sagte Rita unwillig. Sie erhob sich und lief ins Meer. »Es ist lauwarm.«

Ein Boot kam mit hoher Geschwindigkeit herangeschossen. Rita stand bis zu den Oberschenkeln im Wasser und blinzelte.

»Wir bekommen Besuch.«

Der Bug des Bootes lag hoch und senkte sich dann plötzlich wie erschlafft. Erst jetzt hörten sie den starken Motor.

»Es sind zwei«, rief Rita vergnügt.

Hinter der Windschutzscheibe des Bootes standen zwei dunkelhaarige Männer und gestikulierten heftig. Der Linke umarmte fortwährend eine imaginäre Frau, während der Rechte ihnen bedeutete, in das Boot zu kommen.

»Aimez-vous fun?« schrie er.

Rita lachte und schüttelte den Kopf. Sie drehte sich um und kam aus dem Wasser heraus auf Chris zu.

»Was wollen die?«

Rita drehte sich zu den Männern im Boot und schüttelte wieder heftig den Kopf. Sie sagte: »Soweit ich es begriffen habe, wollen die Herren nur einmal kurz mit uns schlafen.«

Das Boot lag jetzt quer zum Strand, und der Motor wurde wieder lauter.

»Sie fahren!« Chris lächelte unsicher. »Es sind scheußliche Kerle.«

»Ich mag sie.« Rita trocknete sich die Beine ab. »Sie machen kein Kreuzzeichen, ehe sie auf Kreuzzug gehen.«

»Aber Rita!«

»Ich weiß, ich bin schrecklich vulgär.« Die Frau des Mörders Kraft legte einen Arm um die Schultern ihrer Stieftochter. »Ich bin nicht so vornehm wie eure Familie.«

Chris war sofort besänftigt. »Ich ... ich finde dich in Ordnung. Hast du schon einmal mit so einem Mann ...«

»Nein, ich habe nicht. Aber es gibt Zeiten, da hätte ich es bestimmt getan. Aber ich hatte kein Geld hierherzukommen.« Sie sah auf das Boot, das nur noch ein winziger weißer Farbklecks war.

»Wie war dein Leben früher?«

Rita hatte die Frage erwartet, und dies war ein Augenblick, in dem sie bereit war, darüber zu sprechen.

»Da gibt es nicht viel zu sagen«, murmelte sie und malte Figuren in den Sand. »Meine Eltern sind Schrotthändler in der Altstadt gewesen. Ich war in der Lehre bei einem Lebensmittelhändler, der eklige nasse Hände hatte und dauernd an mir herumtastete. Ich ging weg von ihm, als ich achtzehn war.« Sie warf eine Handvoll Sand in ihren Schoß. »Dann wurde ich Arbeiterin. Ich baute Armaturen zusammen am Fließband. Und abends ging ich in Jazzkeller, das war damals modern. Als ich zweiundzwanzig war, verlobte ich mich mit einem Monteur. Er war ein netter Kerl, aber er verstand nichts von Frauen, und ich lief ihm ein Jahr später weg. Damals kam ich zum ersten Mal mit der Winter in Berührung. Das ist jetzt acht Jahre her. Sie war gerade die Geliebte deines Onkels geworden, und er hatte ihr den Massagesalon eingerichtet. Sie hat wohl gesehen, was mit mir los war. Auf jeden Fall stellte sie mich sofort als Maniküre ein, obwohl ich nur wenig Ahnung davon hatte. Aber man lernt ja schnell. Die Winter schickte mich auf Feste, du kennst ja ihre besondere Begabung. Wenn irgendjemand ein paar Mädchen sucht, damit es nicht zu langweilig wird, und wenn er Geld hat, wendet er sich an die liebe Ilse. Und so wurde ich herumgereicht. Vor fünf Jahren lernte ich deinen Vater kennen, seitdem sind wir zusammen.«

»Also hat er meine Mutter mit dir betrogen?« Sie wirkte angestrengt wie ein Kind, das einer ganz und gar unglaublichen Geschichte zuhört.

»Man könnte es so nennen, obwohl er sie eigentlich nicht betrog, denn er mochte sie nicht.«

»Warum hat er sie dann geheiratet?«

»Ich weiß es nicht, vielleicht war zu Anfang, bevor du geboren warst, so etwas wie Zuneigung. Ich weiß es wirklich nicht. Auf jeden Fall hatte ich nie den Eindruck, in eine Ehe eingebrochen zu sein.« Sie lächelte. »Das ist eigentlich alles. Und jetzt bin ich Frau Direktor und so was Ähnliches wie deine Mutter.«

»Ich mag dich«, sagte Chris. »Meine Mutter war mir sehr fremd. Deine Sorte Leben ist mir auch fremd.«

»Du hast noch nichts versäumt, Kleines«, sagte Rita träumerisch.

Ich habe die Teilaufgabe zugewiesen bekommen, die Motive der Frauen zu untersuchen; warum sie dies oder jenes taten, dies oder jenes verschwiegen. Ich halte das für vollkommen sinnlos, und ich will sagen, warum es sinnlos ist – ein echtes Motiv hatte nur Kraft. Alles, was weiter geschah, ist nichts als eine zwangsläufige Entwicklung. Es ist vollkommen sinnlos, von Motiven der Frauen zu sprechen, denn sie hatten keine Motive, sie handelten notgedrungen. Aber da so viele Arbeiten bei deutschen Gerichten sinnlos sind und nur getan werden, weil irgendwelche Traditionen es fordern, kann ich mich nicht drücken. Aber ich werde nicht lügen! Die eigentlich belanglose Unterhaltung der Frauen habe ich ausgeführt, weil sie die träge Stimmung zeigt, diesen totalen Ferienzustand, der nichts Besonderes erwarten lässt. Und es ist wichtig, etwas von dem Hintergrund zu wissen, aus dem Rita kam. Denn sie wird in dieser Geschichte noch eine sehr wichtige Rolle spielen.

Aber welcher Mitspieler ist eigentlich nicht wichtig in einem Spiel, das mit drei Leichen endet? Der Hund jault im Vorraum zur Gartenterrasse. Ich habe ihn heraufgeholt, damit er die Kinder nicht aufweckt. Er will gekrault werden, und ich tue ihm den Gefallen. Dann trollt er sich.

Das folgende Gespräch ist das zweite, das ich konstruieren muss. Weil es keine Zeugen dafür gibt. Aber ich kenne die beiden Mitspieler ja gut.

Während Rita und Chris miteinander redeten, wurde gemordet. Sie waren nur durch eine gewaltige gläserne Wand von dem Geschehen getrennt. Durch das Wasser.

Kraft steuerte das Boot aus der Bucht heraus und ließ es nach Westen auf Cannes zu laufen. Sobald sie die vorspringende Felsnase umrundet hatten, erhöhte er die Geschwindigkeit.

Andreas lag vorn quer im Boot. Beide Arme ließ er im Wasser schleifen.

»Diese Anzüge sind verdammt warm. Wo wollen wir es versuchen?«

»Ich habe die Karte angesehen.« Kraft war ganz konzentriert. »Da gibt es eine kleine Bucht zwei Kilometer weiter. Ich will sehen, was da los ist. Die Wassertiefe liegt bei acht Metern. Ganz gut für Tintenfische.«

»Ja. Aber die Felsen sind scharfkantig, sie reißen leicht die Anzüge auf.«

»Du musst dich eben vorsehen.«

»Was werden die Frauen sagen, wenn wir tatsächlich einen Tintenfisch haben?«

Kraft lachte. »Sie werden eine Gänsehaut kriegen und sich ekeln.«

Schweigend fuhren sie zwanzig Minuten, ehe Kraft sagte: »Da ist es.« Er legte den Motor herum und ließ das Boot auf den schmalen Uferstreifen laufen. Die Sandfläche war nicht größer als hundert Quadratmeter, und die Felsen ringsum stiegen etwa sechs bis acht Meter steil hoch.

Kraft stellte den Motor ab und klappte ihn in das Boot hinein. »Wir tragen es hoch.«

»Aber warum?«

»Weil man es nicht sehen soll. Wenn man es sieht, kann es sein, dass andere Leute kommen, weil sie glauben, hier sei eine gute Stelle zum Tauchen oder Baden.«

»Das ist richtig«, gab Andreas zu. Er half Kraft, das Boot auf den Sand an die Felswand zu schleppen. Dann ging er zurück zum Wasser und starrte hinein. Über sich hörte er die Geräusche der Wagen von der Uferstraße.

»Ob man von der Straße hier heruntersteigen kann?«

»Ja«, sagte Kraft. Er sah auf die Uhr. Es war elf Uhr siebenundzwanzig. »Es gibt einen schmalen Pfad, aber den kennt kaum einer. Höchstens die Einheimischen, und die klettern bei dieser Hitze bestimmt nicht hier herum.«

Andreas begriff augenblicklich, und er zeigte Erstaunen. »Du kennst das hier?«

»Natürlich.« Kraft nahm die Sauerstoffflaschen hoch und begann sich die Apparatur aufzuschnallen. »Ich war vor vier Jahren hier nach dem Tod meiner ersten Frau.«

Es lief gut an, außerordentlich gut sogar. Als Andreas fragte: »Wie war sie eigentlich, diese Emmi Schumacher?«, konnte er seinen Triumph nur mühsam verbergen.

»Sie war nicht schlecht.«

»Nicht so mistig wie Schumacher?«

»Sie war eine Frau.«

Andreas turnte an den Felsen hoch und sah hinunter in die anlaufenden kleinen Wellen. Er begann zu lachen. »Ich könnte nicht mit einer Frau schlafen, die Schumachers Schwester ist.«

»De mortuis nihil nisi bene«, sagte Kraft.

»Was heißt das?« Andreas wusste es zwar, aber es war typisch für ihn, dass er trotzdem fragte, um dem Partner Gelegenheit zu geben, sich für gebildeter zu halten.

»Über Tote soll man nicht reden«, erklärte Kraft. »Nichts, außer es ist gut.«

»Aha«, sagte Andreas. »Es sieht hier nicht nach Tintenfischen aus.«

»Nein«, sagte Kraft. »Das weiß ich.« Er starrte auf den Punkt im Wasser, wo es voraussichtlich geschehen würde. »Ich bin auch nicht deswegen hier.«

Andreas sprang von dem Felsen herunter in den Sand und kam zu Kraft. »Was soll das?«

»Schnall dir die Flaschen auf«, sagte Kraft. »Ich zeige dir etwas.« Dann starrte er eindringlich auf den Rücken des Jungen, der sich gebückt hatte, um die Flaschen und die Gurte zurechtzulegen.

»Du hast dein Konto mit fünfzehntausend Mark überzogen!«

Er wusste genau, dass dieser Junge, der so sehr von seinen Launen abhängig und der so sehr darauf bedacht war, ein unabhängiges Leben zu führen, auf eine solche Eröffnung sehr heftig reagieren würde.

Andreas richtete sich langsam auf. Er sah Krafts ausdrucksloses Gesicht und fragte scharf: »Woher weißt du das?«

»Ich weiß es.«

»Woher?« Jetzt zeigten sich rote Flecken des Jähzorns auf seinem Gesicht.

»Von Schumacher«, sagte Kraft. »Glaub nicht, ich hätte dich hierher mitgenommen, um dir eine Standpauke zu halten.«

»Woher weiß es Schumacher?« Noch war ihm nicht klar, was Kraft da sagte.

»Von der Bank.« Kraft presste die Lippen zusammen. »Ich wollte es dir nicht sagen, aber in Zukunft wirst du deine Schulden bei Schumacher abbezahlen müssen. Er hat die Bankleute irgendwie dazu gebracht, deinen Kontostand bekannt zu geben.«

Die Wut in den Augen des Jungen wurde immer heftiger. »Dieses Schwein! Wie ist das gekommen?«

»Am Freitag hat er mich rufen lassen, als ich bei dir im Steuerstand war. Er hatte unsere beiden Konten vor sich liegen. Meins ist mit fünfzigtausend belastet. Er hat uns das Geld aufgezwungen. Wir zahlen die Zinsen an ihn. Verstehst du, wir zahlen diesem Schwein Zinsen!« Kraft dosierte seine Empörung sehr geschickt. Er setzte mit einem Seufzer hinzu: »Damit hat er uns völlig in der Hand.«

Andreas ging steifbeinig hinüber zum Boot und suchte darin herum. Als er die Zigaretten gefunden hatte und sich wieder zu Kraft wandte, war sein Gesicht weiß vor Empörung und Zorn. Er sagte nichts.

»Leg die Flaschen um«, murmelte Kraft. »Ich will dir etwas zeigen.«

»Dieses Schwein, dieses verdammte.« Andreas schnallte die Flaschen auf seinen Rücken, er wirkte völlig verkrampft, und er war genau an dem Punkt, den Kraft vorausberechnet hatte.

Nebeneinander standen sie am Wasser und starrten hinaus auf das Meer.

»Komm«, sagte Kraft. Er sah auf die Uhr. »Es wird Zeit.«

Zu Andreas' Überraschung ging er aber nicht in das Wasser hinein, sondern zu dem Felsenhang an der Westseite der kleinen Bucht. Er begann sofort und ohne Erklärung an dem dunkelgrauen Stein hochzuklettern.

»Was soll das?«

»Komm, ich zeig dir was.« Kraft klebte wie eine Fledermaus in der Wand.

»Aber wozu steigen wir mit den Flaschen hinauf?«

»Weil wir sie schnell brauchen werden.«

Sie überwanden die sechs Meter leicht und schoben sich auf einen schmalen, von ausgedörrtem Gras bewachsenen Grat.

»Siehst du das Haus da?« Kraft deutete an der Küste entlang auf einen schneeweißen Block in etwa vierhundert Meter Entfernung.

»Es ist das Haus, in dem ich damals wohnte«, sagte Kraft.

Der Junge sah ihn von der Seite an. »Willst du es mieten?« Er lächelte plötzlich, als habe er Krafts Plan erraten. »Du willst den Frauen eine Freude machen?«

Kraft schüttelte den Kopf. »Es ist vermietet.« Er starrte wieder auf die Uhr. Es war elf Uhr zweiundvierzig. »Warte einen Augenblick.«

Dieser Augenblick dauerte vier Minuten, und der Junge fragte nicht weiter. Er fühlte die Spannung in Kraft, und er ahnte, dass etwas Besonderes kommen würde. Als er den Mann aus dem weißen Haus herauslaufen sah, atmete er scharf ein. Er sah ihn, wie er zum Strand ging, sich bückte und mit den Händen Wasser gegen seine Brust schaufelte.

»Schumacher!«

»Ja, er ist es.«

»Woher wusstest du das?«

»Ich habe ihm das Haus vermittelt. Aber niemand weiß das.«

Kraft begann wieder hinunterzuklettern, und solange sie in der Wand hingen, redeten sie nicht. Erst unten im heißen Sand fragte der Junge: »Du hast etwas vor?«

»Natürlich«, sagte Kraft; es klang beiläufig.

Der Junge musste jetzt die erste schwierige Klippe überwinden. »Das ist Wahnsinn!«

»Nein. Ich habe es lange genug geplant.«

»Aber die Frauen!«

Kraft lachte. »Sie sind Zeugen, dass wir herumgetaucht sind.«

»Man kann ihn finden.«

»Man muss ihn finden, aber man wird nichts sehen.« Kraft setzte sich in den Sand und zog die Flossen über die Füße. Dann stand er auf, nahm die Taucherbrille und spuckte hinein.

»Das ist Mord«, sagte der Junge.

Kraft nickte. »Du kannst es so nennen. Er hat mich lange genug gequält, und später wirst du der Gequälte sein. Das weißt du. Denk an dein Bankkonto.« Er watete langsam in das Wasser hinein und drehte sich erst um, als es ihm bis zur Brust reichte. Er sagte langsam: »Schumacher trägt Badeschuhe. Berühre nicht seine Haut, nur diese Badeschuhe. Nur einen Schuh. Den rechten. Und noch eins: Wir müssen seine Beine spreizen.« Er sah auf den Kompass an seinem rechten Unterarm. »Komm jetzt.«

Und der Junge folgte ihm, erst zögernd und verwirrt, dann mit rasch stärker werdendem Zerstörungswillen.

Ich frage mich, warum dieser Junge das tat. Warum war er so spontan bereit, Schumacher zu töten? Es gibt eine ganze Reihe von Gründen: Der nächstliegende ist die Tatsache, dass er zu diesem Zeitpunkt ungeheuer wütend auf Schumacher war. Hinzu kommt, dass er seinen Schwiegervater mochte und genau wusste, dass der von Schumacher seit Jahren gedemütigt wurde. Hinzu kommt, dass er vertrauensvoll genug war, sofort an die Exaktheit von Krafts Plan zu glauben. Hinzu kommt, dass er labil genug war, auf ein solches Vorhaben sofort und leichtfertig einzugehen. Und dann noch die Szenerie – die heiße Sonne, der Mann, den er hasst, die blinkenden Sauerstoffflaschen, die Tauchermasken. Kurzum: Auch ihr eigener Anblick und der Geruch von Gefahr, der von ihnen ausging, werden ihn getrieben haben.

In etwa vier Meter Tiefe schwammen sie ruhig nebeneinanderher, die Arme flach angelegt, die Beine mit langsamen Bewegungen auf und ab peitschend.

Als Kraft glaubte, die Linie erreicht zu haben, auf der Schumacher in das Meer hinausschwimmen würde, ließ er sich auf eine sandige Stelle hinuntersinken. An diesem Punkt war das Wasser zehn Meter tief.

Sie warteten.

Es dauerte fünf Minuten, bis sie Schumacher sahen. Er schwamm ruhig und ausgeglichen und sah von unten aus wie ein in groteske Größe verzerrter Frosch.

Kraft hielt Andreas fest, er schüttelte den Kopf, und sie glitten in der lautlosen Welt unter dem Mann her wie sein Schatten. Schumacher schwamm noch etwa zweihundert Meter, dann wurden seine Bewegungen langsamer.

Kraft hatte auf diesen Augenblick gewartet. Er nahm Andreas bei der Schulter und nickte ihm zu. Sie schossen schräg nach oben auf Schumachers langsam in das Wasser absinkende Beine zu.

Schumacher hielt sich Wasser tretend an der Oberfläche. Es war von Anfang an Krafts Überzeugung gewesen, dass er nur in dieser Situation angreifbar war.

Kraft sah den linken Fuß Schumachers in dem schmutzig weißen Badeschuh nur dreißig Zentimeter vor dem Glas seiner Maske.

Es konnte jetzt durchaus geschehen, dass Schumacher die starken Blasenspuren ihrer Tauchgeräte bemerkte und unruhig wurde. Damit hatte Kraft gerechnet, aber Schumacher würde keine Zeit haben zu reagieren. Außerdem vollführten seine Arme weit ausgreifende

Schwimmbewegungen und zerstörten die Blasenspuren auf der Oberfläche des Wassers.

Kraft sah den Jungen an und nickte. Er wartete, bis Andreas seine rechte Hand wie eine Klaue dicht über dem rechten Fuß des Mannes bereithielt, dann fasste er selbst zu.

Sie zogen die Beine wie abgesprochen nicht sofort herunter, sondern spreizten sie mit aller Gewalt, sodass Schumacher völlig hilflos in einem schmerzhaften Spagat im Wasser hing.

Dann drehten sie ihre Körper nach unten und zogen ihn gleichmäßig schnell in die Tiefe. Kraft achtete darauf, dass die Spagathaltung Schumachers beibehalten wurde, und er wunderte sich nicht, dass das Opfer keinen nennenswerten Widerstand entwickelte.

Andreas geriet in einen Rausch. Er sah über die Schulter zurück in Schumachers verzerrtes Gesicht. Er sah dessen Arme verzweifelt und sinnlos rudern. Er spürte die Versuche, den Fuß, den er festhielt, loszureißen. Und er hasste Schumacher in diesen Sekunden so sehr, dass er gebrüllt hätte, wäre nicht der Atemschlauch in seinem Mund gewesen.

In fünfzehn Meter Wassertiefe verhielten sie. Schumacher war bereits bewusstlos und schlaff. Er hatte die Augen geschlossen und ein völlig pappiges Gesicht, in dem sich die Backentaschen widerlich blähten.

Kraft bemerkte, dass Andreas den rechten Schuh loslassen wollte, und er schüttelte heftig den Kopf. Sie hielten den Mann in dieser Lage noch einige Minuten lang fest, bis sein Oberkörper in der Taille nach vorn abknickte. Dann ließen sie los. Schumachers Leiche tanzte wie ein Harlekin. Eine Aufwärtsströmung erfasste ihn und trug ihn wie einen leichten Ballon ein Stück nach oben. Sein Gesicht, sein widerwärtiges, unmenschliches, totes Gesicht glitt zwischen ihnen hoch. Dann drehte er sich um seine Längsachse wie ein sterbender Fisch, seine Beine klappten nach oben zum Oberkörper, der Kopf fiel in den Nacken, und er trudelte an ihnen vorbei durch das Wasser. Andreas zuckte zusammen, als Schumachers rechter Arm über seinen Bauch strich.

Er blieb auf seinem Standpunkt und sah hinter Kraft her, der der Leiche noch einige Meter folgte. Den Lichtverhältnissen nach zu urteilen, in denen Schumacher zwischen hochragenden Pflanzen glitt und dann wie ein riesiger Schmetterling ausgebreitet liegen blieb, war es dort etwa fünfzehn Meter tief.

Kraft kam heran, und Andreas glaubte, ein Lächeln auf seinem Gesicht zu sehen. In diesem Augenblick bewunderte er diesen Mann.

Kraft peilte ihre Lage auf dem Kompass ein, und seine Hände waren völlig ruhig, als er die Richtung wies. Sie machten sich auf den Rückweg.

Als sie in der kleinen Bucht an Land wateten, war es zwölf Uhr dreißig, und die Sonne traf sie wie ein Schlag.

»Hast du etwas zu trinken mitgenommen?«

»Im Boot liegt eine Flasche Wein.« Andreas ließ sich in den Sand fallen und malte mit dem Zeigefinger wirre Figuren. Sein Gesicht war blass und gezeichnet von heftiger Erregung.

Kraft zog die Flossen aus und spülte sie sorgfältig, ehe er sie in das Boot warf und die Flasche Rotwein entkorkte. Erst nachdem er getrunken hatte, schnallte er das Tauchgerät ab.

»Willst du auch trinken?«

»Gleich. Wann taucht er auf?«

»Das weiß man nicht. Es kommt auf Strömungen an und aufs Wetter. Manchmal tauchen sie nie auf. Natürlich spielen auch Fische eine Rolle.«

»Und wenn er auftaucht?«

»Das wäre gut. Er ist ertrunken.«

»Aber zwischen ihm und normal Ertrunkenen gibt es doch wohl einen Unterschied, oder?«

Kraft war erstaunt: »Du denkst sehr schnell. Ja, es gibt einen Unterschied. Aber den merkt man nur, wenn er obduziert wird. Ich habe mich erkundigt. In dieser Gegend wird selten obduziert und schon gar nicht, wenn jemand ganz offensichtlich ertrunken ist.«

»Du bist sehr sicher.«

»Ganz sicher.«

»Du bist raffiniert.«

»Ich hoffe.« Kraft stellte die Flasche neben Andreas in den Sand. »Trink etwas, das beruhigt.«

»Beruhigt?« Der Junge hob den Kopf und sah Kraft belustigt an. »Du meinst, ich müsste mich beruhigen?« Er begann schallend zu lachen.

Kraft war verwirrt und erschrocken. Er sagte nichts, sondern begann, den Taucheranzug auszuziehen.

Andreas nahm die Flasche und hob sie an den Mund. »Er ist warm wie Badewasser. Wollen wir nicht nach einem Tintenfisch tauchen?«

Kraft machte eine Bewegung mit dem Kopf. »Da vorn ist einer. In einem Fass. Ich habe ein paar Steine daraufgelegt. Ein widerliches Vieh.« Er setzte in einem Anflug von Spott hinzu: »Da du ja so kaltes Blut hast, machst du das wohl besser.«

Andreas trank und lächelte. Er wartete, bis er den Wein wie einen sanften, heißen Schlag im Magen spürte, dann stand er auf und murmelte anerkennend: »Du bist wirklich raffiniert. Wann hast du das hierhergebracht?«

Kraft murmelte: »Es ist alles geplant.«

Der Junge bestand nicht auf einer Antwort, er nickte nur. Er nahm beide Harpunen und sagte auf dem Weg vom Boot zu der Stelle, an der das Fass dicht unter dem Wasserspiegel stand: »Ich denke, ich spieße ihn nur auf. Wir sollten ihn lebend mitbringen.«

Kraft beobachtete ihn, wie er die Steine von dem Fass herunterstieß und dann den rechten Arm hineintauchte. Er wandte sich angewidert ab, als Andreas den Arm grinsend herauszog und daran einige Arme des Tintenfisches klebten.

»Lass das doch!«

»Ich spieße ihn nur auf. Wir schleppen ihn dann im Wasser hinter uns her und nehmen ihn erst kurz vor der Bucht ins Boot.«

»Mach, was du willst«, sagte Kraft. Er sah nicht mehr zu, wie Andreas vorsichtig die Spitzen beider Harpunen in den Körper des sich ringelnden Tieres bohrte und es dann mit aller Gewalt von den Bohlen des Fasses abzuziehen versuchte. Das Fass lag schon auf dem glühend heißen Sand, ehe das dreißig Pfund schwere Tier losließ.

Sofort lief der Junge zum Wasser zurück und ließ es am Ufer fallen. Es sah grotesk und ekelerregend aus, wie es sich mit den beiden Harpunen im Körper hin und her wand. Der Junge tauchte es ins Wasser.

»Die Frauen werden einen Schreck kriegen. Was hast du weiter vor?«

»Lass mich nur machen«, sagte Kraft.

Sie trugen das Boot zum Wasser und fuhren los, nachdem sie die Flasche geleert hatten. Es war dreizehn Uhr zehn, als sie die Leinen mit den beiden Harpunen und dem Tintenfisch einholten und auf den Boden des Bootes legten. Es war dreizehn Uhr elf, als das flache Boot um die Felsnase herum in die Badebucht schwabberte und sie den Frauen zuwinkten.

»Da kommen sie«, sagte Rita erleichtert. Sie stand bis zu den Hüften im Wasser und warf sich ungestüm vorwärts, um dem Boot entgegenzuschwimmen.

»Habt ihr einen Hering?«

»Einen Tintenfisch«, schrie Kraft.

»Das ist nicht wahr!« Rita ließ das Boot an sich vorbeigleiten und griff nach der Leine auf dem dicken, luftgefüllten Schwimmkörper. Sie zog sich ein Stück aus dem Wasser heraus und starrte angeekelt auf die graue, sich ringelnde Masse vor ihren Augen. Mit einem Schrei stieß sie sich ab und tauchte unter. Die Männer lachten, und Kraft stellte den Motor ab.

»Chris!« Ritas Stimme war nicht mehr fröhlich. »Sie haben so ein Vieh!«

Andreas sprang in das Wasser und lächelte seiner Frau zu. Er sagte heiter: »Geh zur Seite. Vater muss das Tierchen schlachten.« Er nahm die Schäfte der Harpunen über die Schulter, der Fisch hing wie ein Lappen bis auf die Wasseroberfläche.

Chris rannte in einem Bogen um ihn herum in das Wasser hinein, und sie beobachteten zu dritt den Jungen, der an einen Felsen ging, das Tier daranlegte, dann eine der Harpunen herauszog und sie atemlos und brutal viermal in den Körper des Tieres jagte. Dann hörten sie seinen heftigen wilden Atem, und dann sahen sie ihn über das Tier gebeugt stehen.

»Mein Gott!«, sagte Chris. »Das ist furchtbar!«

Rita reagierte kühl. »Ich glaube, jetzt will er eine Suppe daraus kochen.«

Aber Kraft erkannte die Zeichen, er wusste, dass auch Rita angewidert war und sich fragte, warum der Junge so brutal, so nutzlos brutal war. Er hätte es erklären können. Er hätte sagen können, dass Andreas immer noch erfüllt war von dem Willen zu töten, dass ihn erst jetzt seine ungeheure Wut auf Schumacher verlassen hatte, jetzt, nachdem er das Tier getötet hatte.

»Wirf es ins Wasser«, sagte Kraft ruhig. »Wir haben eine Stunde gebraucht, es zu erlegen.«

Andreas wandte sich um und begann zaghaft zu lächeln. Er wirkte erschöpft, und er brauchte einen Augenblick, um zu begreifen, was er an Gewalttätigkeit demonstriert hatte. Er sah die vor Entsetzen geweiteten Augen seiner Frau, die kaum zu bändigende Neugier Ritas, den Widerwillen bei Kraft.

»Dieses Biest!«, sagte er. »Es hätte mich fast runtergezogen.« Er nahm beide Harpunen, drückte sie in die schwammige Masse und trug sie beiseite an ein Wasserloch zwischen Felsbrocken.

»Chris«, rief er. »Sei lieb und entschuldige.«

»Ich friere«, sagte sie tonlos. »Warum bist du so?«

Kraft half ihm. »Es stimmt«, sagte er. »Das Biest hatte Andreas an beiden Beinen. Es war scheußlich.«

»Ich friere«, sagte seine Tochter. Sie hatte ihn offensichtlich nicht gehört und starrte noch immer ihren Mann an, der seltsam verloren im Sand stand.

»Gehen wir essen?« Kraft zog das Boot ein Stück in den Sand. »Mir wird es langweilig in der Sonne.«

»Ich will fort von hier«, sagte Chris. Sie fing sich nur langsam, und als Andreas einige Schritte auf sie zu machte, wich sie zunächst zurück.

Aber Kraft murmelte beruhigend: »Aber das musst du doch verstehen, Kleines.«

Da erst ließ sie sich in Andreas' Arme gleiten und sagte zitternd: »Ich will fort von hier. Ich will hier nie mehr hin.«

Kraft sagte beiläufig: »Wie wäre es mit der Camargue? Da soll es phantastisch sein. Seen, Schilfwälder, einsame Kneipen und so weiter.« Er wusste, er konnte sich auf seine immer unruhige Frau verlassen.

Und Rita schrie spontan: »Gott sei Dank! Endlich mal eine Idee! Diese Kellner im *Lion d'or* sind sowieso scheußlich.«

Kraft blickte Andreas an, und sie lächelten sich zu in dem Bewusstsein, zwei gute Freunde zu sein.

Es ist drei Uhr nachts. Der Hund schnarcht, ich bin noch immer nicht müde. Irgendwo habe ich gelesen, dass ein Schriftsteller, dessen Namen ich vergessen habe, seine Stoffe so gut vorbereitet, dass er sie dann ohne Pause aufschreibt. Vorher geht dieser Mann zu einem Arzt und lässt sich Vita-

minspritzen geben. Als ich es las, habe ich darüber gelächelt, jetzt kann ich diesen Mann verstehen. Ich bin nicht müde, aber mein Körper will nicht mehr. Ich werde diesen Schriftsteller also kopieren. Ich werde Doktor Schönherr rufen und ihn bitten, mich zu dopen. Vermutlich wird er mich für verrückt halten, aber das ist mir völlig gleichgültig. Jetzt kann ich nicht mehr aufhören, jetzt nicht, nachdem ich die Charaktere beschrieben und einigermaßen im Griff habe, nachdem die erste Leiche erreicht ist.

8. August

Die Kneipe war ein grellweißes, geducktes Gebäude mit einem Schilfdach, das fast bis auf den Boden herunterreichte. Drinnen lärmten ein paar Einheimische, gelegentlich sprang ein Fisch, zuweilen quakte ein Frosch. Das war die Szenerie, in der sie sich jetzt seit sechs Tagen bewegten. Sie hatten am 2. August gegen Abend das *Lion d'or* in Nizza verlassen und waren mit unbekanntem Ziel davongefahren.

In dieser Kneipe verbrachten sie seit ihrer Ankunft in der Camargue jeden Abend. Sie aßen Forellen oder aber Hammelfleisch und warteten, bis es ganz dunkel war, dann fuhren sie in das kleine Hotel am Rande von Arles zurück, um am nächsten Tag erneut in die Schilfwälder zu tauchen wie all die jungen und alten Männer, die den Sommer hier verbrachten, um zu fischen.

Die Tage schienen aus der Sonne zu tropfen, und niemand von ihnen spürte auch nur den Hauch von Aktivität.

Besonders den Frauen gefiel dieser Zustand, wenn auch aus unterschiedlichen Gründen.

Rita vernachlässigte ihr Äußeres beinahe bis zur Verwahrlosung, was sie in eine sehr heitere und gelöste Stimmung versetzte. Dass ihr Mann sie plötzlich und ohne Vorwarnung in einem alten Fischerkahn, den sie während eines Spazierganges entdeckt hatten, liebte, und zwar sehr heftig, stärkte diese heitere Zufriedenheit.

Bei Chris war es etwas anderes. Von Natur aus liebte sie die Einsamkeit mehr als den Trubel an der Küste, und sie hoffte, dass Andreas in dieser Gegend wieder der alte werden würde.

Er schien ihr seit der Abfahrt aus Nizza ein anderer zu sein. Selbst die peinlich genaue Befragung durch einen Psychiater hat später nicht zutage gefördert, was ihr an ihm verändert erschien. Sie gab Antworten wie: »Er stand irgendwie unter Spannung« oder »Er lachte plötzlich anders« oder »Ich weiß nicht, er sah mich manchmal so sonderbar an«. Eines allerdings hatte sich offenkundig verändert: ihre körperlichen Beziehungen. Es gab sie nicht mehr. Und nun fuhrwerkte das blonde Mädchen linkisch und unsicher mit ihm herum, um den alten Zustand wiederzufinden.

Die Psychiater sind später sogar so weit gegangen, sie unter Einfluss gewisser, die Hemmungsbarrieren zerstörender Mittel nach einer möglichen Andeutung von Andreas zu fragen. Ohne jedes Ergebnis. »Nein, nein, nein. Ich sage Ihnen doch, er machte nicht die geringste Andeutung. Niemals.«

Ich glaubte ihr von Anfang an und hätte niemals derartige Mittel benutzt. Aber da Chris selbst damit einverstanden war, konnten die Herren Wissenschaftler sie zum Versuchs-kaninchen machen. Sie ist einfach grenzenlos gutmütig.

Das Mädchen, das sie bediente, saß abseits an einem der Tische. Ein junger Mann saß neben ihr, und sie kicher-ten und steckten die Köpfe zusammen.

»Das ist junge Liebe«, sagte Kraft, nur um ein Gespräch zustande zu bringen.

»Ich bin neidisch.« Rita goss erneut von dem Wein ein. »In Aix-en-Provence kann man gut tanzen. Wollen wir?«

»Tanzen?« Kraft schüttelte den Kopf. »Das ist Arbeit, ich bin ein alter Mann.«

Sie lachten und sahen hinüber zu Andreas, der am Ende des Bootssteges saß und die Beine ins Wasser baumeln ließ.

»Andy!« Rita richtete sich ein wenig auf. »Gehen wir tanzen?« Er wendete den Kopf. »Chris, bring mir einen Wein, bitte.«

»Er ist faul«, sagte Rita. »Er ist ein Pascha. Und er gibt nicht einmal Antwort.«

Chris goss eines der dicken Wassergläser voll und wollte gerade damit auf den Steg gehen, als Kraft sagte: »Lass mich das machen.«

Sie gab ihm das Glas und setzte sich wieder. »Andy ist gern allein«, murmelte sie.

»Aber das gefällt dir nicht.« Rita lächelte. Zuweilen neigte sie dazu, Leute zu verspotten.

»Ich weiß nicht«, sagte das blonde Mädchen, dem es in diesen Tagen so schwerfiel, Ehefrau zu sein. »Er ist in den letzten Tagen so komisch.«

»Das gibt sich«, murmelte Rita. Sie dachte daran, wie dieser Mann sich bewegte, wie er sprach und wie er lachte, und sie war sich klar darüber, dass sie ihn haben wollte. Aber noch wehrte sie sich dagegen.

Kraft ging den Bootssteg entlang auf die schmale Figur seines Schwiegersohnes zu. Sie wussten beide, dass sie jetzt zum ersten Mal darüber sprechen würden. Die Situation war ideal: Es war nahezu dunkel, die Frauen konnten nichts sehen. Der Wind stand vom Haus her auf den See zu, die Frauen konnten nichts hören.

Kraft sagte: »Da ist dein Wein«, und er hielt dem Jungen das Glas hin, bis der es mit einer matten Bewegung nahm.

»Rita will tanzen.«

»Ich habe keine Lust zu tanzen. Du?«

»Nein«, sagte Kraft. Er stellte sein Glas auf die alten ausgebleichten Bretter des Steges und setzte sich vorsichtig neben den Jungen. »Wie geht es dir?«

Der Junge war erstaunt. »Was soll das?«

»Bist du ruhig? Bist du nicht gespannt?«

»Etwas, aber das ist zu ertragen.«

Kraft nahm sein Glas und trank vorsichtig. »Wahrscheinlich haben sie ihn noch gar nicht gefunden.«

»Das wäre nicht gut.«

»Es ist jetzt gleichgültig. Irgendwann finden sie ihn. Etwas anderes macht mir Sorgen.«

»Was?« In der Stimme des Jungen lag eine milde, überhebliche Arroganz.

Kraft erklärte: »Wenn Schumacher verschwindet, und er ist verschwunden, wird die Winter zuerst einmal

Köln informieren. Und von Köln aus wird man uns suchen.«

»Aber Köln weiß nicht, wo wir sind.«

»Nein, das ist richtig. Aber man erwartet von uns, dass wir uns von Zeit zu Zeit melden.«

»Das ist mir neu.« Noch immer war diese Arroganz in der Stimme des Jungen.

Kraft ließ sich nicht zu irgendeiner scharfen Entgegnung hinreißen. »Es ist so üblich, dass ich mich während meines Urlaubs ungefähr alle zehn Tage melde, um zu fragen, ob die Fabrik noch steht. «

»Nennt man das Verantwortung?«

»So ist es.«

»Was willst du tun?«

»Wir müssen in Köln anrufen.«

»Aber warum, wenn alles so friedlich ist?«

»Weil es auffallen würde, wenn wir es nicht tun.«

Da der Junge auf seine Arroganz keinerlei Reaktion bemerkte, streifte er sie einfach ab wie ein Hemd. »Das leuchtet mir ein. Also, ruf an.«

»Danke«, sagte Kraft nun seinerseits arrogant. »Ich danke dir.«

Der Junge wurde unsicher. »Ich habe es nicht so gemeint.«

»Dann verhalte dich in Zukunft anders.«

»Schon gut. Ich habe schlechte Laune.«

Kraft grinste flüchtig. »Du solltest Schauspieler werden und sagen: Ich habe Migräne. Das macht sich besser. Also, wie fühlst du dich?«

»Gut.«

»Spürst du so etwas wie Reue?«

»Nein, warum auch? Er war ein Mistvieh.« Das kam völlig gleichgültig wie eine Bemerkung über das Wetter.

»Donnerwetter!«, murmelte Kraft. »Du hast Nerven.« Er lachte leise.

»Warum? Hast du Angst?« Der Junge beobachtete ihn misstrauisch.

»Nein. Nicht was Schumacher angeht. Ich habe es zu lange geplant, verstehst du? Für mich war der Gedanke schon alt, als wir es machten.«

»Ich verstehe.«

Kraft lächelte: »Ich glaube nicht, dass du das verstehst.«

»Wie lange hast du es geplant?«

»Ich weiß nicht. Monate, Jahre.«

Der Junge trank einen Schluck und versuchte eine Art Angriff.

»Nennst du das, was wir getan haben, eigentlich Mord?«

Kraft lachte wieder. »Natürlich. Es ist Mord.«

»Merkwürdig, dass du das auch so nennst.«

»Hm.«

»Ich habe gedacht, du suchst jetzt doch nach einer anderen Bezeichnung, nach einer Art Entschuldigung.«

»Für Mord gibt es keine Entschuldigung«, sagte Kraft. »Ich verstehe dich gut. Du suchst nach einem Denkfehler, aber du wirst keinen finden.«

Der Junge trank wieder einen Schluck. Er hatte erwartet, Kraft würde sich mit Schumachers Quälereien, mit seinen Launen und den Demütigungen aus der Affäre ziehen, aber er sagte einfach, es sei glatter Mord. Der Junge trank das Glas aus.

»Wenn du weißt, dass es Mord ist, und wenn du überhaupt weißt, was Mord ist, warum hast du es dann getan?«

»Es ging um Schumacher«, murmelte Kraft. »Das macht den ganzen Unterschied. Es war ein guter Plan mit dem Ziel, Schumacher zu töten.«

»Einen anderen Menschen würdest du nicht töten?«

»Nein, warum auch?«

»Das ist richtig.« Der Junge überlegte einen Augenblick. »Hast du es getan, um auf seinen Stuhl zu kommen, um sein Geld zu haben?«

»Nein. Das heißt, zuerst, als ich anfing, daran zu denken, ja. Dann aber nicht mehr. Ich habe es getan, weil er weg musste. Er war ein Schwein.«

»Sicher«, sagte der Junge.

Er stand auf und ging über den Weg zu den Frauen. Er sagte: »Ich hätte gern noch einen Wein«, und die Art, wie er Chris über den Kopf strich, war gleichgültig und mechanisch, und sie spürte es, und plötzlich war Zorn in ihr, aber sie sagte nichts.

Andreas ging den Steg zurück und setzte sich wieder. »Du willst also anrufen?«

»Ich weiß nicht«, sagte Kraft. »Vielleicht sollte ich es heute noch tun.«

»Ich denke auch«, sagte der Junge. Aber da war noch etwas, das ihn interessierte. »Warum hast du mich eigentlich mitgenommen?«

»Aus technischen Gründen«, sagte Kraft kühl. »Ein Mensch, der ertränkt werden soll, wehrt sich. Dabei kann er sich Kratzer oder Schürfwunden zuziehen, die dem Kriminalisten verraten, dass etwas nicht stimmt.

Deshalb habe ich Schumacher geraten, Badeschuhe mitzunehmen. Damit gab es zwei Stellen an seinem Körper, die wir berühren konnten. Dann das Spreizen der Beine. Also wirklich technische Gründe. Allein hätte ich es nicht geschafft.«

»Das Spreizen war das Raffinierteste«, sagte der Junge. »Er konnte machen, was er wollte, er hatte keine Chance.«

»Nein.« Kraft starrte über das Wasser. »Die Idee stammt übrigens von mir.«

Es entstand eine lange Pause, in der sie über das Wasser starrten.

»Du traust mir also völlig?«, fragte der Junge endlich.

»Natürlich, ich kenne dich.«

Der Junge lächelte. »Es war ein Familienunternehmen.«

Kraft begann leise zu lachen: »Schumacher mochte Familienunternehmen.«

»Ich würde mir nicht so sehr trauen«, sagte der Junge träumerisch. »Ich glaube, ich kann gemein sein.«

»Das kann jeder Mensch«, sagte Kraft.

Der Junge sah ihn einen Augenblick lang amüsiert an. »Es kommt wohl auf den Grad an«, stellte er fest.

Zum ersten Mal verspürte Kraft Angst. »Ich habe es auch für dich getan. Für dich und Chris natürlich.«

Der Junge schüttelte den Kopf. »Aber du hast mich nicht gefragt, ob ich es wollte.«

Kraft fragte vorsichtig: »Hast du ihn nicht auch gehasst?«

»Ich weiß es nicht. Vielleicht ein bisschen.«

»Ich werde dich zum Direktor machen.«

»Ja, ja«, sagte der Junge gelangweilt.

»Willst du es nicht?« Kraft begab sich ohne Zögern auf schlüpfriges Terrain.

»Ich weiß nicht, ich denke eigentlich an etwas anderes.«

»An was, bitte?«

Der Junge nahm sein Glas und schüttete den Wein langsam in das Wasser. Dabei lächelte er boshaft.

»Wie viel ist die Fabrik eigentlich wert?«

Kraft erschien diese Frage sinnlos. Was mochte in diesem Gehirn vorgehen? Aber er wollte trotzdem antworten, er wollte unter allen Umständen das volle Vertrauen des Jungen.

»Schumacher behauptet, ich meine, er hat behauptet, die Fabrik sei runde zweihundert Millionen wert. In dieser Beziehung war er genau, also wird es wohl stimmen.«

Der Junge nickte und sagte: »Gut. Dann denke ich, dass ich ein Anrecht auf fünf Millionen habe.«

»Sicher hast du das. Auf mehr noch, auf viel mehr!« sagte Kraft erleichtert.

»Ich meine keine Anteile«, sagte er träge. »Ich meine eine Auszahlung.«

Kraft konnte einen Augenblick lang nicht antworten. Bei Schumachers Ermordung war er kühl gewesen, jetzt erfasste ihn eine Panik. »Du bist verrückt!«

»Nein, durchaus nicht. Ich mag die Stadt nicht.«

»Aber es sind absolut keine fünf Millionen flüssig, um dich auszuzahlen. Ich will dich ja nicht bevormunden, aber offensichtlich hast du dir nicht überlegt, was du sagst.«

»Doch, doch«, sagte der Junge, und er stand dabei auf. »Überlegt habe ich das genau. Ich will nicht fünf Millionen auf einmal. Zuerst einen Scheck über eine Million, den Rest in Raten.« Er lachte erheitert: »Aber lass dir keine grauen Haare wachsen, wir sprechen noch darüber.« Er schlenderte von Kraft fort.

»Warte!«, sagte Kraft scharf.

Der Junge kehrte um. Seine Stimme war bösartig freundlich. »Du hast Zeit, es dir zu überlegen. Ich denke, es ist besser, du leitest die Firma, und ich bekomme das Geld und verschwinde.«

Krafts Gesicht war grau. »Wir werden später darüber reden. Jetzt gehst du erst einmal ins Haus und rufst Köln an.«

»Ich? Wieso ich?«

Kraft lächelte leicht, aber noch immer war die Angst da. »Du hast die besseren Nerven!« Einen Augenblick lang wurde er theatralisch: »Ich hatte gehofft, ich hätte einen Freund gefunden.«

»Das hast du auch«, sagte der Junge gleichmütig. »Ich würde ziemlich viel für dich tun, aber das Geld ist mir lieber als das Leben in Köln.«

»Geh jetzt anrufen.«

»Wen eigentlich?«

»Schmitzchen. Privat. Du hast ja die Nummer.«

»Ja, ich habe die Nummer.« Der Junge ging an Kraft und an dem Tisch der Frauen vorbei. Wieder strich er mechanisch über den Kopf seiner Frau. Dann verschwand er im Eingang der Kneipe.

»Er ruft in Köln an«, erklärte Kraft den Frauen. Die Bretter des Steges bogen sich leicht unter seinem

Gewicht. »Von Zeit zu Zeit müssen wir uns erkundigen, wie es dort steht. Kann ich noch Wein haben?«

»Die Flasche ist leer.« Rita war ein wenig betrunken.

»Dann bestellen wir eine neue.« Kraft winkte dem Mädchen, das nur widerwillig aufstand und im Haus verschwand.

»Ihr trinkt immer sehr viel«, sagte Chris kichernd. Auch sie war leicht betrunken.

»Ja, ja«, sagte Kraft gleichgültig. »Das Leben ist kurz.«

Das Mädchen kam mit der Flasche aus dem Haus und entkorkte sie am Tisch. Kraft nahm ihr die Flasche aus der Hand. »Lassen Sie nur«, sagte er freundlich. »Wir bedienen uns selbst.« Das Mädchen nickte gleichgültig und ging zu dem jungen Mann am Tisch zurück, der auf sie wartete.

»Sie möchten, dass wir abziehen«, kicherte Chris. »Sie möchten etwas tun.«

»Hör dir meine Tochter an!« Kraft lachte.

»Es wäre schön, wenn die Fabrik abgebrannt wäre«, überlegte Rita ernsthaft. »Dann könnten wir so lange Ferien machen, bis sie wieder aufgebaut ist.«

Für Kraft war dieses sinnlose Geschwätz eine harte Prüfung, aber er bestand sie. Er sagte: »Schumachers Fabrik brennt nicht. Bei Schumacher brennt nie etwas.«

»Ich werde eines Tages Feuer legen«, murmelte Chris. »Wir könnten dann bestimmt ein halbes Jahr hier leben.«

Kraft sagte gutmütig: »Du Gauner!« Er sah von seinem Platz genau in das dunkle Viereck der offenen Tür, aus der Andreas herauskommen musste. Er fragte sich, wie gut der Junge seine Rolle spielen würde.

»Wenn er über Schumacher redet«, erklärte Rita Chris, »redet er mit spitzem Mund, als ginge es um etwas Unanständiges.«

Die beiden Frauen lachten und tranken von dem weißen trockenen Wein. »Ich möchte Salzmandeln.«

Kraft winkte erneut dem Mädchen und bestellte Salzmandeln. »Ich möchte wissen«, murmelte er, »was Andreas so lange mit Schmitzchen plaudert.«

»Die beiden mögen sich«, gluckste Rita. Sie war in jener gefährlichen Stimmung, in der sie zu vulgären Scherzen neigte.

Chris murmelte vorbeugend: »Schmitzchen ist eine scheußliche alte Schachtel.«

In diesem Augenblick kam zuerst das Mädchen mit den Salzmandeln aus der Tür, legte sie auf den weißen Tisch und trat dann einen Schritt beiseite, um Andreas vorbeizulassen.

Sein Gesicht war nichtssagend, so nichtssagend und hübsch, wie es gewöhnlich war. Er ging voran, bis die Tischkante in seine Leiste stieß, dann nahm er Chris' Glas, hob es gegen den dunklen Himmel, trank und sagte heiter: »Schumacher ist tot.«

Der Junge versuchte nicht, ein kompliziertes, von gespielter Erregung durchflutetes Drama aufzuführen. Er sagte nachdenklich und sehr heiter: »Schumacher ist tot.« Er demonstrierte zum ersten Mal, was er vor allem genoss – den Tanz auf des Messers Schneide! Es ist jetzt sechs Uhr, es ist kalt und dunkel draußen. Der Hund liegt auf dem Rücken und schläft. Ich muss das Fenster ein wenig öffnen, der Tabakqualm ist dicht wie Nebel.

Beschreibe ich eigentlich einen Ausnahmezustand? Etwas Einmaliges? Ist es ein Stück, typisch für diese Zeit? Dieser Andreas Lorenz, dieser Mann für Nirgendwo, gibt es ihn häufig? Gibt es viele Krafts? Ist das unsere Zeit? Ich möchte es wissen.

Der Junge stellte das Glas mit einem harten Knall auf den Tisch zurück, sah, dass noch etwas Wein darin war, hob es wieder und starrte sie der Reihe nach langsam und bedächtig an. Ehe er trank, murmelte er: »Ihr glaubt es nicht? Es stimmt aber, Schumacher ist tot.«

Kraft hatte nicht nur den Mord geplant, sondern auch die möglichen Reaktionen seiner Begleiter auf die Nachricht vorher abgetastet. Sie reagierten genauso, wie er es erwartet hatte.

Seine Frau atmete scharf ein, warf den Kopf in den Nacken, durchlebte eine Sekunde schmerzhafter Ernüchterung und fragte schnell: »Wie ist es passiert?« Sie hatte augenblicklich begriffen.

Seine Tochter, die – ihm selbst unbegreiflich – sich immer bemüht hatte, Verständnis für den alten Quälgeist aufzubringen, war verwirrt und totenblass. Sie stotterte: »Das ist doch nicht wahr.«

Andreas blieb stehen und nickte langsam. »Es ist so. Schmitzchen war völlig durcheinander. Sie konnte keine klaren Auskünfte geben. Sie sagte nur, er wäre ertrunken.«

Das war das Stichwort für Kraft, und er hoffte inständig, dass Andreas richtig reagieren würde.

»Ertrunken? Mein Gott! Wo ist das passiert?«

Der Junge sah ihn erneut an. »Das hat sie mir nicht gesagt. Es muss wohl dort geschehen sein, wo Schumacher Ferien machte. Weißt du, wo er hingefahren ist?«

Kraft schüttelte entschieden den Kopf. »Nein.«

»Also Nordsee oder Hongkong, was weiß der Kuckuck.«

Jetzt setzte sich der Junge hin und rief: »Kognak!«

»Für mich auch«, sagte Rita eifrig. »Wann ist es passiert?«

»Das weiß ich nicht.« Andreas starrte sie eindringlich an. Kraft seufzte tief. »Das ist ja fürchterlich.«

Andreas hatte richtig reagiert. Er hatte so reagiert, wie Kraft es erwartet hatte. Noch war alles offen, noch wussten die Frauen nicht, wo es geschehen war und vor allem, wann.

»Wir müssen nach Hause. Sofort. Ich muss schnell nach Hause.« Kraft brauchte seine Aufregung nicht vorzutäuschen, er war aufgeregt.

»Warum?« Wieder war diese Heiterkeit in der Stimme des Jungen. »Wir kommen sowieso zu spät. Er ist schon beerdigt. Seit gestern.«

»Um Gottes willen!«, flüsterte Kraft.

Das Mädchen kam mit einer Kognakflasche, und alle vier tranken hastig und maßlos.

»Sag nicht ›Um Gottes willen‹«, murmelte Rita. »Es kommt euch doch gelegen.«

»Rita!« Chris' Stimme war ungewöhnlich scharf. »Lass gefälligst derartige Bemerkungen.«

Andreas lachte leise und strich ihr über das Haar. Jetzt war es eine Geste voll Verständnis und Zustimmung. Chris war plötzlich glücklich, sie war sekundenlang sehr glücklich.

Rita reagierte nicht. Sie blickte kurz auf, und in ihren Augen standen Verwunderung und tiefe Nachdenklichkeit.

»Wir müssen nach Hause«, murmelte Kraft. »Sofort!«

»Morgen früh«, beschwichtigte Andreas. »Morgen ist Donnerstag, dann sind wir bis Freitag zu Hause, wenn wir pausenlos fahren.«

»Ja«, sagte Kraft heiser. Er stand auf und ging auf dem Steg hinaus auf den See.

Rita sah ihm nach. Sie sagte kühl: »Ich glaube, er hat Schumacher gehasst, aber jetzt hat es ihn getroffen. Sie hatten sich aneinander gewöhnt.«

»Das kann sein.« Andreas' Stimme klang unbeteiligt. »Lasst uns ins Hotel fahren.«

Sie fuhren ins Hotel, und sie waren betrunken. Aber die Trunkenheit glich nur einer Betäubung.

Kraft zeigte die schwersten Spuren. Er war kaum im Zimmer, als er sich schon auszog und nackt auf das Bett fallen ließ. Das war eine berechtigte Reaktion.

Rita stand vor dem Spiegel und cremte ihr Gesicht ein. »Schumacher ist tot, es ist nicht zu fassen!« Sie läutete nach dem Kellner. »Deck dich mit irgendetwas zu.«

Der Kellner war ein Italiener. Als Rita ihm die Tür öffnete und Kognak verlangte, starrte er neugierig über ihre Schulter auf Kraft. Er sagte: »Natürlich, Signora«, und verschwand wieder.

Rita lachte leise. »Für ihn ist die Welt zusammengebrochen. Jetzt trinken diese komischen Deutschen auch noch nachts.«

»Lass mich schlafen«, sagte Kraft. »Wir müssen morgen viel fahren.«

»Wir schaffen es nicht in einem Tag«, sagte sie. »Wir werden erst am Freitag ankommen. Und ich finde, das reicht. Wie fühlst du dich?«

»Was sagst du?«

»Ich fragte, wie du dich fühlst.«

»Ich weiß nicht. Es ist so plötzlich gekommen.«

»Du wirst auf Schumachers Platz sitzen. Andy bekommt deinen Posten. Das stimmt doch, nicht wahr?«

»Ja, ja, du hast recht. So wird es sein.«

»Das ist gut so«, sagte sie, und sie dachte an Andreas, wie er jetzt in seinem Bett liegen und lächeln würde. Und diese Vorstellung verwirrte sie.

Andreas lag tatsächlich auf seinem Bett und lächelte. Er hatte am wenigsten getrunken. Er fürchtete nichts so sehr wie eine unkontrollierte Äußerung seines Schwiegervaters. Um es einfach auszudrücken: Er glaubte schon in Arles, Krafts Nerven seien nicht stabil genug, um das durchzustehen.

Chris sah im Spiegel über dem Waschbecken, dass er lächelte, und sie fragte: »Du tust so, als sei der Tod etwas Schönes.«

Er hörte nicht auf zu lächeln. »Ich denke an deinen Vater«, sagte er. »Er ist endlich da, wo er hinwollte.«

Sie drehte sich herum und wollte wütend protestieren, aber dann sah sie seine heiteren Augen und die ruhige Gewissheit darin. Und plötzlich sagte sie: »Du hast recht. Jetzt hat er, was er wollte. Aber er wollte es nicht um diesen Preis. Nicht um diesen Preis.«

»Natürlich nicht«, sagte er. »Gib mir eine Zigarette. Er beobachtete sie, wie sie eine Zigarette anzündete und zu ihm an das Bett kam.

Er umfasste einen ihrer Oberschenkel. »Dein Mann wird Direktor.«

»Ich weiß.« Ihre Stimme war von einer seltsamen Hellsichtigkeit. »Bist du stolz?«

Und nun versetzte sie ihm einen Schlag. Sie sagte: »Nein. Worauf soll ich stolz sein? Onkel Gustav ist tot. Sein Nachfolger und Erbe ist Papa. Dann komme ich oder du, wie du willst. Was ist daran Besonderes? Papa könnte ein Idiot sein, die Fabrik gehörte ihm jetzt trotzdem.« Ihr Gesicht verzog sich schmerzhaft. »Es muss jemand sterben, damit andere an seine Stelle treten. Ich stelle mir Ertrinken so furchtbar vor.«

»Das kann man nicht ungeschehen machen.« Er lächelte. »Das ist nun einmal so.«

Sie war verwirrt. »Erschreckt es dich denn gar nicht?«

»Nein«, antwortete er wahrheitsgemäß. Sie zu belügen, schien ihm völlig sinnlos, da er sie liebte. »Nein, es macht mir nicht das geringste aus. Ich bin eben der Mann für Nirgendwo, und dein Onkel Gustav hat mir nie etwas bedeutet.«

Sie bedachte seine Worte sehr gewissenhaft und gab ihm erneut recht. Sie dachte: Für ihn ist Schumacher irgendeiner der tausend Schumachers, die es gibt. Zufällig war dieser Schumacher mein Onkel und sein Chef. Das ist alles.

»Würdest du eigentlich mit mir gehen?«, fragte er.

Sie stand jetzt am Fenster und drehte sich um. Ihre Augen waren schmal vor Überraschung und Neugier. »Wie meinst du das?«

»Ich meine, würdest du mit mir gehen, wenn ich nicht mehr in Köln bleiben wollte?«

»Das kann ich mir nicht vorstellen«, sagte sie. »Da ist auch noch Vater.« Sie hantierte mit einem Wattebeutel und setzte hinzu: »Aber natürlich ginge ich mit dir. Ich würde überall mit dir hingehen.«

»Das ist gut«, murmelte er. »Schlaf jetzt, komm her.«

»Nein«, sagte sie. »Nicht so. Nicht heute Nacht.«

Als sie neben ihm lag, fragte er: »An was denkst du?«

»An den Tintenfisch«, sagte sie. »Warum hast du so verrückt hineingestochen?«

»Ich weiß nicht. Das Biest wollte mich töten.«

»Aber es war viel zu klein, um dich töten zu können.«

»Ich war wütend.«

»Du hast ausgesehen, als würdest du einen Menschen erstechen.«

»Aber«, sagte er vorwurfsvoll.

»Du hast so ausgesehen«, sagte sie. »Und seitdem denke ich immer daran.« Sie begann zu weinen.

Zwischen ihnen war eine Mauer gewachsen, wie sie Menschen häufig in Dummheit und Unwissenheit zwischen sich errichten.

Die beiden Wagen verließen Arles am 9. August morgens um neun Uhr. Sie hatten sich zwar vorgenommen, schon um sechs Uhr zu starten, aber der Kognak hatte ihnen einen Strich durch die Rechnung gemacht. Kraft und Andreas fuhren den ganzen Tag, und sie fuhren schlecht, weil beide Kopfschmerzen hatten und Kraft gegen Abend Herzstiche bekam. Sie übernachteten in Basel.

Am 10. August kamen sie gut voran, verloren aber im Spessart drei Stunden, weil die Lichtmaschine des Mercedes ausfiel und ausgewechselt werden musste. Dieser Tag war ein Freitag. Sie erreichten Köln gegen dreiundzwanzig Uhr.

Ich habe den Arzt angerufen. Wider Erwarten war er freundlich, obwohl ich ihm so gut wie keine Angaben gemacht habe, nur: »Ich brauche Hilfe.« Er muss in etwa zehn Minuten da sein. Dann habe ich drei doppelstöckige Kognaks getrunken, in Erinnerung an den Kognak, den die vier in der Camargue auf den Tod des Gustav Schumacher getrunken haben. Kognak wirkt beruhigend, aber nicht einschläfernd. Der Arzt war da. Ich habe ihm gesagt, ich säße seit zwölf Stunden an einer wichtigen Arbeit, die ich nicht unterbrechen dürfe. Sicherlich habe er ein paar Spritzen zur Stärkung für mich. Ich muss lachen, wenn ich an seinen Gesichtsausdruck denke. Kein Wunder, er kennt mich nur als einen braven Durchschnittsfamilienvater. Vermutlich hat er gedacht, ich sei durchgedreht, aber ich habe ihm gesagt, es ginge um eine geradezu lebenswichtige Sache und um einen Mörder. Da hat er mich schon mit einigem Verständnis angesehen und irgendetwas von Kalzium und B-12-Komplex gesagt. Kreislauf und Herz hat er kurz untersucht und für intakt erklärt.

»Aber nicht mehr als weitere sechs Stunden.«

Nun, in sechs Stunden ist es zu schaffen. Er hat mir drei Spritzen gegeben, und meine Müdigkeit ist dahin wie ein Vogelschwarm. Ich habe das letzte Kapitel noch einmal durchgelesen und mit Erleichterung festgestellt, dass ich nichts vergessen habe.

Passionierte Leser von Kriminalromanen würden jetzt sicherlich die verschiedenen Möglichkeiten erörtern, welcher das nächste Opfer sein könnte:

Rita Kraft: Weil sie gefährlich klug ist und möglicherweise ihrem Mann auf die Spur kommen könnte.

Friedrich Kraft: Weil seine Nerven versagen und Andreas ihn ausschalten muss.

Andreas Lorenz: Weil seine Nerven versagen und er von Kraft ausgeschaltet werden muss.

Chris Lorenz: Weil sie sensibel ist und vom Gefühl her den Männern auf die Spur kommen könnte.

Ilse Winter: Weil sie im Urlaubshaus Schumachers war und möglicherweise irgendetwas gesehen hat.

Schmitzchen: Weil sie Teile des Gespräches zwischen Kraft und Schumacher im Büro belauscht hat und also vielleicht weiß, dass Kraft Schumacher das Haus vermittelte und als Einzige wusste, wo Schumacher war.

Aber es gibt außer Opfern und Mördern noch die dritte Kraft, die klärende Kraft: die Polizei. Ich will nicht vorgreifen, aber schon an dieser Stelle die Frage aufwerfen: Hätte sie eine Chance gehabt? Gesetzt den Fall, alle belastenden Punkte wären der Polizei bekannt:

1. Krafts Verhältnis zu Schumacher war gestört. Kraft hasste Schumacher.

2. Kraft vermittelte Schumacher das Ferienhaus.

3. Am Tag und zur Stunde des Todes von Schumacher badete die kleine Gesellschaft nur ein paar Kilometer entfernt von diesem Haus. Die Männer fuhren zum Tauchen, waren jeder Kontrolle entzogen.

4. Am Abend dieses Tages verschwand die Gesellschaft im Rhône-Delta.

5. Bevor die Maschinenfabrik Schumacher in die Betriebsferien ging, hatten Kraft und Schumacher einen heftigen
Streit.

Nein, die Polizei hätte mit diesem Material keine Chance
gehabt. Kein Untersuchungsrichter hätte einen Haftbefehl
unterschrieben, kein Staatsanwalt Ermittlungen angeordnet.
Denn auf alles hätte Kraft mit einem wahrheitsgemäßen »Ja«
antworten können, ohne sich zu belasten.

Aber ich will noch weitergehen: Angenommen, der Polizei
wäre bekannt, dass Kraft einen lebenden Tintenfisch kaufte,
um ihn den Frauen als »eigenen Fang« zu präsentieren.
Wäre das ein Beweis gewesen? Wieder ein Nein, denn Männer machen nun einmal solche Geschichten, um Frauen zu
imponieren. Mir bleibt nur noch, dem Weg der Wahrheit zu
folgen.

11. August

Dieser Tag war ein Samstag und der neunte Tag nach der Ermordung Gustav Schumachers.

Sie betraten Gustav Schumachers Büro um acht Uhr zehn.

Schmitzchen, deren runzliges, hartes Gesicht schlaff geworden war, saß über ihren Schreibtisch gebückt und weinte. Sie erhob sich halb, sagte schluchzend: »Guten Morgen!« und hängte den Satz an: »Ich habe die leitenden Herren von Ihrer Ankunft verständigt.« Dann stand sie endgültig auf und nahm Kraft den Trenchcoat von den Schultern. Genauso, wie sie es jahrzehntelang bei Schumacher getan hatte. Sie hängte den Mantel mit müden Bewegungen in einen Schrank, drehte sich zu den beiden Männern um und murmelte: »Dass Gott im Himmel das gewollt haben kann.« Sie schüttelte den Kopf und begann hemmungslos zu weinen.

»Es tut uns allen so verdammt leid«, sagte Kraft schnell. »Für Sie ist es ein besonders großer Verlust.«

Schmitzchen starrte ihn einen Augenblick lang verwundert an. Wahrscheinlich wollte sie fragen, ob es nicht auch für ihn ein Verlust sei. Aber sie besaß genügend Takt, und sie wusste zu viel über das Verhältnis Schumacher–Kraft. So nickte sie nur.

Schmitzchen öffnete einen kleinen Aktenschrank, in dem sie einen Kräuterlikör aufbewahrte. Sie sagte unglücklich: »Es ist die zweite Flasche in drei Tagen. Ich bin ganz durcheinander.«

Kraft starrte dieses ältliche Fräulein an und fragte sich, wo ihre harte, verbissene Energie geblieben sein mochte. Er machte sich Vorwürfe, dass nicht nur Schumacher ihn so viele Jahre hindurch hatte quälen dürfen, sondern auch diese widerwärtige, ausgebleichte Frau, die sicherlich Freude daran gehabt hatte, ihn herumzukommandieren, seine persönlichen Schwierigkeiten zu kennen, darüber mit Schumacher vertraulich zu tuscheln. Nun war Schumacher tot, und sie wirkte so erbärmlich wie ein geplatzter Luftballon. Er dachte: Sie sitzen in jedem Büro, und aus irgendeinem Grund sind sie böse auf die Menschen. Aber sie sind erbärmlich schwach, ein Windstoß wirft sie um. Und in einer plötzlich aufwallenden Zärtlichkeit für diese Fabrik, die ihm gehören würde, dachte er noch: Zum Teufel, aber sie hat viel für uns getan!

»Natürlich«, murmelte Andreas. »Wo ist es eigentlich passiert? Wissen Sie, wir haben ja keine Ahnung.«

Sie sah ihn an, als sehe sie ihn zum ersten Mal. Ihre Augen wurden plötzlich wach. Es war deutlich zu spüren, dass sie seine kommende Rolle überdachte. Sie fragte boshaft: »Ich muss wohl jetzt ›Herr Direktor‹ sagen?«

»Ja«, sagte Kraft nur.

Sie nickte und überlegte eine Weile. Dann lächelte sie resigniert und erklärte: »Es war irgendwo am Mittelmeer. Ich kenne mich da nicht aus. Er war mit Frau Winter hingefahren, sie hatten ein Haus gemietet.« Sie setzte sich auf ihren Stuhl und wiegte den Kopf hin und her, als habe sie große Schmerzen. »Ich will nichts gegen Frau Winter sagen, aber sie hat ihn jeden Tag allein ins Meer rausschwimmen lassen. Ich glaube nicht, dass das richtig war. Und da ist er mittags ertrunken. Es war am 2. August. Gleich abends hat mich Frau Winter angerufen, aber sie hatten ihn noch nicht gefunden. Gefunden haben sie ihn erst am nächsten Morgen. Dann ist er von einem Arzt untersucht worden. Ich weiß ja nicht, wie die Ärzte da unten sind. Auf jeden Fall hat er gesagt, der Chef wäre aufgrund eines Schwächeanfalls ertrunken. Am 4. haben sie ihn dann nach Köln gebracht. Mit einem Flugzeug. In einem Ding, das so aussah wie eine Badewanne. Oh, mein Gott!« Sie begann wieder zu weinen. »Er musste schnell unter die Erde wegen des Wassers.«

Kraft machte einen Schritt vorwärts und legte ihr eine Hand auf die Schulter. »Wir wollen um zehn Uhr zum Grab fahren. Geben Sie den Fahrern Bescheid.« Er ging an Schmitzchen vorbei in Schumachers Raum.

»Ich habe alles so gelassen, wie es war«, sagte Schmitzchen schluchzend durch die offene Tür.

»Danke«, murmelte Kraft offensichtlich bewegt. Er stand breitbeinig vor dem Schreibtisch und starrte auf den hohen Lederstuhl. Er hörte, wie Andreas hinter ihnen die Tür schloss. »Das ist ein komisches Gefühl.«

Der Junge bewegte sich nicht, aber Kraft spürte, dass er wieder lächelte, und das störte ihn.

»Warum lächelst du?«

»Nur so«, sagte der Junge leichthin. »Was willst du den Leuten sagen?«

»Das weiß ich genau, ich habe es mir zurechtgelegt.« Kraft drückte auf einen Knopf und fragte: »Wen haben Sie bestellt?«

»Die vier Herren Prokuristen«, schluchzte Schmitz-chen. »Ich hoffe, es ist recht so.«

»Natürlich.« Kraft bemühte sich, freundlich zu sein. »Hier ist kein Kognak mehr. Lassen Sie welchen besorgen.«

»Jawohl, Herr Kraft.«

»Und die Post, bitte.«

»Natürlich, sofort.«

»Du legst los wie die Feuerwehr«, sagte der Junge amüsiert.

Kraft ging langsam um den Schreibtisch herum und setzte sich in den Stuhl. Er sagte: »Ich benehme mich natürlich, das ist alles.«

Um acht Uhr dreißig kamen die vier Prokuristen, und ihre Mienen waren ein Gemisch aus Unsicherheit und Angst. Aber sie gaben sich sehr forsch, und das machte sie lächerlich. Schumachers Art zu regieren hatte sie mit den Jahren zu Feiglingen gemacht, und sie fürchteten nichts so sehr wie einen neuen Ton oder frischen Wind in dieser alten, verstaubten Fabrik.

Leon Fischer (64), technischer Prokurist: »Ich bedaure den Tod Ihres Schwagers unendlich. Ich stelle mich ganz in den Dienst des Unternehmens, so, wie ich das mein Leben lang getan habe. Auch Ihnen, verehrter Herr Lorenz, meine aufrichtige Anteilnahme.«

Hermann Schmitt (63), genannt »das dicke Hermänn-chen«, Prokurist der Abteilung Einkauf und Ausrüs-tung: »Verehrter Herr Kraft. Mein herzliches Beileid zum Tod Ihres von mir so tief verehrten Schwagers, in dessen Diensten ich seit mehr als fünfunddreißig Jahren gestanden habe.« Pause. »Das Leben eilt dahin, wir eilen mit.« Zaghaftes Lächeln. »Ich bin für meinen Humor bekannt, auch jetzt will ich ihn nicht verleug-nen. Wir müssen über den schmerzlichen Verlust hin-weg die Firma in eine Zukunft tragen.« Pause. »Ich bin gewappnet. Sie und Ihr verehrter Herr Schwiegersohn können auf mich zählen.«

Nikolaus Ledeburg (61), Prokurist der Abteilung Ver-kauf: »Mein verehrter Herr Direktor Kraft! Auf Sie war-tet ein schwieriges Amt. Aber ich bin überzeugt, dass Sie mithilfe Ihres technisch so versierten und erfahre-nen Schwiegersohnes, Herrn Andreas Lorenz, diese Aufgabe meistern werden. Der Dahingeschiedene, dem Gott gnädig sein möge, hat uns eine Parole hinterlassen. Sie heißt: Erfolg! In diesem Sinn will ich mitgehen. Ich danke Ihnen.«

Klaus Löwen (59), Prokurist der Abteilung Planung: »Verehrter Herr Kraft, verehrter Herr Lorenz! Eine neue Generation tritt an. Als ich vor ein paar Tagen am Grab Gustav Schumachers stand, war ich von Trauer erfüllt. Ganz wie der Herr Domprobst sagte, muss man über die Trauer hinaus jedoch den Mut zum Leben haben. Und angesichts der großen und ergriffenen Trauerge-meinde fragte ich mich: Wie soll es nun weitergehen? Jetzt, in diesem Augenblick, in dem ich Sie beide, meine Herren, vor mir sehe, weiß ich die Antwort: Es wird weitergehen, ja, es muss weitergehen. Ich und meine Leute erwarten Ihre Anweisungen.«

Kraft und Andreas verneigten sich leicht.

Kraft war einen Augenblick lang von Panik erfüllt, da er befürchtete, der Junge könne in helles Gelächter ausbrechen. Aber die gefährlichen Sekunden verstrichen in Ruhe.

»Setzen wir uns einen Augenblick. Kognak, bitte.«

Schmitzchen kam herein und goss die Gläser gegen die Etikette bis an den Rand voll. Sie gab sich betont lebensmutig. »Trinken Sie, meine Herren!«

Kraft räusperte sich, er wirkte zuversichtlich. Es war seine Stärke, in kurzen Ansprachen zu brillieren.

»Meine Herren. Sie haben in diesem Haus allesamt jeder mehr als dreißig Jahre gedient. Ich weiß genau, dass Sie befürchten, es werde ein Wandel in der Führungsspitze vollzogen.« Gegen das matt einsetzende Protestgemurmel hob er seine Stimme: »Bitte, Sie brauchen sich nicht zu erregen, aber Sie wissen, dass ich Unwahrheiten nicht liebe. Wenn Sie eine solche Befürchtung haben, so ist das nur zu gerechtfertigt, denn in den meisten Fällen wird die Hierarchie eines Unternehmens durch den Tod des leitenden Mannes automatisch verändert. Hier, in diesem Fall allerdings, wird das nicht geschehen. Ich kann auf keinen von Ihnen verzichten. Sie werden nicht nur in Ihren Positionen bleiben, sondern ich werde diesen Positionen neue Aufgabenbereiche angliedern. Ich denke an Computer, an Rationalisierung und Mechanisierung, an verstärktes Management. Sie werden verstehen, dass ich mir bisher noch kein vollständiges Bild über die Lage unseres Unternehmens habe machen können, jedoch wird schon die nahe Zukunft hier völlige Klarheit bringen. Zunächst: Ich werde an Gustav Schumachers Stelle treten, mein Schwiegersohn bekommt Gesamtprokura und wird Generaldirektor. Sie, meine Herren, sind ab sofort Direktoren. Das allerdings möchte ich mit jedem einzelnen von Ihnen persönlich besprechen. Schließlich geht es dabei auch um finanzielle Fragen.« Er machte eine Pause und blickte freundlich in die vor Verblüffung starren Gesichter der Schwarzgekleideten. Er fuhr fort: »Natürlich werden Wandlungen vollzogen, die Gustav Schumacher nicht geduldet hätte. So denke ich an verstärkte Teamarbeit. Wir haben im vergangenen Jahr einen Umsatz von dreihundert Millionen erreicht. Ich denke, wir sollten nicht stehen bleiben, sondern alle Möglichkeiten ausnutzen, dieses Resultat zu verbessern. Ich danke Ihnen, meine Herren. Ich werde am Montagmorgen jeden von Ihnen zu einer persönlichen Aussprache bitten und erwarte dann Vorschläge. Sie werden verstehen, dass ich heute nicht mehr mit Ihnen sprechen kann. Unsere Frauen werden uns gleich abholen. Wir wollen zum Grab meines auf so tragische Weise ums Leben gekommenen Schwagers fahren.«

Es blieb einen Augenblick geradezu unwirklich still. Wie Marionetten standen die vier Männer auf, und in ihren Gesichtern standen Freude, Verblüffung, Erleichterung, Dankbarkeit. Sie drückten Kraft und Andreas stumm die Hand und verließen Schumachers Büro rasch, als befürchteten sie, irgendeines der Worte Krafts könne zurückgenommen werden.

»Du hast gute Sklaven«, murmelte Andreas.

»Sie sind Bürokraten«, sagte Kraft. »Wir brauchen sie.«

»Willst du alles das tun, was du gesagt hast?«

»Natürlich. Es war doch auch deine Idee.«

»Ja.«

Gegen zehn Uhr erschienen Rita und Chris. Sie verließen die Fabrik zusammen gegen zehn Uhr zwanzig in zwei schwarzen Mercedes-Limousinen mit Chauffeur.

Am Haupteingang des Nordfriedhofes erwartete sie ein Mann in der sehr militärischen Uniform der Kölner Stadtgärtner. Er verbeugte sich leicht und wartete, bis die vier sich zu einem kleinen Trauerzug formiert hatten.

Sie erreichten das Familiengrab der Schumachers und arrangierten sich davor wie eine Gruppe, die fotografiert werden soll. Einen Augenblick lang standen sie still, dann legten beide Männer die Kränze an den recht beachtlichen Grabhügel aus verwelkenden Blumen und schlaff hängenden Fichtenzweigen.

Kraft hatte Schwierigkeiten, seine Kranzschleife so zu drapieren, dass sie für jedermann deutlich sichtbar war. Der Wind ging in Böen und schlug die Schleife mit der Schriftseite gegen den Hügel. Er seufzte ärgerlich, nahm einen Erdklumpen und beschwerte das Schleifenende damit. Dann trat er zurück zu der Gruppe.

Der gewaltige glatte Marmorblock spiegelte die Sonne. All die Schumachers, die seit einhundert Jahren gestorben waren, lagen hier begraben. Kraft las den Namen seiner ersten Frau und dachte flüchtig an ihr farbloses, stilles Leben. Nur noch einmal würde der

Name Schumacher jetzt in kupfernen Buchstaben auf den Stein geschlagen werden. *Gustav Schumacher, geboren, gestorben ...* Später würde der Name Kraft auftauchen, dann der Name Lorenz.

Habe ich eigentlich Angst vor dem Tod? dachte Kraft. Und dann verwirrend rasch: Natürlich, jeder Mensch hat Angst vor dem Tod. Also auch ich.

Aber er spürte diese Angst nicht, es war nur Gelächter in ihm, ein wildes, kaum zu bändigendes Gelächter.

Sie sprachen nicht. Nach drei Minuten wandten sie sich um und gingen, wieder geführt von dem Gärtner, langsam zurück.

Als sie das Tor erreichten, drehte Kraft sich um und gab dem Uniformierten einen Geldschein. Dann sagte er: »Wir müssen Frau Winter besuchen. Wir müssen wissen, wie und wann es geschehen ist. Das sind wir dem Toten schuldig.«

Sie stiegen in die Wagen. Gustav Schumacher war zu Grabe getragen.

Das Telefon klingelt.

Es war der Verteidiger von Mörder Nr. 3. Im Grunde genommen tut er mir leid, und fast wäre ich in Versuchung gekommen, ihm diese Niederschrift anzubieten. Aber das werde ich nicht tun. Er wollte von mir erfahren, wie häufig Mörder Nr. 2 und Zeugin Nr. 1 Geschlechtsverkehr miteinander gehabt haben. Ich war versucht zu lachen, aber in der Justiz wird nicht gelacht, und ich habe ihm geantwortet, das müsse er selbst herausfinden. Er war offensichtlich beleidigt und machte den Eindruck, als hinge von meiner Antwort viel

*ab. Schließlich habe ich ihm wörtlich erklärt: »Sie taten es,
wann immer sie allein waren. Und das war an vielen Tagen
der Fall. Reicht das?« Er war zunächst betroffen, der Gute,
dann höchst befriedigt.*

*Er ahnt nicht, dass das mit Sicherheit auch dann geschehen
wäre, wenn niemand gemordet hätte. Ich will nicht überheb-
lich erscheinen, aber ich glaube, ich habe es in diesem Fall
mit einer ganzen Reihe von Spezialisten zu tun, die nur
nebelhafte Vorstellungen davon haben, was wirklich geschehen ist. Ich glaube zu wissen, weshalb der Verteidiger von
Mörder Nr. 3 so sehr befriedigt über die Auskunft ist, dass
zwei Prozessbeteiligte ein intensives Liebesleben miteinander
führten. Er kann daraus Kapital schlagen. Denn es wird
ganz still sein im Saal, wenn er diese verruchten, aber doch
so reizvollen Intimitäten preisgibt. Die Presseleute werden
sich auf ihn stürzen, werden schmeicheln und Einzelheiten
wissen wollen. Sein Name wird ihnen geläufig werden und
hier und da in die Berichterstattung einfließen. Sie werden
in alle Himmelsrichtungen jagen, um Fotos zu bekommen,
Fotos von diesem sündigen Paar. Aber es gibt keine Fotos,
und das freut mich ein wenig.*

*Ich merke gerade mit einiger Erheiterung, dass ich den
zweiten Mord als* besonders gut *bezeichne. Das ist eines
Staatsanwaltes unwürdig. Aber hier stehen wiederum nur
Traditionen im Wege, die man beiseiteräumen kann. Es hat
nämlich nicht den geringsten Einfluss auf die rechtliche
Bewertung einer Straftat, wenn man ganz für sich allein
denkt: Das war hervorragend geplant – und in diesem Fall
war es hervorragend geplant. Ich werde es später erklären.
Mein Nachteil liegt einfach darin, es mit sehr begabten
Menschen zu tun zu haben, die ihre Begabung in negativer*

Weise nutzten. Das macht zuweilen melancholisch, aber man gewöhnt sich daran. In unserer Gesellschaft gibt es sehr viele solcher Menschen. Alles in allem aber ist das kein Grund zu verschweigen, dass diese oder jene Straftat besonders gut gelungene Leistungen des Intellektes sind. Es wäre notwendig, gelegentlich die Maske der Entrüstung abzulegen und negativ angewandte Begabungen umzukehren. Die Psychiatrie ist durchaus dazu imstande, und in meinem Beruf nennt man das Resozialisierung. *Aber davor stehen geheiligte Lügen. Ich halte das für einen üblen Zustand.*

Ich schweife schon wieder ab. Mord Nr. 2 muss vorbereitet werden. Ich begebe mich jetzt in ein Milieu, das mir Beklemmung verursacht.

Für eine moderne Frau ist ein Schönheitssalon wahrscheinlich etwas ganz Alltägliches. Aber das Institut der Ilse Winter dürfte sogar von verwöhnten Frauen als die Spitze der Exklusivität empfunden werden. Ich selbst habe dieses Haus drei Stunden lang inspiziert. Vom Dachboden bis zum Kellergeschoss ist es ein Traum aus Tüll und Samt. Ein Haus, dessen Fußboden weich ist wie ein Daunenbett, dessen gezierte Möbelstückchen dem Gekicher von Frauen angeglichen sind, die den Tag damit verbringen, sich Liebhaber zu suchen. Oder zu finanzieren.

Ich muss gestehen, ich war unsicher und verlegen! Mich ärgert es nicht, mich amüsiert es nur, dass diese Ilse Winter die Feste wohlhabender Familien mit jungen Damen anreichert, deren sexuelle Erfahrungen garantiert werden und deren moralische Bedenken gleich null sind. Mich erschreckte es nicht, in einigen Kabinen Männer zu finden, deren Interesse an guten Parfums und dezentem Make-up beinahe schon widerlich wirkte. Natürlich fragt man sich als Mann: Sind die nun homosexuell, bisexuell, oder ist ihre Eitelkeit einfach neurotisch? Aber diese Fragen bleiben rhetorisch. Was mich nachdenklich stimmte, war die Tatsache, dass ausgerechnet Gustav Schumacher, dieser Bulle von Kerl, sich eine Geliebte gehalten hatte, die ein solches Haus führt. Es scheint unvorstellbar, dass er ihr erlaubte, ein solches Unternehmen zu eröffnen. Sehr lange habe ich darüber nachgedacht und die Akten auf eine mögliche Lösung hin durchgesehen. Jetzt weiß ich, warum: Schumacher hat dieses Haus nie gesehen, seine Funktionen nicht gekannt. Ihm imponierte der Profit, den Ilse Winter daraus zog. Profit zu machen war sein Leben, war seine Kunst. Und da er ohne Zweifel die Diskretion eines königlichen Kaufmanns besaß, nahm er lächelnd und stolz das ständig wachsende Haben seiner Geliebten zur Kenntnis, ohne zu fragen, ohne zu forschen. Um es übertrieben auszudrücken: Ilse Winter hätte eine Hehlerin sein können, ihn hätte der Profit stolz gemacht, und der Gedanke an mögliche unsaubere Geschäfte wäre ihm nie gekommen. Auf seine Weise war Gustav Schumacher ein Narr, aber das ist jeder auf seine Weise. Er liebte diese Frau auf seine harte, bullige Art! Und sie gab ihm nie die leiseste Chance, auf den Gedanken zu kommen, dass der Boden ihres Geschäftes ein wenig faulig sein könnte.

Ilse Winter ist von Plüsch und Samt weit entfernt. Sie benutzt sie geschickt als Requisiten eines gut gehenden Geschäftes, aber ich weiß, dass sie ständig gegen eine leichte Verachtung ankämpfen muss, wenn sie ihrer Kundschaft Cremes und Riechwässerchen verkauft, sie massiert, ihnen Perücken aufsetzt.

Zunächst klingt das unglaubwürdig. Wer betreibt mit Erfolg ein Geschäft, das er im Grunde verachtet? Ich glaube, *sehr viele tun das. Sie tun es um des Geldes willen, und sie nennen es Job, nicht Beruf. Ilse Winter spricht nur von Job. Weiß man, dass auch sie ein Kind der Altstadt ist, dass sie sich belustigt über die Männer und Frauen äußert, die in ihren Kabinen getrimmt werden wie silberhaarige Zwergpudel? Sie sagte mir vor einigen Tagen: »Ich wusste, dass da Geld zu machen ist, denn da ist so viel Dummheit.«*

Sie ist eine Frau, die mit Anstand fünfundvierzig Jahre alt geworden ist und Make-up mit Vorsicht benutzt. Sie ist hübsch und wirkt, ähnlich wie Rita Kraft, sehr sinnlich. Sie ist freundlich, einfach und voller Klugheit. Ilse Winter ist eine liebenswürdige, harmlose Gaunerin.

Ihr kombinierter Aufenthalts- und Büroraum ist ein äußerst gekonntes Durcheinander von Möbeln aller Stilarten, Nippes und einem echten Renoir. Sie hockt darin mit der Trägheit einer satten Katze, ist jedoch imstande, von einer Sekunde zur anderen einen monströsen Begrüßungswirbel um eine prominente Kundin zu veranstalten. In diesem Raum ist jedermann nach fünf Minuten zu Hause, gleichgültig, woher er kommt und aus welchem Grund.

Am Morgen dieses 11. August, vier Tage nach der Beerdigung des Mannes, der versprochen hatte, sie zu heiraten, erwartete sie voll Ungeduld *die Verwandtschaft*, wie sie Kraft und seine Angehörigen nannte. Sie hatte vor der Begegnung keinerlei Furcht, sondern wollte sie schnell hinter sich bringen, wie jedermann etwas Lästiges schnell hinter sich bringen will.

Kraft und sein Gefolge erschienen um Punkt elf Uhr. Sie waren Fremdkörper in der pompösen Halle, und ihre dunkle Kleidung verdarb einen Augenblick lang allen, die sie sahen, die obligatorisch gute Laune des Hauses.

Kraft stand in der offenen Tür und sagte verlegen: »Guten Tag, meine Liebe.«

Sie stand auf und ging ihnen entgegen. Das Lächeln auf ihrem Gesicht war ein wenig zaghaft und spöttisch, denn sie ahnte, dass die anderen ihr gegenüber unsicher waren.

»Ihr kommt spät. Wart ihr am Grab?«

»Ja.« Rita umarmte sie flüchtig und setzte leise hinzu: »Es tut mir verdammt leid.«

»Ja, ja«, sagte sie vage. Dann gab sie Chris, Kraft und Andreas die Hand. »Setzt euch irgendwohin. Es muss Kognak da sein.«

»Kognak ist gut«, murmelte Rita. »Wir kommen kaum noch ohne aus.« Das war eine Feststellung, nicht einmal Kraft protestierte.

»Wann seid ihr heimgekommen?«

»Heute Nacht.« Kraft lockerte seine Krawatte. »Wir sind völlig zerschlagen.«

Die Winter holte ein Tablett mit Gläsern. »Ich habe euch suchen lassen. Durch den Rundfunk und so. Aber es musste schnell gehen. Er hat zu lange im Wasser gelegen.« Sie füllte die Gläser, stellte die Flasche auf den Teppich und setzte sich neben Chris auf das Sofa.

»Es war eine furchtbare Beerdigung. Ihr wart nicht da, und ich konnte schlecht hinter dem Sarg hergehen. Der Propst hat mir trotzdem Beileid gewünscht. Das war alles.«

Kraft erhob sich und schlenderte zum Fenster hinüber. Er sagte: »Ich kann mir vorstellen, wie das für dich ist. Aber für uns gehörst du zur Familie.« Er drehte sich um und setzte hinzu: »Ich weiß, dass ihr heiraten wolltet. Für uns macht es keinen Unterschied, dass es nicht mehr stattfinden konnte.«

Er meinte es so, denn er mochte diese Frau. Bei niemandem in dieser bedrückten Runde bestand auch nur der geringste Zweifel an der Aufrichtigkeit seiner Worte, und die Reaktion der Winter wirkte nicht im geringsten peinlich. Sie war verblüfft und glücklich, und sie begann zu weinen.

»Ich danke dir.«

Kraft nickte und kam zurück an den Tisch. Er nahm sein Glas und trank einen Schluck. »Du kommst um ziemlich viel Geld.«

»Ich habe genug«, sagte sie. »Das ist es nicht.«

»Nein.« Chris wirkte naiv wie ein Schulmädchen. »Du hast recht.«

»Andy«, sagte Rita, »gib mir dein Taschentuch.«

Andreas setzte sein Glas vorsichtig auf die Tischplatte und gab ihr sein Taschentuch. Er fragte sachlich: »Frau Winter, wie ist das eigentlich passiert? Und wo war es?« Er spürte, dass seine Frau ihn missbilligend ansah, und setzte hinzu: »Verstehen Sie mich nicht falsch, aber wir wissen einfach nichts.«

»Ich verstehe.« Die Winter ging an den Schreibtisch und sagte in das Mikrofon: »Ich möchte nicht gestört werden.« Dann begann sie verzerrt zu lächeln. »Man stellt sich diese Dinge dramatisch vor, aber wenn man sie miterlebt, sind sie schon passiert, ehe man es richtig begriffen hat. Gustav schwamm jeden Tag. Morgens, mittags, abends. Wir hatten ein Haus an der Küste zwischen Nizza und Cannes. Es passierte mittags am 2. August. Er schwamm hinaus in die Bucht wie jeden Tag, und ich sah ihm vom Wohnzimmer aus nach. Dann ging ich in die Küche, um Kaffee zu kochen. Er kam nicht wieder. Nach drei Stunden holte ich die Polizei. Sie fuhren mit Booten herum, bis abends hatten sie nichts gefunden. Dann rief ich Schmitzchen hier in Köln an. Am nächsten Tag, also am 3. August, fanden sie ihn. In der Nacht war es irgendwo stürmisch gewesen, und die See ging hoch. Er war auf einen Felsen ziemlich dicht unter der Wasseroberfläche geschwemmt worden.« Sie stockte einen Augenblick, und ihre Augen waren leer. »Er sah eigentlich friedlich aus. Ich hatte viel Ärger mit den Behörden. Ein Arzt stellte fest, dass er einen Schwächeanfall erlitten habe, in Panik geraten und dann ertrunken sei. Die Polizei hat gesagt, das käme da unten ziemlich oft vor. Die Papiere habe ich da, ihr könnt sie mitnehmen. So ist es gewesen.«

»Es war am Zweiten?«, fragte Chris.

»Am Zweiten.«

Rita beugte sich vor, aber sie sah niemanden an. »Zwischen Nizza und Cannes?«

»Ja, näher bei Cannes.«

»Wir waren auch in der Gegend«, sagte Andreas. Es klang verblüfft.

»Tatsächlich.« Kraft schüttelte den Kopf. »Wir hatten keine Ahnung, wo ihr seid.«

Die Winter nickte. »Was soll's? Es ist geschehen.«

»Ja«, sagte Rita. Sie sah Andreas an, und in ihren Augen lag Neugier. »Hier ist dein Taschentuch.«

Er nahm es langsam und murmelte: »Moment, waren wir am Zweiten nicht schon in Arles?«

»Nein!« Chris' Stimme war scharf. »Der Zweite ist der Tintenfischtag.«

»Der was?« Die Winter war verwirrt.

Andreas lächelte: »Nichts Besonderes. Ja, es ist richtig. Wir waren am Zweiten noch in Nizza.«

Das Gespräch versickerte. Es gab nichts mehr zu sagen. Als sie sich verabschiedeten, waren nicht einmal zwanzig Minuten vergangen. Wie eine Prozession bewegten sie sich durch die Halle, und die Empfangsdame hielt den Kopf gesenkt.

In diesen zwanzig Minuten ist der zweite Mord geplant worden, ein anderer Zeitpunkt kommt nicht infrage. Allerdings bin ich nicht sicher, ob der Mörder tatsächlich an Mord dachte oder zunächst an etwas Harmloseres. Das spielt jedoch keine große Rolle, denn letztlich wurde es ein Mord. Nur der dritte Mörder war noch nicht bereit, etwas zu unternehmen, obwohl er durchaus dazu in der Lage gewesen wäre. Er hätte viel Unglück verhindern können.

Zu diesem Zeitpunkt ist Mord Nr. 1 geschehen und nicht entdeckt. Also könnte man von einem perfekten Mord sprechen. Aber Morde ohne Komplikationen gibt es nicht, und der Begriff perfekter Mord ist falsch. Alle nicht aufgeklärten Morde sind perfekt, weil Opfer und Täter in einer Kette von Zufällen gefangen waren, die alle zugunsten des Täters ausfielen. Ich behaupte: Je raffinierter die Planung, um so schneller die Lösung, je wirrer und planloser die Tat, um so schwieriger die Lösung. Kein Mord ist perfekt. Er kann es nur zufällig werden. Das gilt wohl auch für Jack the Ripper, der 1888 in London sechs Straßenmädchen tötete und bis heute nicht identifiziert wurde.

Ich muss jetzt vorsichtig werden und darf kein Detail vergessen, denn in diesem Fall gibt es zwei intelligente Mörder, denen der Zufall half. Eine seltene Kombination.

An diesem 11. August geschah noch sehr viel.

Andreas und Chris standen auf der Treppe des Winterschen Instituts und sahen zu, wie Kraft und Rita in das Auto stiegen.

Andreas rief: »Sehen wir uns noch?«

Kraft wandte sich um: »Nein, ich möchte schlafen.«

Andreas machte ein paar Schritte auf ihn zu und sagte leise: »Wir treffen uns heute Abend um acht Uhr in deinem Büro.«

Kraft wollte ausweichen, aber der Junge setzte schnell hinzu: »Es gibt da einige unklare Punkte wegen der Firma.«

Einen Augenblick lang schien es so, als wolle Kraft kategorisch ablehnen, aber dann nickte er langsam und murmelte: »Bis acht Uhr also.«

Bis achtzehn Uhr an diesem Samstag geschah in beiden Häusern nichts von Bedeutung. Das Klima im Haus Kraft war nach außen hin normal. Weder Kraft noch seine Frau gaben sich allzu große Mühe, Trauer vorzutäuschen, und als Rita gegen siebzehn Uhr ins Bad ging, um zu duschen, sang sie ungeniert einen Gassenhauer vor sich hin. Ihr Mann fand das ganz natürlich.

Diesen Nachmittag kann man den Nachmittag der Frauen nennen, denn sowohl Rita wie Chris hatten Verdacht geschöpft. Und beide mussten damit ihren Eigenarten entsprechend fertig werden.

Rita zweifelte keinen Augenblick daran, dass ihr Mann möglicherweise etwas mit Schumachers Tod zu tun hatte. Sie wusste, dass er Schumacher gehasst hatte, sie wusste, dass er am Mittag des 2. August auf eine Tauchfahrt gegangen war, und sie wusste auch, dass ihn diese Tauchfahrt an die Küste bei Cannes geführt hatte. Im übrigen bejahte sie kühl die Frage, ob Kraft zu diesem Verbrechen fähig wäre. Ihr Problem war es, die Antwort auf die Frage zu finden: Wie hat er es gemacht?

Als sie darauf kam, dass möglicherweise Andreas mitgeholfen hatte, überfiel sie ein starkes Gefühl der Enttäuschung, das sich gleich darauf in heitere Spannung verwandelte. Sie wollte Andreas haben, ihre Gegenwehr war nahezu erloschen. Und jetzt hatte sie eine Entschuldigung, wenn sie sich dem Jungen nähern würde. Aber sie nahm sich vor, zunächst abzuwarten.

Die Lage der jungen Chris war ungleich schwieriger. Seit sie wusste, dass sich ihr Vater und ihr Mann zum Zeitpunkt des Todes von Schumacher auf dem Meer befunden hatten und dass sie wahrscheinlich nicht weit von Schumachers Ferienhaus getaucht hatten, fühlte sie Panik. Plötzlich schien ihr klar, weshalb Andreas in so sinnloser Wut auf den Tintenfisch eingestochen hatte. Plötzlich glaubte sie zu wissen, weshalb er so weit von ihr entfernt zu leben schien. Sie folgerte sogar völlig richtig, dass ihre Reise in die Camargue nichts als eine Flucht der Männer gewesen war.

Aber in ihrer Panik war sie nicht in der Lage, Tatsachen und Gefühle voneinander zu trennen. Es blieb bei einem wirren Durcheinander von Gedankengebäuden, die sie beiseitefegte, wieder aufbaute, wieder zerstörte. Sie versteckte sich in einem Zimmer der Mansarde. Nach zwei Stunden blieb nichts zurück als Angst, tiefe und krankhafte Angst.

In einem entscheidenden Punkt stimmten die Überlegungen beider Frauen überein: Sie wussten, dass keiner der beiden Männer irgendeine Auskunft geben würde, und sie wussten auch, dass nichts zu beweisen war.

Untersuchungsrichter: »Sind Sie nicht stutzig geworden, als Frau Winter bemerkte, Herr Schumacher sei am 2. August ertrunken? Sie wussten doch, dass Ihr Mann und Ihr Schwiegersohn zu diesem Zeitpunkt eine Tauchfahrt unternahmen, und Sie konnten sich ausrechnen, dass Sie selbst nur wenige Kilometer vom Ferienhaus des Schumacher entfernt waren.«

Rita: »Natürlich ist mir das sofort aufgefallen.«

Untersuchungsrichter: »Ich glaube, Sie wollen nicht verstehen. Ich frage Sie, ob Sie Verdacht schöpften?«

Rita: »Ja.«

Untersuchungsrichter: »Warum? Haben Sie Ihrem Mann ein solches Verbrechen zugetraut?«

Rita: »Nein. Die Frage ist verkehrt gestellt.«

Untersuchungsrichter: »Ich verbitte mir …«

Rita: »Sie brauchen sich nicht beleidigt zu fühlen. Es ist wohl nicht so einfach, sich in meine Lage zu versetzen.

Ich meine nur: Wenn Sie mich fragen, ob mein Mann zu einem solchen Verbrechen fähig war, muss ich antworten: nein. Fragen Sie mich danach, ob er bei Gustav Schumacher zu diesem letzten Mittel hätte greifen können, muss ich antworten: ja.«

Untersuchungsrichter: »Ich begreife. Sie wollen also sagen, dass Ihr Mann nur Herrn Schumacher töten konnte, niemals einen anderen Menschen?«

Rita: »Das meine ich.«

Untersuchungsrichter: »Nun, er hatte schließlich viel dabei zu gewinnen.«

Rita: »Falls Sie Geld meinen, sind Sie im Irrtum. Geld war nicht der Grund.«

Untersuchungsrichter: »Ich bitte Sie … aber lassen wir das. Am Nachmittag des 11. August ahnten Sie also etwas. Zumindest war Ihnen klar, dass Ihr Mann sehr wahrscheinlich Gustav Schumacher getötet hatte. Kann man das so formulieren?«

Rita: »Nicht ganz. Ich würde sagen, ich rechnete mit der Möglichkeit, dass mein Mann in den Tod Schumachers verwickelt war.«

Untersuchungsrichter: »Und Sie haben nichts unternommen?«

Rita: »Nein. Warum auch? Ich hatte Zeit.«

Untersuchungsrichter: »Ist es nicht bedrückend, ja sogar furchtbar, mit einem Mann zusammenleben zu müssen, der möglicherweise getötet hat? Warum sind Sie nicht zur Polizei gegangen?«

Rita: »Ich möchte nicht vorlaut sein, Herr Richter, aber ich habe schon einmal erwähnt, dass es schwer ist, meine Situation zu begreifen. Alles, was ich hatte, war ein Verdacht, von Beweisen keine Spur. Außerdem konnte ich nicht darauf hoffen, einen Beweis zu finden. Und ich weiß, dass mein Mann keiner Fliege etwas zuleide tun konnte. Schumacher war für ihn wie eine Krankheit, die er besiegen musste.«

Untersuchungsrichter: »Eine, gelinde ausgedrückt, merkwürdige Auffassung.«

Rita: »Ich begreife Ihr Unverständnis.«

Untersuchungsrichter: »Das ist eine Unverschämtheit.«

Rita: »Ich bin nicht unverschämt, ich bin müde.«

Untersuchungsrichter: »Am 11. August erfuhren Sie von Frau Winter, an welchem Tag Ihr Onkel, Gustav Schumacher, ertrunken ist. Sofort begriffen Sie, dass zu diesem Zeitpunkt sowohl Ihr Vater als auch Ihr Mann sich in unmittelbarer Nähe des Ferienhauses von Herrn Schumacher bewegt haben mussten. Und zwar auf dem Wasser. Ist das richtig?«

Chris: »Ja, das ist richtig.«

Untersuchungsrichter: »Hatten Sie einen bestimmten Verdacht?«

Chris: »Verdacht kann man das nicht nennen. Ich war furchtbar aufgeregt. Ich konnte nicht konzentriert darüber nachdenken, ich hatte Angst.«

Untersuchungsrichter: »Vor Ihrem Mann?«

Chris: »Nein. Vor der Wahrheit.«

Untersuchungsrichter: »Vor der Bestätigung Ihres Verdachtes also?«

Chris: »Ja. Wenn Sie es so nennen wollen.«

Untersuchungsrichter: »Warum haben Sie Ihren Mann nicht gefragt?«

Chris: »Ich hatte Angst, ich sagte das schon. Wir liebten uns. Es hätte so viel zerstört werden können.«

Untersuchungsrichter: »Glauben Sie wirklich, dass Ihr Mann Sie liebte? In dieser Zeit?«

Chris: »Ich weiß nicht, was Ihnen das Recht gibt, so etwas zu fragen, aber ich weiß, dass er mich liebte.«

Untersuchungsrichter: »Sagen Sie, wieso kamen Sie eigentlich auf den Verdacht, Ihr Mann oder Ihr Vater könnten etwas mit dem Tod Ihres Onkels zu tun haben? Eigentlich war dieser Verdacht doch absurd, nachdem Tod durch Schwäche und Ertrinken behördlich, ich meine amtsärztlich, bescheinigt worden war.«

Chris: »Das ist sehr schwer zu erklären. Mein Vater hasste Onkel Gustav, das wusste ich. Mein Mann und mein Vater verstanden sich sehr gut. Außerdem war mein Mann an diesem Tage so furchtbar brutal. Er tötete einen Tintenfisch, obwohl das gar nicht nötig war.«

Untersuchungsrichter: »Wenn ich Sie also richtig verstehe, so basierten Ihr Verdacht, Ihre Unruhe, Ihre Angst auf Gefühlen?«

Chris: »Ja, so ist es.«

Untersuchungsrichter: »Ich kann Sie verstehen. Ihre Angst muss furchtbar gewesen sein. Warum haben Sie nicht wenigstens versucht, mit Ihrer Stiefmutter, mit Frau Kraft, zu sprechen?«

Chris: »Ich habe mit ihr gesprochen.«

Untersuchungsrichter: »Aber erst zehn Tage später.«

Chris: »Leider ja.«

Untersuchungsrichter: »Machen Sie sich keine Vorwürfe, der zweite Fall war wohl unvermeidbar.«

Er war wirklich unvermeidbar. Kurz nach achtzehn Uhr an diesem 11. August wurde die Szene dafür vorbereitet. Zu dieser Zeit, genau gesagt um achtzehn Uhr zehn, verließ Andreas Lorenz sein Haus. Er hatte im Laufe des Nachmittags dreimal versucht, mit Chris zu sprechen, aber sie hatte ihn nicht in das Mansardenzimmer hineingelassen.

»Was ist denn los mit dir?«

»Nichts. Ich habe Kopfschmerzen. Lass mich bitte allein.«

»Aber komm doch wenigstens heraus aus dieser Bude.«

»Bitte, Andy, ich möchte allein sein.«

»Aber ich mache mir Sorgen.«

»Das brauchst du nicht. Mir geht es einfach nicht gut.«

»Ich warte im Wohnzimmer.«

Er hatte gewartet, und sie war nicht gekommen. Er war wieder hinaufgegangen, das Gespräch hatte sich wiederholt.

Das Verhalten seiner Frau bestärkte nur seinen Wunsch, diese Stadt so schnell wie möglich zu verlassen, und als er sich in den Wagen setzte, war er fest entschlossen, nicht nachzugeben. Er hatte zwei Tonbandkoffer bei sich, und sein Plan war ebenso einfach wie gut.

Er betrat das Fabrikgelände durch eine kleine Stahltür in der südlichen Umfassungsmauer, installierte eines der beiden Tonbänder in Schumachers Büro und stellte das zweite in sein eigenes Arbeitszimmer. Das Gerät in Schumachers Raum versteckte er hinter den schweren

Fenstervorhängen, das Mikrofon versenkte er in die Verkleidung der Klimaanlage.

Er probierte zehn Minuten lang aus, bei welcher Einstellung der Rauschpegel nicht zu hoch war, flüsterähnliche Laute aber trotzdem noch aufgezeichnet wurden. Als er durch die engen Gassen zwischen den Hallen des Fabrikgeländes wieder zu der Stahltür ging, war es neunzehn Uhr zehn. Er setzte sich in seinen Wagen und fuhr durch die Stadt bis an die Rheinuferstraße. In einer Kneipe trank er einen Whisky. Um neunzehn Uhr fünfundvierzig verließ er die Kneipe und fuhr sehr schnell in die Fabrik. Er kam dort um neunzehn Uhr fünfundfünfzig an und ließ sich von dem Hausmeister, einem Mann namens Wolf, das Haupttor öffnen. Er sagte: »Mein Schwiegervater kommt gleich. Oder ist er schon da?«

»Nein«, sagte Wolf. »Ich werde warten.«

»Das ist gut«, erwiderte Andreas. »Stellen Sie meinen Wagen beiseite.« Dann ging er über den Hof und in das Hochhaus.

Kraft begann mit seinen Vorbereitungen gegen neunzehn Uhr dreißig, und sie bestanden einzig und allein darin zu überlegen. Auf ihn wartete seiner Meinung nach ein pädagogisches Problem. Er schätzte den Jähzorn seines Schwiegersohnes durchaus richtig ein: Er nahm ihn nicht zu ernst, aber auch nicht zu sehr auf die leichte Schulter. Er wollte sich bemühen, eine freundschaftlich-offene Gesprächsatmosphäre zu erreichen, und er war sicher, dass ihm das gelingen würde. In seinen Augen war Andreas ein noch immer nicht erwachsener Mensch, und es schien seine Aufgabe zu sein, ihm mit väterlichem Verständnis entgegenzukommen. Was ihn zweifeln ließ und unsicher machte, war die Tatsache, dass der Junge ganz offensichtlich ohne die geringsten Skrupel gemordet hatte.

Gegen neunzehn Uhr fünfundvierzig sagte er zu seiner Frau: »Ich fahre in die Fabrik. Ich muss etwas mit Andy besprechen.«

Sie reagierte leichthin und erwiderte nur: »Gut, aber bleib nicht zu lange.«

Er nickte und ging an seinen Schreibtisch. Er steckte eine Walther PPK ein und fuhr los. Er wusste, dass er zehn Minuten zu spät kommen würde, aber das hatte er einkalkuliert. Der Junge sollte begreifen, dass er, Kraft, nicht bereit war, wie ein dressierter Schäferhund auf Pfiff zu gehorchen. Die Waffe war ein Demonstrationsobjekt, er dachte nicht daran, sie zu gebrauchen.

Die Unterredung zwischen Kraft und Andreas begann Punkt zwanzig Uhr fünfzehn.

Kraft kam sehr schwungvoll herein wie ein Mann, der kraftstrotzend Traditionen beiseite fegen und Neues bauen will. Er sagte: »Guten Abend, mein Junge. Lange gewartet?«

Andreas hockte mit hochgezogenen Beinen in Schumachers Ledersessel. Er murmelte: »Nein, ein paar Minuten. Wie geht es Rita?«

»Gut«, sagte Kraft. Er bewegte sich auf die Sitzecke zu. »Ist etwas zu trinken da?«

»Irgendwo müsste Kognak stehen.« Der Junge stand auf und begann in den Wandschränken hinter Schumachers Schreibtisch zu suchen. Er fand eine Flasche.

»Die ist reserviert gewesen.« Kraft wirkte heiter. »Für irgendwelche Freunde.«

»Gut genug für uns«, murmelte der Junge gleichgültig.

Kraft war irritiert. Er hatte Ungeduld erwartet, Jähzorn, kalte Angriffslust, sogar Vorwürfe, aber nicht diese scheinbare Gelassenheit. Trotzdem wollte er sein Pensum wie ein Volksschullehrer hinter sich bringen. Heiter sagte er: »Also, was fehlt uns denn?«

Der Junge setzte sich mit der Flasche in den Sessel Kraft gegenüber: »Du sprichst albern wie eine Krankenschwester.«

Kraft lachte gezwungen. »Das wollte ich nicht. Also, was ist los?«

»Das weißt du doch«, sagte der Junge. »Willst du viel oder wenig?«

»Viel«, sagte Kraft. »Wir können ja auf dich als neuen Direktor anstoßen.«

»Da bin ich nicht sicher«, murmelte der Junge.

»Aber, aber!« Es klang leicht vorwurfsvoll, so leicht, dass der Junge nicht gereizt sein konnte.

»Du bist naiv«, sagte der Junge. Es klang noch immer völlig gleichmütig, für Kraft arrogant.

Kraft konnte sich nur schwer beherrschen. Er sagte: »Nein, das bin ich nicht.«

»Ich glaube doch«, sagte der Junge. »Ich habe darüber nachgedacht, wie wir ihn ermordet haben. Und ich habe auch über deinen Plan nachgedacht. Jetzt erscheint er mir nicht mehr so gut.«

Sie tranken einen Schluck, und es war sehr still. So still, dass der Junge fürchtete, Kraft würde das leise

Summen des Tonbandgerätes hören. Er sagte schnell: »Ich will Beweise dafür, dass dein Plan wirklich gut ist.«

Kraft begann zu lachen. »Den besten Beweis habe ich doch schon geliefert. Niemand hat Verdacht geschöpft.«

»Niemand!« Die Stimme des Jungen wurde verächtlich. »Beide Frauen sind zusammengezuckt, als die Winter erzählte, es wäre am 2. August in der Nähe von Cannes passiert.«

»Das habe ich bemerkt«, murmelte Kraft, »aber das ist doch völlig gleichgültig. Wir müssen es überspielen, oder, besser gesagt, wir müssen unsere Frauen jetzt gut behandeln.«

Der Junge trank wieder. »Das ist einfach gesagt. Deine Tochter weicht mir aus. Sie verkriecht sich.«

»Sie ist sensibel«, murmelte Kraft. »Und sie mochte Schumacher ganz gern.«

Der Junge schüttelte den Kopf. »Das ist es nicht. Seit dem Tag, an dem wir ihn umgebracht haben, komme ich nicht mehr an sie heran.«

Jetzt beging Kraft den ersten Fehler.

»Ich habe befürchtet, dass du keine Nerven hast. Du hast etwas für sie Unverständliches getan, als du wie ein Geisteskranker auf diesen Tintenfisch losgegangen bist. Für ein Mädchen wie Chris ist das ziemlich scheußlich.«

Die Stimme des Jungen wurde lauter: »Ich habe es nicht gern, wenn man mir schlechte Nerven vorwirft. Du hast keine Ahnung, wie oft ich gerade bei Frauen gute Nerven bewiesen habe.«

Für Kraft war das nichts als eine billige Angeberei. Da der Junge so gut wie nichts von seinem Leben erzählt hatte, konnte er nicht wissen, dass diese Behauptung tatsächlich der Wahrheit entsprach, und so rannte er förmlich in den nächsten Fehler hinein.

»Ich kann mir ziemlich gut vorstellen, dass du ein guter Witwentröster gewesen bist. Aber diese Sache, mein Junge, erfordert eine andere Sorte Nerven.«

Merkwürdigerweise reagierte Andreas völlig sachlich. Unter normalen Umständen wäre er nach einer solchen Bemerkung explodiert, aber da er seinen Plan hatte, musste er sachlich bleiben.

»Wir wollen uns nicht um verschiedene Sorten Nerven streiten. Ich will Beweise dafür, dass dein Plan gut ist und dass wir nicht in Gefahr sind.«

Wieder reagierte Kraft falsch, wieder dachte er zuwenig voraus, wieder unterschätzte er den Jungen.

»Du hast also Angst? Na gut, das kann ich verstehen, schließlich bist du jung und hast noch nicht meine Lebenserfahrung. Ich will dir also genau auseinandersetzen, wie ich es geplant habe.«

Er machte eine Pause und lachte leise und selbstzufrieden. Es ist unfasslich, wie leicht er es dem Jungen machte, wie bedenkenlos er alles preisgab.

»Ich weiß nicht genau, wann ich angefangen habe, mich mit Schumachers Beseitigung zu befassen. Mein Vater war Werkmeister in der Fabrik, noch unter seinem Vater. Ich lernte später die Schwester kennen und heiratete sie. Wenn ich heute überlege, warum ich das getan habe, finde ich keine genaue Antwort darauf. Aber sicherlich habe ich es auch getan, um Geld zu haben.

Ich fing als Lehrling in der Fabrik an. Damals war alles noch familiärer, weißt du. Jeder kannte jeden, und ich kannte auch die Schumacher-Kinder, also Gustav und Emmi. Zwischen Emmi und mir war schon etwas, als wir sechzehn, siebzehn Jahre alt waren. Aber es war nicht so, dass wir miteinander schliefen. Niemals. Es war von ihrer Seite aus eine ziemliche Schwärmerei. Ich wollte nur Geld und Ansehen. Der Krieg kam, üble Jahre. Als ich zurückkehrte, hatte sie auf mich gewartet, und wir heirateten. Das war selbstverständlich, keine großartige Liebesromanze. Der alte Schumacher starb, Gustav übernahm den Laden und machte mich zu seinem Direktor. Aber nicht, weil ich etwas konnte, sondern weil er der Überzeugung war, dass ein Mitglied der Familie Schumacher etwas sein musste. Du kennst ihn ja …«

»Ich kannte ihn«, mahnte der Junge.

»Ach so, ja.« Kraft lachte gequält. »Na, der Rest ist schnell erzählt. Ich war mit Emmi sechzehn Jahre verheiratet, und sie war so eine Art Puffer zwischen mir und Gustav. Als sie tot war, begann Gustav mich zu quälen. Irgendwann habe ich dann gedacht: Er muss weg!«

»Warum hat er dich eigentlich gequält?«

»Das weiß ich eigentlich auch nicht. Er war pervers. Ich war ein Eingeheirateter, immer ein Geduldeter, und er ließ es mich spüren. Jede Woche zwei- bis dreimal wie nach einem Fahrplan. Ich weiß, du willst einwenden, jeder Chef quält seine Untergebenen auf die eine oder andere Weise, jeder ist auf die eine oder andere Weise unausstehlich. Aber Schumacher hat nicht den geringsten Grund gehabt, mich zu quälen, denn ich hatte nichts gegen ihn, und ich bin auf meine Weise auch ein guter Mann für die Fabrik. Ich glaube, er machte mich für den Tod seiner Schwester verantwortlich, obwohl das idiotisch ist. Als ich ihm Rita vorstellte, nahm er mich beiseite und sagte: ›Na, da hast du aber ein feines Betthäschen!‹ Das war der Anfang. Trug ich eine geblümte Krawatte, sagte er, ich hätte seine Schwester ziemlich schnell vergessen. Machte ich mal einen Scherz mit einer Sekretärin, sagte er, ich sei ein Schumacher und hätte mich mit ›diesen dämlichen Bienen von fraglicher Herkunft‹ nicht zu verbrüdern. Kam der Domprobst, zeigte er auf mich und grinste: ›Das ist der beste Laufbursche, den ich habe.‹ Und so weiter und so weiter.«

»Warum bist du nicht fortgegangen?«

»Ich bin Kölner, ich bin hier groß geworden. Ich habe hier meine Freunde. Und Geld habe ich. Ich denke, das sind genügend Gründe. Und ich wollte nicht nachgeben.«

»Sicher«, sagte der Junge beruhigend. »Aber erzähl mir, wie du es geplant hast.«

Kraft schüttelte sanft den Kopf. »Ich weiß nicht, musst du das so genau wissen, mein Junge?« Er war endlich wach geworden, endlich vorsichtiger.

»Ich muss es wissen«, sagte der Junge. »Zwei Köpfe denken weiter als einer. Vielleicht hast du einen Fehler gemacht, den du nicht bemerkt hast?«

Und Kraft war zu eitel, um widerstehen zu können. Er fiel auf diese psychologisch geschickt gestellte Frage herein. Sie gab ihm Gelegenheit, die Fehlerlosigkeit seines Plans zu beweisen.

»Ich glaube, es war vor wenig mehr als einem Jahr, als ich zum ersten Mal daran dachte, Schumacher zu töten. Es kann auch früher gewesen sein. Ich gewöhnte mich langsam an den Gedanken, der mir zuerst noch absurd erschienen war. Natürlich habe ich dann die Möglichkeiten, die sich boten, untersucht. Man konnte ihn auf der Jagd erschießen. Ganz offen. Man konnte glaubhaft sagen, es sei ein Irrtum gewesen. Solche Dinge sind häufig genug geschehen. Aber sehr bald erkannte ich, dass die Gesellschaft bei einem solchen Zwischenfall erwarten würde, dass ich mich aus Köln zurückziehe. Das aber wollte ich nicht. Ich dachte auch an Gift, aber das war mir zu riskant, obwohl es ein Gift gibt, das im Körper nicht nachweisbar ist und trotzdem zuverlässig tötet. Aber um Gift benutzen zu können, musste ich an ihn herankommen, und zwar im Rahmen einer großen Gesellschaft. Große Gesellschaften und Schumacher sind aber unvereinbar. Ich dachte an einen inszenierten Autounfall, aber auch das war zu kompliziert. Schließlich schloss ich Köln als Tatort aus und kam ganz automatisch auf die Idee, es während der Betriebsferien zu tun. Eine Voraussetzung war klar: Ich musste erreichen, dass Schumacher dorthin fuhr, wohin ich wollte. Er hat nie in seinem Leben gesagt, wohin er im Urlaub fährt. Auch Schmitzchen war nie informiert. Eine großartige Voraussetzung für meinen Plan. Ich redete ihm also das Haus an der Küste ein. Er fiel darauf rein und war mir sogar dankbar. Aber ich wusste immer noch nicht, wie ich es machen sollte. Erschießen? Vergiften? Ganz langsam dämmerten mir die richtigen Voraussetzungen. Es musste so geschehen, dass es erstens wie ein Unfall aussah und dass man zweitens mich, also den Mörder, nicht sehen konnte. Und so stellte ich mir Minute für Minute den Tagesablauf des Urlaubers Schumacher an der Küste vor. Wie er aufsteht, wie er frühstückt, wie er spazierengeht, wie er ins Spielkasino fährt, wie er schwimmt, wie er in der Sonne liegt.

Es kristallisierten sich zwei Möglichkeiten heraus. Erstens konnte ich ihn erledigen, wenn er ins Meer hinausschwamm. Diese Möglichkeit ließ ich bald wieder fallen, denn er war ein schwerer Mann, und ich würde möglicherweise dabei selbst getötet werden. Die zweite Möglichkeit war die einfachste und bestechendste. Ich brauchte nur zu warten, bis die Winter das Haus verließ, um zum Friseur zu fahren, dann würde ich in das Haus hineingehen, ihn töten, einfach erschlagen, etwas Bargeld und Schmuck mitgehen lassen und verschwinden. Das schien mir am simpelsten. Aber dann begriff ich, dass das praktisch undurchführbar war, denn ich konnte nicht allein in Urlaub fahren, mich in seiner Nähe einquartieren, ihn beobachten und töten. Das wäre euch hier in Köln aufgefallen. Ich musste einen Plan haben, der durchführbar war, obwohl du und die beiden Frauen bei mir waren. Und schließlich wurde es sogar notwendig, die Frauen in der Nähe zu haben. Publikum bei einem Mord ist etwas Undenkbares, und ich musste so einen Plan haben. Verstehst du meine Gedanken?«

»Aber ja«, sagte der Junge bereitwillig. »Ich verstehe dich gut. Ziemlich raffiniert, wie du das geplant hast.«

»Nicht wahr?« Kraft lachte leise. »Niemand würde wissen, wo Schumacher seine Ferien verbrachte. Nur ich. Also entstand folgender Plan: Ich wollte mich mit euch zusammen in der Nähe einquartieren und dann morgens allein ein Boot mieten. Das wäre einfach gewesen, denn ihr seid alle Langschläfer. Ich wusste, dass Schumacher immer früh aufsteht und sofort schwimmen geht. Er war ein guter Schwimmer. Ich wollte ihn draußen auf dem Wasser erwarten. Ganz einfach überraschen, verstehst du? ›Guten Morgen, Schumacher! Wie geht es dir? Fühlst du dich wohl?‹ und so weiter. Er hätte mich gefragt, wo ihr seid, und ich hätte gesagt: ›Da drüben in der kleinen Bucht. Komm ins Boot, wir werden sie überraschen.‹ Und ich sage dir, er wäre bestimmt eingestiegen. Ich wäre in eine der Buchten gefahren, hätte ihn getötet und dann unter einen Felsen im Wasser festgekeilt, klar?«

Der Junge trank einen Schluck Kognak und überlegte. »Warum hast du es nicht so gemacht? Er wäre dann einfach verschwunden gewesen. Vielleicht hätte ihn eine Muräne erwischt, und man hätte nach ein paar Tagen gar nichts mehr von ihm finden können. Warum hast du es nicht so gemacht?«

Kraft lachte wieder. »Ich sehe, dass auch du darauf hereinfällst. Auf den ersten Blick sieht der Plan tatsächlich gut und einfach aus, aber das täuscht. Die Sache hat einen gewaltigen Fehler. Nämlich den, dass Schumacher verschwunden gewesen wäre. Das heißt, man hätte keine Leiche gehabt. Und das ist eben nicht gut, denn in einem solchen Fall fahndet die Polizei sehr lange und sehr ausgiebig. Und sofort hätte man festgestellt, dass wir in der Nähe waren.«

»Ach so.«

»Siehst du? Man muss wirklich lange nachdenken, ehe man so etwas macht. Die Möglichkeit, Schumacher ungesehen zu treffen und zu töten, war gegeben. Ich beschäftigte mich sogar mit der medizinischen Seite. Man kann das Auftauchen von Leichen verhindern, indem man ihren Bauch öffnet und so verhindert, dass Verwesungsgase entstehen, die die Leiche wie einen Ballon nach oben treiben. Aber Schumacher musste gefunden werden und wie ein ganz normaler Toter aussehen. Ich brauchte einen Plan, der mir erlaubte, Schumacher zu töten, und bei dem es keine Rolle spielte, ob die Polizei erfuhr, dass wir in der Nähe waren. Es musste also aussehen wie ein Unfall ohne Verletzungen. Nun begann ich systematisch, die Unfälle in diesem Gebiet zu untersuchen. Das heißt also Unfälle, die typisch sind für die Mittelmeerküste.«

»Das ist verrückt«, sagte der Junge, und in seinen Worten lag widerwillige Anerkennung. »Du hast fast wissenschaftlich gearbeitet.«

»Allerdings«, sagte Kraft selbstgefällig. »In dieser Gegend sind die häufigsten Unfälle folgende: Tod bei Verkehrsunfall wegen zu hoher Geschwindigkeiten auf der Uferstraße. Sturz von einem der Strandfelsen, allerdings meistens ohne tödliche Folgen. Ertrinken, das ist natürlich. Aber da war noch etwas – nämlich Selbstmord wegen zu hoher Verluste beim Spiel. Das faszinierte mich, aber leider kam es bei Schumacher nicht in Betracht. Er spielte zwar, aber viel zu vorsichtig. Ein Verkehrsunfall war schwer zu inszenieren, denn immer würde die Winter dabei sein, und ich wollte unter allen Umständen vermeiden, dass sie auch starb. Ich mag sie, und es besteht nicht der geringste Grund, sie zu töten. Und außerdem waren dabei Verletzungen nicht zu vermeiden und nachfolgende Untersuchungen durch einen Spezialisten, was auch für den Sturz von einem Uferfelsen zutrifft. Im übrigen bin ich kein Techniker, und einen Autounfall zu inszenieren ist schwierig. Ich hätte aber kombinieren können: ein nicht nachweisbares, schnell wirkendes Gift kurz vor einer Autofahrt. Das aber war schwer zu bewerkstelligen, wenn nicht sogar unmöglich, denn dazu hätte ich an ihn herankommen müssen.

Überlegen wir also weiter. Was wollte ich erreichen? Einen Mord, der nicht nur erlaubte, euch in unmittelbarer Nähe zu haben, sondern der auch aussah wie ein Todesfall ohne Verletzung und bei dem die Polizei ruhig erfahren konnte, dass wir in der Nähe waren. Auch die Winter musste an dem Platz bleiben, an dem sie gerade war. Ich durfte nichts an diesem Ferienleben ändern. Ich durfte weder die Frau noch ihn aus dem Haus locken. Er sollte von selbst und ganz natürlich in den Tod laufen. Und zwar bei einer Gelegenheit, die sich jeden Tag ergab. Und dann fand ich das Buch.«

Er lachte und sagte: »Gieß mir noch einen Kognak ein, einen großen.«

Einen Augenblick herrschte Stille.

»Was für ein Buch?«, fragte der Junge.

»Das Buch über Detektive«, sagte Kraft. »Wie du weißt, lese ich kaum. Irgendjemand hat mir mal ein Buch geschenkt, in dem beschrieben wird, wie ein Engländer Frauen in der Badewanne umbrachte, ohne dass jemand auf die Idee kam, es sei ein Mord gewesen. Später wurde er zwar gefasst und zum Tode verurteilt, aber

149

schließlich ist ein Tod in der Badewanne auch ziemlich ungewöhnlich. Zuerst habe ich gar nicht begriffen, was ich da las, und dann fiel es mir plötzlich wie Schuppen von den Augen. Das Mittelmeer ist eine ziemlich große Badewanne. Aber wie sollte ich es anstellen? Das konnte ich nicht allein schaffen.«

»Und von alldem hast du niemand etwas erzählt?«

»Ich erzählte niemand etwas davon.«

»Das ist gut.«

»Ich sage dir doch, dass mein Plan lückenlos ist. Den Rest kennst du. Ich will dir nur noch ein technisches Detail erklären. Wenn ich jemand in einer Badewanne ertränke, so hat er keine Chancen, weil er sofort bewusstlos wird, wenn ich seine Beine hochziehe und das Wasser ihm wie ein Schlag in die Nase dringt. Aber wie kann ich einen Mann in einer großen Wasserfläche kampflos ertränken, der schwerer ist als ich und in seiner Todesangst auch noch Bärenkräfte entwickelt? Ich habe wochenlang darüber nachgedacht, und eines Abends beim Fernsehen fand ich die Lösung. Da wurde die Olympiamannschaft der russischen Turner gezeigt, und einer dieser Turner, seinen Namen weiß ich nicht mehr, machte bei einer Barrenübung einen Spagat. Da hatte ich die Lösung: Ich musste Schumachers Beine weit auseinanderspreizen, dann konnte er nicht mehr kämpfen. Das konnte ich nicht allein. Also musstest du mir helfen. Reicht das?«

»Das reicht.« Der Junge nickte bedächtig. »Prost.«

Eine Weile blieb es still, genau drei Minuten lang. Der Junge wollte nicht beginnen, Kraft ebenso wenig. Er stand auf, schlenderte hinüber an Schumachers

Schreibtisch, drehte sich um und fragte, als die Stille unerträglich zu werden begann, ruhig: »Aber das war es doch nicht, weshalb du mich sprechen wolltest? Es war doch wohl wegen des Geldes?« Er hatte sich jetzt für den direkten Angriff entschieden, und er führte ihn sehr geschickt.

Der Junge erwiderte nichts, er nickte nur.

Kraft murmelte: »Hm.«

Wieder war die Stille da, nur ein helles Trommeln. Der Junge klopfte mit dem Zeigefinger gegen das dünnwandige Kognakglas.

»Du willst also Geld?« Krafts Stimme klang so, als behandle er den Jungen als gleichberechtigten Partner. Hätte er es wirklich getan, hätte er das Folgende nicht gesagt: »Ich kann das verstehen. Du bist in unsere Familie hineingeraten und hast nicht ahnen können, was dich erwartete. Köln gefällt dir nicht sonderlich, und die Fabrik bedeutet dir weniger als zum Beispiel mir. Ich kann das alles begreifen, aber dass du Geld willst, begreife ich nicht.«

Andreas hatte sich sehr sorgfältig auf das Gespräch vorbereitet. Seine Stimme klang, als sage er etwas Auswendiggelerntes: »Es war nicht sehr fair von dir, mich in den Mord hineinzuziehen. Du hast jetzt alles, was du willst, aber ich nicht.«

»Das ist nicht wahr.« Kraft wurde ungeduldig. Er wurde immer ungeduldig, wenn jemand seinen Gedankengängen offensichtlich nicht folgen konnte. Das machte ihn aggressiv. »Du hast ebenso viel erreicht wie ich. Das ist auch der Grund, weshalb ich dich als Helfer ausgewählt habe.«

Der Junge begann leise zu lachen. »Du widersprichst dir. Du hattest gar keine Chance, einen anderen Helfer zu finden.«

Kraft kam zu der Sitzecke zurück, der Sessel ächzte leise, als er sich hineinfallen ließ. »Wie ich sehe, beginnst du jetzt logisch zu denken, ich gebe das zu.«

»Also.« Die Stimme des Jungen klang befriedigt. »Das wenigstens gibst du zu. Dann gib mir das Geld und lass mich ziehen.«

»Nein.«

»Aber warum denn nicht?« In Andreas' Stimme war unzweideutig die Nachsicht des Erwachsenen, der mit einem störrischen Kind spricht.

Kraft räusperte sich. »Du hast selbst gesagt, dass du mit meiner Tochter Schwierigkeiten hast. Weiter hast du behauptet, dass sowohl deine wie meine Frau Verdacht geschöpft haben. Angenommen, ich gebe dir das Geld und du gehst weg, so wird der Verdacht doch nur bestätigt. Du hättest eine immer misstrauische Frau, und ich hätte bei Rita einen schweren Stand. Die Frauen würden das nicht begreifen. Ist das richtig?«

»Nein«, sagte der Junge. »Du irrst. Ich kann mit meiner Frau sehr gut umgehen. Habe ich sie erst einmal dort, wo ich leben will, ist alles schnell vergessen. Und wir sehen uns in aller Freundschaft, wenn jemand Geburtstag hat oder wenn ein Kind kommt.«

»Wo willst du leben?«

»Ich weiß es nicht. Vermutlich irgendwo am Meer. Ich möchte einen eigenen Betrieb aufmachen, das ist völlig ungefährlich.«

»Wenn du dich bereit erklärst, zwei oder drei Jahre damit zu warten, ja. Jetzt sofort, nein. Wir beide sind in der Fabrik bekannt als die Leute, die alles umkrempeln wollen. Jetzt müssen wir das auch tun. Du selbst hast immer wieder Rationalisierung vorgeschlagen. Wie sieht denn das aus, wenn du jetzt verschwindest?«

»Normal«, murmelte der Junge. »Wir sind schließlich nicht verpflichtet, darüber Auskunft zu geben.«

»Ich schon«, sagte Kraft. »Woher soll ich das Geld nehmen? Und wie viel willst du?«

»Fünf Millionen«, sagte der Junge. »Eine Million sofort.«

Kraft verlor die Nerven. »Du Idiot! Woher soll ich das nehmen? Ich müsste zur Bank gehen, die Bank verlangt eine Erklärung. Es ist unsere Hausbank.«

»Das ist dein Problem.«

»Es ist nicht zu lösen.«

Der Junge schüttelte den Kopf. »Du willst mich nicht begreifen. Ich habe gegen meinen Willen einen Mord begangen, den du geplant hast. Ich will fort von hier. Du kannst der Bank sagen, du wolltest deine Tochter ausbezahlen. Ich spreche mit Chris.«

Kraft berührte vorsichtig die Waffe in seiner Tasche. Er schüttelte den Kopf. »Du irrst dich. Ich kenne meine Tochter besser als du. Jetzt würde sie nicht damit einverstanden sein. Sie liebt mich, sie sieht keinen Grund, weshalb sie plötzlich von hier fortgehen soll.«

»Das mag sein, aber ich will es so.«

»Du willst mich also erpressen.«

Der Junge seufzte. »Du kannst es nennen, wie du willst. Gib mir den Scheck.«

Kraft zog die Waffe aus der Tasche und murmelte: »Ich habe mir gedacht, dass es so weit kommen würde. Ich habe dich einfach unterschätzt.« Er legte die Walther PPK vor sich hin auf die Tischplatte.

Das ist verbürgt: Kraft legte die Waffe tatsächlich vor sich auf den Tisch. Er spielte nicht damit herum und richtete sie auch nicht auf den Jungen. Er wollte gefährlich erscheinen und wirkte nur hilflos, er wollte demonstrieren und wirkte schwach. Mein Verdacht wird erneut bestätigt: Er hatte die schwächeren Nerven.

Der Junge war nicht im geringsten beeindruckt. »Du kannst nicht auf mich schießen. Das bringst du nicht fertig.«

»Vielleicht doch.«

Der Junge lächelte. »Nein, mach dir nichts vor.« Er griff nach der Waffe und betrachtete sie aufmerksam. Dann legte er sie zurück. »Du könntest es nicht.«

Kraft bewegte sich unruhig. Er sagte leise: »Du hast recht.« Damit hatte er viel verloren, und er wusste es genau. »Ich könnte es nicht. Warum auch? Aber warum willst du mit Gewalt zerstören, was wir erreicht haben?«

Der Junge sah, dass er gewonnen hatte und Kraft schwer angeschlagen war. »Du nennst es Erpressung, ich nenne es Bezahlung.«

»Was wirst du tun, wenn ich nicht nachgebe?«

»Ich weiß es nicht. Mir wird etwas einfallen. Vielleicht hilft mir deine Tochter.«

Kraft sah auf die Waffe und nahm sie in die Hand. Er sagte: »Ein Mord zieht Kreise.« Es war eine banale Bemerkung, wie man sie häufig in Groschenromanen liest, für ihn aber war es eine grundlegende Erkenntnis auf sehr praktischer Basis. »Ich glaube, ich würde dich doch töten.«

»Nein«, murmelte der Junge.

Kraft lächelte matt. »Du missverstehst mich. Natürlich bin ich kein Mörder, zumindest nicht im herkömmlichen Sinn. Aber wenn du mich tatsächlich zwingst, dich zu bezahlen, werde ich dich töten müssen.«

In diesem Augenblick glaubte der Junge, zu weit gegangen zu sein. Er wollte etwas Beschwichtigendes einflechten, aber es gelang ihm nicht.

»Sieh mal, ich habe nichts gegen dich, und ich weiß genau, wie sehr Schumacher dich gequält hat. Aber ich will fort von hier.«

»Wir brauchen nicht mehr weiterzusprechen«, sagte Kraft. »Ich bin müde, ich hätte mich eingehender mit deinem Vorleben beschäftigen sollen, bevor Chris dich heiratete. Ich mag dich wirklich, aber du magst wohl niemanden. Das ist es.«

»Ich liebe deine Tochter.«

Kraft erhob sich. »Meine Tochter ist ein Teil von mir«, murmelte er. Er nahm die Waffe und steckte sie wieder in die Jackentasche.

Auch der Junge stand auf. »Ich gebe dir bis morgen früh Zeit. Wir treffen uns um elf Uhr hier. Aber sag niemandem, wo du hingehst.«

»Warum?«

»Es ist besser so. Deine Nerven sind nicht gut. Jetzt nicht mehr.«

Kraft sah ihn nachdenklich an, und seine Stimme war ganz ohne Schärfe und ruhig. »Du bist auch ein Schwein. Hast du dir einmal überlegt, was passiert, wenn du mich erpresst? Gleichgültig, ob ich will oder nicht, ich werde dich töten müssen. Überprüf das noch einmal. Ich gebe dir ebenfalls Zeit bis morgen früh. Wenn wir entdeckt werden, trifft jeden die gleiche Strafe.«

»Nicht ganz«, sagte der Junge. »Ich komme etwas billiger davon.«

Kraft nickte, auf seiner Stirn stand Schweiß. »Du hast gut überlegt. Auch das mag stimmen, aber deine besten Jahre würdest du im Zuchthaus sitzen. Was wir hier treiben, ist kindisch. Du weißt genau, dass ich so viel Geld nicht bekommen kann. Zu diesem Zeitpunkt ist das einfach zu gefährlich. Es ist schade, dass du ein solcher Idiot bist.«

Andreas war längst hinübergeglitten in eine Art Siegesrausch. Er sagte lärmend heiter: »Wir treffen uns um elf. Bring einen Scheck mit. Ich lasse mich auf nichts ein.«

Kraft ging an ihm vorbei wie ein sehr müder alter Mann. In der Tür drehte er sich noch einmal um: »Überleg es dir genau. Du willst mich erpressen und kannst es nicht, weil du selbst im Zuchthaus enden würdest. Ich weiß nicht, ob ich dich töten kann, aber wenn du mich zu weit treibst, werde ich es tun müssen und dabei auch in gewisser Weise sterben.« Er lächelte vage. »Es ist eine merkwürdige Situation, in der wir da stecken. Denk auch bitte daran, dass du meine Tochter geheiratet hast und dass du in aller Zukunft völlig sorgenfrei leben kannst, wenn du hierbleibst.« Er starrte dem Jungen eindringlich ins Gesicht. »Wenn ich nicht wüsste, dass du so verdammt kalt bist, würde ich dir raten, zu einem Psychiater zu gehen.«

Er ließ die Tür zufallen und ging sehr gerade durch Schmitzchens Zimmer in den Korridor hinaus. Er war absolut sicher, dass der Junge nun alles zerstören würde, was erreicht war. Aber er hatte nicht den Mut, einfach zurückzugehen und ihn zu erschießen. Es erschien ihm sinnlos. Auch die Drohung, den Jungen zu töten, schien ihm fragwürdig. Der Junge war entscheidend gestört, und er hatte nur eine einzige, aber schwache Hoffnung: dass diese Störung vorübergehen möge.

Während er darauf wartete, dass ihm der Hausmeister das Tor aufschloss, dachte er an seine Tochter. Und wieder erwog er unter Qualen die Möglichkeit, ihren Mann einfach zu erschießen. Aber er besaß noch Klarsicht genug zu begreifen, dass eine solche Tat nur zur völligen Zerstörung jedes Beteiligten führen würde. Rita ausgenommen. Natürlich, Rita ausgenommen. Der Gedanke tröstete ihn.

Und plötzlich stellte er erstaunt fest, dass er keine Furcht vor dem Tod mehr hatte. Hätte man ihn zu diesem Zeitpunkt mit einem Revolver bedroht, hätte er nur gelächelt und auf die Kugel gewartet. Er war ein erschöpfter Mann und zu müde, weiter zu kämpfen. Von diesem Augenblick an nannte er Andreas nur noch ›die Klette‹.

Während er in die Innenstadt fuhr, besah er sich im Rückspiegel und suchte nach Veränderungen in seinem Gesicht. Sein Mund war verkniffen, und unter seinen Augen lagen tiefe Schatten. Da hielt er vor der nächsten Kneipe und ging hinein. Er stellte sich zwischen die

Männer an die Theke und bestellte Altbier mit einem doppelten Schnaps. Er spielte mit dem Gedanken, zu einem Arzt zu gehen und um eine Beruhigungsspritze zu bitten. Er könnte sagen, dass Schumachers Tod seine Nerven angegriffen hätte. Aber er verwarf diese Idee und bat den Wirt, das Telefon auf die Theke umzustellen. Er rief seine Frau an.

»Ich habe Germer getroffen, es dauert noch ein paar Stunden.« »Was ist das für ein Lärm?«, fragte sie.

»Ich bin in einer Kneipe«, sagte er. »Germer kommt gleich her. Er will irgendwelche Maschinen bestellen, glaube ich.«

»Bring ihn mit nach Hause«, sagte sie.

»Das wird nicht gehen.« Er fühlte sich zerschlagen. »Germer verhandelt grundsätzlich in Lokalen, das weißt du doch.«

»Betrink dich nicht.«

Es gelang ihm zu lachen. »Nein«, sagte er, »das mach ich lieber mit dir zusammen.«

Diese Bemerkung war tröstlich für sie und stimmte sie zärtlich. »Komm bald.«

»Natürlich.« Er legte den Hörer auf und bestellte Schnaps. »Einen Vierstöckigen. Ich habe mir den Magen verdorben.«

»Na klar«, sagte der Wirt.

Als er die Kneipe verließ, hatte er zwölf Schnäpse getrunken und vier Gläser Bier. Er hasste derartige einsame Trinkereien aus Verzweiflung, aber der Alkohol hatte ohne Zweifel eine positive Wirkung. Er lähmte die Angst.

Aus der Geschichte der Kriminalistik ist hinlänglich bekannt,
dass besonders intelligente Verbrecher niemals unmäßig Alko-
hol trinken, Nichtraucher sind, und die klügsten unter ihnen
haben nicht einmal feste Freundinnen. Der Grund ist einfach:
Sie haben einen harten Beruf. Also müssen sie asketisch leben
wie Spitzensportler. Ein wenig tröstlich ist die Tatsache, dass
diese Spitzenkönner aussterben, die Zahl der Fachidioten hin-
gegen wächst. Das macht meinen Beruf zuweilen langweilig.

Ich mag Kriminalromane nicht, in denen Täter und Jäger
ständig trinken. Das erscheint mir erfunden, abgedroschen
und zu einfach. Aber bei sorgsamer Betrachtung muss ich
den Autoren recht geben: Diese Gesellschaft neigt aus sehr
vielen Gründen zur Bequemlichkeit und also zur Flucht vor
allem, was schwierig ist. Man trinkt. Ich glaube, ich habe
zufällig damit eine Krankheit dieser Zeit beschrieben oder
vielmehr einen Zustand.

Kraft fuhr schnell zu Anneli.

Vor ihrer Haustür kam er sich einen Augenblick so
vor wie ein Junggeselle, der zwischen mehreren Freundinnen die Wahl hat, sich für eine entscheidet und nun
nicht sicher ist, ob sie ihn akzeptieren wird. Er setzte
sich wieder in den Wagen und fuhr, bis er einen Kiosk
fand. Er kaufte zwei Flaschen Sekt, eine Flasche Kognak, etwas Konfekt und kehrte wieder um.

Sie erwartete ihn in der offenen Tür. »Warum bist du
wieder fortgefahren vorhin?«

»Ich hatte etwas vergessen«, sagte er und gab ihr die
Papiertasche mit den Flaschen. »Hast du mich vom
Fenster aus beobachtet?«

»Ja. Ich habe schon seit Tagen gehofft, dass du kommst.«

»Warum?« Er war verblüfft.

»Ich weiß nicht. Vielleicht wegen deiner Sorgen. Ich hoffte, auch ein bisschen um meinetwillen.«

»Sicher«, sagte er. »Mach die Tür zu. Erwartest du einen Liebhaber?«

»Ich habe keinen außer dir.«

»Ich hätte etwas mitbringen sollen, was besser ist als die Trinkerei. Vielleicht einen Ring oder so etwas.«

»Nein«, sagte sie. »Ich will so etwas nicht. Hast du Kummer?«

»Ein wenig, aber nicht sehr viel.«

»Müssen wir uns jetzt trennen?«

»Nein, du kommst in mein Vorzimmer.«

Sie schlug die Hände vor den Mund und rannte in das Zimmer.

»Was hast du?«

Sie wandte sich um, sie weinte. »Ich bin so glücklich«, flüsterte sie. »Ich bin so glücklich!«

»Gieß uns einen Kognak ein.« Er beobachtete sie und sagte sich, dass es das beste gewesen war, zu ihr zu gehen. In diesem Augenblick fürchtete er die distanzierte, ironische Klugheit seiner Frau.

Anneli warf ihr Haar mit einer wilden Bewegung in den Nacken und ging dann schnell in die kleine Küche. Er hörte sie hantieren.

»Mir nur einen kleinen, ich hab schon zu viel getrunken.«

»Ich bin glücklich«, sagte sie. »Mach Musik, mach laute Musik.« Sie kam ein wenig albern hereingetänzelt und stellte die Gläser mit dem Kognak auf den Tisch.

Sie trank ihr Glas sofort aus und murmelte: »Gieß du jetzt ein, ich will mich betrinken und dich lieben und so sein, wie ich nur bei dir sein kann.«

Er spürte Erregung und sagte: »Wir sollten nicht so viel Zeit verlieren.«

Der Alkohol wirkte schon, sie hatte nie viel vertragen. Sie kam zu ihm und setzte sich auf seinen Schoß. Aber sie blieb nur Sekunden dort, dann lief sie in die Küche und holte die Kognakflasche.

»Das enthemmt«, sagte sie. Sie trank einen großen Schluck, und er lachte dazu. Dann kniete sie sich vor ihn auf den Teppich und vergrub ihr Gesicht in seinem Schoß. Er wollte ihren Kopf zurückstoßen. Er wollte ihr doch von seinen Schwierigkeiten erzählen, aber sie war nur noch Zärtlichkeit!

»Anneli!«

»Lass doch alles, lass doch alles!«, rief sie heftig.

Als sie sich auszogen, war ihr Gesicht schneeweiß, ihr Körper gespannt.

Als er sie verließ, war es vier Uhr morgens. Er hatte ihr nichts gesagt, aber der Nebel in seinem Kopf war verschwunden.

»Du musst wiederkommen«, sagte sie. »Immer wieder. Das hier ist unser Versteck.«

»Ja«, sagte er, »du hast recht.«

Was wäre geschehen, wenn er der jungen Frau etwas gesagt hätte? Ich habe mir diese Frage oft gestellt. Hätte sie Kraft beschworen, sich der Polizei zu stellen? Wäre sie selbst zur Polizei gegangen? Vielleicht sogar zu Rita?

Ich glaube, sie hätte nichts von alledem getan, und ich blei-
be durchaus auf dem Boden der Tatsachen, wenn ich behaup-
te, dass sie das getan hätte, was Kraft nicht konnte – sie
hätte Andreas getötet. Und mit Sicherheit nicht nach einem
raffiniert ausgeklügelten Plan. Diese Behauptung spreche ich
nicht leichtfertig aus. Ich habe sie gefragt, was sie getan hätte,
wenn Kraft in plötzlicher Haltlosigkeit sie zu seinem Beicht-
vater gemacht hätte. Ihre Antwort war zwar nicht definitiv,
aber unzweideutig. Sie sagte: »Herr Staatsanwalt, ich denke,
dies ist eine theoretische Frage. Aber ich liebe Kraft, und also
hasse ich Andreas. Und also wäre mir etwas sehr Endgültiges
eingefallen.« Ich habe sie nicht weiter gefragt. Schon die erste
Frage war unfair.

Andreas starrte aus dem Fenster und wartete, bis Kraft
abgefahren war. Dann begann er sofort zu arbeiten.
Auch er telefonierte zunächst.

»Hallo, Chris?«

»Ja, wann kommst du? Ich war dumm heute nachmittag.« Ihre Stimme klang rührend schwach und
bittend.

»Du hast viel durchgemacht, ich kann das schon verstehen.« Er war sehr erleichtert. Offensichtlich hatte sie
ihr Misstrauen auf irgendeine Weise überwunden, und
er fragte sich zum wiederholten Mal, wie es überhaupt
so weit hatte kommen können, dass dieses so scheue
und so sehr von ihm abhängige Wesen gedacht hatte:
Mein Mann hat irgendetwas Furchtbares getan. Er sagte
seufzend: »Es dauert noch eine Weile, warte nicht auf
mich. Ich muss noch ein Angebot prüfen.«

»Gut, wenn es nicht anders geht. Beeil dich. Ich ...«
Sie legte unvermittelt auf. Sie legte immer auf, wenn sie
ihm sagen wollte, dass sie ihn liebte.

Er stellte das Tonbandgerät ab, zog den Anschluss
heraus und trug es hinüber in sein Zimmer. Das zweite Tonband baute er daneben auf. Dann hörte er sich
zunächst sein Gespräch mit Kraft genau an. Darauf
überspielte er Teile von Krafts weitschweifiger Erzäh-
lung der Mordplanung auf das zweite Tonband. Er
arbeitete pedantisch genau, nahm gewisse brauchbare
Abschnitte heraus und blendete sie an der ihm passen-
den Stelle ein.

Er lächelte, es war so einfach gewesen.

Den Schluss von Krafts Bericht veränderte er völlig.
Er benutzte dazu halbe Sätze und einzelne Worte aus
anderem Zusammenhang und setzte sie neu zusam-
men. Nach drei Stunden intensiver Arbeit enthielt die
Spule des zweiten Gerätes ein komplettes Geständnis
Krafts, das folgendermaßen endete:

»... und da hatte ich die Lösung. Ich musste Schumachers Beine weit auseinanderspreizen.«

Andreas: »Und von all dem hast du niemand etwas
erzählt?«

Kraft: »Ich erzählte niemand etwas davon. Ich musste
einen Plan haben, der durchführbar war, obwohl du
und die beiden Frauen bei mir waren. Wir können auf
dich als neuen Direktor anstoßen.«

Andreas: »Da bin ich nicht sicher. Lass mich ziehen.«

Kraft: »Wo willst du leben?«

Andreas: »Mir wird schon etwas einfallen.«

Kraft: »Ein Mord zieht Kreise.«

Andreas: »Ich liebe deine Tochter.«

Kraft: »Ich bin müde.«

Im Anschluss an diese Sätze übertrug er noch die Geräusche der sich entfernenden Schritte Krafts auf das Band und das Zuschlagen der Tür vom Zimmer Schmitzchens. Er hörte sich das Geständnis noch zweimal an, nahm einige Korrekturen vor, dann hielt er es für perfekt und unangreifbar.

Er nahm die Spule, auf der das Gesamtgespräch aufgezeichnet war, und steckte sie in die Innentasche seines Jacketts. Die Spule mit dem manipulierten Geständnis ließ er auf dem Tonband Nummer 2 liegen, das er in seinen Aktenschrank einschloss. Das Tonbandgerät Nummer 1 nahm er mit. Dann verließ er das Haus und fuhr sofort in seine Wohnung.

Er bewegte sich mit äußerster Behutsamkeit, denn es war sehr still. Er stellte das Tonbandgerät neben dem Radiogerät auf, nahm die Spule mit der Aufnahme des Gespräches aus der Tasche und legte sie auf. Er fand im Radio die Sendung *Musik bis zum frühen Morgen*, schaltete das Bandgerät auf Empfang und überspielte das Gespräch. Er schlief vorübergehend ein und schaltete beide Geräte aus, als die Spule abgelaufen war. Gegen vier Uhr morgens legte er sich vorsichtig neben seine Frau zum Schlafen.

»Du warst sehr lange fort«, murmelte sie.

»Es war ziemlich schwierig«, entgegnete er ruhig. »Wann ist die Gedenkmesse für Onkel Gustav?«

»Was hast du so lange unten im Wohnzimmer gemacht?«

»Musik gehört und aufgenommen. Ich musste mich erst einmal abreagieren. «

»Die Messe ist um acht Uhr in St. Pankraz.«

Er griff vorsichtig zu ihr hinüber und umfasste eine ihrer Brüste. »Geht es dir besser?«

»Ja, ein bisschen. Ich war dumm, nicht wahr?«

»Nicht sehr«, sagte er. »Jetzt ist alles gut.« Er streichelte sie behutsam. »Ich bin froh, dass du wieder in Ordnung bist.«

Sie kuschelte sich an ihn heran. »Du warst so lange fort. Wo hast du gelebt?«

»Aber nein! Ich kann dasselbe von dir sagen. Wir waren beide verwirrt. «

»Sicherlich«, sagte sie. »Das war es.«

Er küsste sie und wollte sie umarmen, doch da stieß sie ihn ganz plötzlich erregt von sich. »Nein, ich kann es nicht.«

Das klang gehetzt.

Er lag noch wach, als gegen sieben Uhr der Wecker klingelte, und er machte sich Sorgen um seine Frau.

»Was ist mit dir?«

»Ich weiß es nicht.« Ihr Gesicht war traurig. »Ich brauche Zeit. Du hast dich verändert.«

Er antwortete nicht. Es war wohl so, er hatte sich wirklich verändert.

12. August

Die beiden Ehepaare trafen sich um acht Uhr zur Gedenkmesse für den verstorbenen Gustav Schumacher in St. Pankraz. Sie sprachen kaum miteinander. Das ist verständlich, wenn man bedenkt, dass beide Männer stark übermüdet waren und die Frauen von ihren neuen Problemen nicht mehr loskamen. Sie trennten sich ein paar Minuten nach Beendigung der Messe, ohne irgendetwas Bedeutendes miteinander gesprochen zu haben.

Ein Kriminalautor würde jetzt mit beiden Beinen in die schreckliche Szene springen, die zum Tode des zweiten Opfers führt. Er würde den Leser im Unklaren darüber lassen müssen, wie diese Szene vorbereitet wurde. Ich aber muss chronologisch vorgehen, denn es geht jetzt um Fragen, die für den Ausgang der Sache von höchster Wichtigkeit sind:

1. Hatte Andreas Lorenz vor, Kraft nur zu erpressen, oder wollte er ihn töten, um selbst in den Besitz der Fabrik zu kommen?

2. Hatte Kraft vor, Andreas zu erschießen, oder wollte er
den Jungen nur einschüchtern?

Bei dieser Gelegenheit fällt mir auf, dass ich häufig Mutma-
ßungen notiere, ja sogar Gedanken äußere, die dieser oder
jener Mitspieler gehabt hat. Ist das richtig, habe ich das Recht
dazu? Ich glaube ja, denn außer den mehr als viertausend
Seiten Ermittlungsmaterial besitze ich von jeder Person sehr
weitgehende biographische Unterlagen. Ich bin sicher, sie alle
sehr gut zu kennen.

Andreas und Chris habe ich bei einer Veranstaltung im
Karneval kennengelernt. Wir sahen uns in der Folgezeit sehr
häufig.

Kraft steckte die Walter PPK wieder ein, als er gegen
zehn Uhr fünfundvierzig sein Haus verließ und zur
Fabrik fuhr.

Zu diesem Zeitpunkt hatte Andreas seine Vorbereitungen bereits beendet und wartete. Er hatte das
Fabrikgelände sechzig Minuten vorher betreten und
das Tonbandgerät mit der Spule *Geständnis* in dem
Kellerraum unter der Telefonzentrale installiert. In
diesem Kellerraum befindet sich die recht komplizierte Steuerungsapparatur der Rufanlage der Fabrik. Da Andreas über eine ausgezeichnete technische
Ausbildung verfügte, hatte er es fertiggebracht, das
Tonbandgerät so anzuschließen, dass er das Geständnis gleichzeitig über sämtliche Lautsprecher aller Fab-
rikgebäude laufen lassen konnte, mit Ausnahme der
Lautsprecher natürlich, die sich im Freien befanden
und dazu benutzt wurden, Kranwagen und Lastzüge

an die Rampen zu dirigieren. Er brauchte also keinerlei Befürchtungen zu hegen, dass der Hausmeister, der in einem kleinen Bungalow in der Nord-West-Ecke des Geländes wohnte, etwas hörte. Er konnte weiterhin sicher sein, dass niemand etwas von diesem Treffen wusste, denn Kraft würde nicht so dumm gewesen sein, Rita etwas davon zu erzählen. Außerdem rechnete Andreas damit, dass Kraft die Waffe bei sich trug, um ihn zu erschießen. Das allein war Grund genug, zu schweigen.

Andreas' Plan war teuflisch, aber keineswegs perfekt. Seine Situation während der folgenden Stunde war risikoreich. Er war gezwungen, in dem Kellerraum zu bleiben, und er wusste nicht, ob Kraft genügend Kenntnis von den technischen Anlagen der Fabrik hatte, um diesen Kellerraum zu entdecken. Deshalb hatte er zusätzlich ein Mikrofon installiert, das es ihm ermöglichte, das ablaufende Tonband zu übersprechen. Außerdem hatte Andreas durch einen einfachen technischen Griff alle Lautsprecher auf Sendung und Empfang geschaltet. Zu seinem Glück handelte es sich um eine jener modernen Gegensprechanlagen, bei denen das möglich ist. Er würde also zwar hören, ob Kraft sich bewegte, aber er würde niemals wissen, wo er sich bewegte.

Es gibt einige Beweise dafür, dass Kraft Andreas töten wollte. Um zehn Uhr fünfundfünfzig befand sich der Hausmeister Ernst Wolf zufällig am Haupttor. Er suchte im Pförtnerhaus nach einer 10-Volt-Sicherung, da die Sicherung seines Elektroherdes durchgeschlagen war. Er fand diese Sicherung nach etwa sechzig Sekunden und bewegte sich dann in einer Diagonalen durch das Gelände auf seinen Bungalow zu. Plötzlich sah er hinter einem ausrangierten Kranwagen einen Mann verschwinden und rief ihn an. Als er ihn suchte, fand er ihn nicht mehr. Er hatte ihn nicht erkannt.

Es war Kraft, und er hatte ebenso wie Andreas das Gelände durch die Stahltür in der südlichen Umfassungsmauer betreten. Er wollte also auf keinen Fall gesehen werden. Das ist zwar ein kümmerlicher Beweis, aber wenn man Kraft gut kennt, weiß man, dass diese winzige Geste Beweis genug ist.

Kraft wollte töten; es gibt noch zwei Tatsachen, die dafür sprechen. Er ließ seinen Wagen einfach auf der schmalen unbebauten Straße vor der Umfassungsmauer stehen. Mit Sicherheit, um schnell verschwinden zu können. Die zweite Tatsache: Er trug lediglich den Schlüssel für die Stahltür bei sich, den Schlüssel für das Haupttor ließ er zu Hause.

Warum, wenn er nicht töten und ungesehen kommen und gehen wollte?

Kraft bewegte sich sehr zielstrebig. Er schloss die Doppeltüren der Empfangshalle auf und verschloss sie nicht wieder hinter sich. Er musste es schnell erledigen. Er wollte in das Büro Schumachers gehen, den Jungen erschießen und wieder verschwinden. Ohne ein Wort.

Im Lift entsicherte er die Waffe und spürte, dass Schweiß auf seine Stirn trat. Er hatte niemals töten wollen, jetzt glaubte er, töten zu müssen. Und es quälte ihn, dass es ausgerechnet der Junge sein musste, den seine Tochter liebte und den er selbst mochte. Es bedeutete eine fast körperliche Anstrengung, diese Gedanken zu verscheuchen.

Während die Kabine nach oben glitt, machte er sich Gedanken darüber, ob es gut sei, das ganze Magazin in Andreas hineinzuschießen oder ihn nur mit einem Schuss zu treffen. Mit einem Schuss in den Kopf zum Beispiel. Würde es gelingen, den Mord als Selbstmord hinzustellen? Er betrachtete nachdenklich seine Hände in den dünnen schwarzen Handschuhen.

Er trug eine weiße Windjacke über einem offenen blauen Sporthemd, dunkelgraue Hosen und schwarze Wildlederschuhe mit Kreppsohlen. Er konnte sehr leise gehen.

Die Tür zum Büro Schmitzchens stand weit offen. Kraft schlich hinein und starrte auf Schumachers Schreibtisch. Er wurde unsicher. Natürlich konnte Andreas in einem der Sessel links außerhalb seines Blickfeldes sitzen, aber dazu war es zu still.

Kraft fragte rau: »Andreas?«

Keine Antwort.

»Junge, wo bist du denn?« Kraft stand jetzt in der offenen Tür und starrte verwundert in den leeren Raum. Im gleichen Augenblick überfiel ihn Furcht. Er drehte sich schnell und erschreckt um, als stünde der Junge hinter ihm.

»Andreas?«

Keine Antwort, statt dessen das matte Summen der Klimaanlage.

Kraft schloss die Tür zum Korridor und ging zu Schumachers Schreibtisch. Er legte die entsicherte Waffe vor sich auf die Tischplatte und wartete. Wo war der Junge? Warum war er nicht pünktlich?

»Vielleicht hatte er einen Unfall«, sagte Kraft laut. »Was weiß ich.«

Er stand wieder auf und ging hinüber zu dem kleinen Tischchen, auf dem noch die Kognakflasche vom Vorabend stand. Er goss sich einen Schluck in ein Glas, es klirrte laut, als er versehentlich mit dem Glas gegen die Flasche stieß.

»Du trinkst!«, sagte Andreas vorwurfsvoll.

Kraft ließ das Glas fallen, der Kognak spritzte auf seine Hose. Er drehte sich um und dachte einen Atemzug lang, sein Herz müsse zu schlagen aufhören.

»Wo bist du?« Seine Stimme klang krächzend.

»Hier!« Die Stimme des Jungen war hoch vor unterdrückter Heiterkeit. »Ich bin hier. Wie abgemacht. Es ist immerhin fünf Minuten nach elf.«

Kraft starrte auf den Lautsprecher an der Decke. Er versuchte normal zu sprechen, obwohl er schon ganz sicher war, dass der Junge sich etwas Teuflisches ausgedacht hatte.

»Warum hast du dich in die Zentrale gesetzt?«

»Da sitze ich nicht«, sagte der Junge. »Du kannst nachsehen, wenn du willst.«

»Dann komm herauf.«

»Nein.«

Kraft ging leise zum Schreibtisch und nahm die Waffe.

»Du brauchst nicht zu suchen«, sagte der Junge. »Du wirst mich nicht finden. Hast du das Scheckheft bei dir?«

Kraft überlegte fieberhaft, während Angst seine Gedanken zu lähmen drohte. Er sagte: »Ja.«

»Und willst du den Scheck ausstellen?«

»Lass uns darüber sprechen.« Kraft überlegte, ob die Lautsprecheranlage lahmgelegt würde, wenn er darauf schoss. Aber dann erinnerte er sich daran, dass schon häufig einzelne Lautsprecher ausgefallen waren, die Anlage trotzdem aber funktionsfähig geblieben war.

»Ich mag nicht mehr sprechen«, erwiderte der Junge. »Stell den Scheck aus.«

»Wir müssen sprechen.« Kraft dachte flüchtig, dass er das hier nicht sehr lange durchhalten könnte.

Der Junge lachte leise. »Du hast eine Waffe«, sagte er leise. »Ich habe dich kommen sehen. Du trägst die weiße Windbluse. Du wirst schießen, wenn ich komme.«

»Nein«, sagte Kraft heiser. Er starrte auf das Telefon und überlegte, wen er anrufen könnte. Anneli. »Ich werde nicht schießen.«

Der Junge lachte wieder. »Natürlich wirst du es tun. Stell den Scheck aus.«

Kraft nahm den Hörer langsam hoch.

Andreas lachte schrill, es klang wie eine Explosion. »Du kannst nicht telefonieren. Ich habe die Anlage ausgeschaltet.«

Kraft hielt den Hörer an das Ohr. Kein Freizeichen, kein Besetztzeichen, tot. Er wischte sich den Schweiß von der Stirn und zwang sich zu einem Gegenangriff. Er sagte schroff: »Du bist ein kompletter Idiot. Du kannst mich nicht erpressen.«

»Es ist keine Erpressung«, stellte der Junge sachlich fest. »Es kommt mir nur darauf an, dir zu zeigen, dass ich klüger bin. Ich will dich vernünftig machen, verstehst du?«

Kraft ging zu dem Tischchen und goss sich erneut einen Kognak ein. Er trank langsam, und er spürte Zuversicht wie einen sanften Hauch.

»Du bist zu oft in Frankenstein-Filmen gewesen, mein Junge. Also komm entweder ins Büro oder lass es sein. Dann allerdings kann ich gehen. Du bist ein Fall für den Psychiater. Ich gehe.«

»Du gehst nicht«, sagte der Junge sanft. »Hör dir das an.«

Kraft ging zurück bis an die Wand, sein Gesicht wurde weiß, und seine Augen wurden groß und leer.

»Ich glaube, es war vor wenig mehr als einem Jahr, als ich zum ersten Mal daran dachte, Schumacher zu töten. Es kann auch früher gewesen sein. Ich gewöhnte mich langsam an den Gedanken, der mir zuerst noch absurd erschienen war. Natürlich habe ich dann die Möglichkeiten, die sich boten, untersucht. Man konnte ihn auf der Jagd erschießen. Ganz offen ...«

Kraft begann zu schreien, während das Band mit seinem Geständnis ablief.

»Du Schwein, du gemeiner Hund!«

Es herrschte wieder Stille.

Kraft ging zu einem der Sessel und goss sich erneut Kognak ein. Was immer er auch unternahm, es durfte nur einem Ziel dienen – er musste den Jungen finden.

»Du hast das Gespräch auf Band aufgenommen, du Schwein!«

»Ja.«

»Aber du kriegst mich nicht klein, du warst dabei.«

Der Junge lachte leise. »Ich gebe zu, dass das eines meiner Hauptprobleme war, aber jetzt ist es kein Problem mehr. Im übrigen kann ich einfach abstreiten, dabei gewesen zu sein.«

Unsinnigerweise sagte Kraft: »Das geht nicht. Aus dem Tonband geht das Gegenteil hervor.«

»Nein, hör zu, ich kenne die Stelle genau. Hör gut zu!« Der Junge lachte leise.

Kraft hörte Geräusche im Lautsprecher, die bedeuteten, dass der Junge eine bestimmte Stelle des Bandes suchte. Und dann kam:

»Ich erzählte niemand etwas davon. Ich musste einen Plan haben, der durchführbar war, obwohl du und die beiden Frauen bei mir waren. Wir können auf dich als neuen Direktor ...«

Es gab einen scharfen Knacks.

»Verstehst du?«, fragte der Junge.

Kraft lief der Schweiß in Strömen über das Gesicht. Er antwortete nicht, sondern stand auf und ging hinaus. In der Hand hielt er die Waffe.

Im Korridor blieb er stehen und sah den Lautsprecher in Höhe des Lifts. Er sagte: »Ich werde dich finden, du kleines Schwein!« Der Junge lachte schrill.

»Du Schwein!«, schrie Kraft. Dann begann er hastig vorwärtszugehen.

Aus den Lautsprechern kam noch immer sein prahlerisches Geständnis. Auch im Lift war ein Lautsprecher, auch im Korridor des ersten Obergeschosses.

Kraft wollte sich die Ohren zuhalten, starrte aber nur auf die geschlossene Tür der Zentrale.

Krafts Gesicht war grau, als er die linke Hand auf die Türklinke legte. Er war fertig, aber er wollte es sich noch nicht eingestehen. Mit einem Ruck drückte er die

Klinke herunter und stieß die Tür mit dem Fuß auf. Der Raum war leer.

»Wo bist du jetzt?«, fragte der Junge plötzlich.

Es war Kraft gar nicht zu Bewusstsein gekommen, dass das Geständnis nicht mehr weiterlief und nichts da war als eine große Stille.

»Du bist in der Zentrale, nicht wahr?«

Kraft antwortete nicht. Ich muss ihn finden, dachte er verzweifelt. Ich werde ihn töten, und jetzt würde es mir Freude bereiten, ihn langsam zu töten. Was wird Chris sagen? Rita! Warum ist sie nicht hier?

Und dann sagte er laut: »Ich drehe durch.«

»Tu das nicht«, sagte der Junge. »Geh rauf in Schumachers Büro und schreib den Scheck aus. Ich will dich nicht zum Feind haben oder unnötig quälen. Ich will dir nur zeigen, dass ich besser bin. Du kannst mich nicht so einfach zum Mörder machen, das geht nicht.«

»Lass uns miteinander reden«, murmelte Kraft unendlich matt.

»Nicht reden«, sagte der Junge. »Du hast schon immer zuviel geredet. «

Kraft ließ den Lauf der Waffe auf das Schaltpult der Telefonistin fallen. »Warum machst du das? Du kannst doch alles haben, was du willst. Nur die eine Million ist zu viel. Jetzt ist das zu viel.«

»Nicht doch«, widersprach der Junge erheitert. »Du hast Schumacher prima ermordet. Da kann doch Geld keine Schwierigkeit sein.«

Kraft antwortete nicht mehr. Ihm war plötzlich eine Idee gekommen, eine Idee, an deren Richtigkeit er nicht einen Augenblick lang zweifelte. Der bevorzugte Arbeitsplatz des Jungen war die Kontrollkabine in Halle I. Die Kabine hatte viele Vorteile. Sie war nur durch eine Tür zu betreten und bot Sicht auf die gesamte Halle. Natürlich würde Andreas die Kabine von innen verriegelt haben, aber vielleicht konnte er den Jungen überraschen.

Er sagte schnell: »Ich gehe hinauf in das Büro und unterschreibe den Scheck.«

Kraft stieg in den Lift und drückte auf den Knopf *Erdgeschoss*. Ich werde in die Halle hineingehen, dachte er, dann werde ich so tun, als ahnte ich nichts, und ganz plötzlich werde ich dann ...

Er stieß die Tür des Liftes auf und ging hinaus auf die kühlen Fliesen der dämmrigen Halle.

Mein Gott, dachte Kraft, während er auf den Verbindungstrakt zu Halle I zuging, mein Gott, was ist dieser Junge für ein gewaltiges Schwein. Ich hoffe, dass er ganz langsam stirbt. Wo muss man eigentlich einen Menschen treffen, damit er ganz langsam stirbt. Ich glaube, in den Bauch.

Er ging vorsichtig den Gang hinunter und blieb vor der Stahltür zur Halle stehen. Er sah auf die Waffe in seiner Hand und öffnete die Tür. Sie quietschte nicht. Er starrte in das stählerne Gewirr der Maschinen und dachte flüchtig daran, dass ihm nun alles dies gehörte und dass er damit tun konnte, was er wollte. Und plötzlich hasste er die Fabrik.

Du musst ganz ruhig gehen, dachte er, ganz ruhig und vernünftig. Schließlich ahnt er nicht, dass du weißt, wo er ist.

Erneut kam ein Schweißausbruch. Er empfand das als eklig und blieb stehen, um sich den Schweiß aus den Augen zu wischen. Dann ging er in die Halle hinein. Er dachte: Genau über deinem Kopf ist er jetzt. Sei ganz ruhig! Er grinst und beobachtet dich, dieses widerliche Schwein. Er starrt dir genau in den Nacken. Würde er schießen, wenn er eine Waffe hätte? Sicher würde er das tun, ganz sicher.

Siehst du da vorne die Fräse? Gut! Wenn du auf der Höhe dieser Fräse bist, drehst du dich um. Ganz langsam natürlich. Und du darfst die Waffe auch dabei nicht so halten, dass es aussieht, als wolltest du schießen. Ist das klar?

Er ging wie eine Marionette, und der Schweiß lief ihm über das Gesicht. Im Mund hatte er einen bitteren pelzigen Geschmack. Er ging zehn Meter weit in die Halle hinein, bis er neben der Fräse stand. Dann drehte er sich langsam, unendlich langsam herum.

Kraft riskierte einen schnellen Blick auf die Kanzel, aber er sah nur Schemen, das Glas spiegelte. Er sah wieder in die Halle und versuchte, das Bild der Kanzel genau in Erinnerung zu behalten.

Er sitzt links außen, dachte er. Da ist das Mikrofon. Ich muss mich jetzt wieder herumdrehen. Los, dreh dich um und mach schnell!

Er drehte sich langsam um und hob dann mit einer Bewegung, die ihn schmerzte, die Hand. Er war seiner Sache so sicher, dass er den Jungen buchstäblich hinter dem Glas stehen sah, und er schoss.

Der Schuss war sehr laut und riss die ganze Frontscheibe aus der Kanzel. Die Glasstücke prasselten wie ein Hagelschauer auf die stählernen Dinge, die unterhalb der Kanzel in der Halle standen. Der Lärm war ohrenbetäubend.

Kraft starrte auf die nackte Rückwand der Kanzel und senkte den Kopf.

»Geh jetzt hinauf!«, befahl der Junge ruhig. »Ich habe keine Geduld mehr mit dir. Du bist fertig. Geh hinauf und schreib den Scheck!«

»Ja«, flüsterte Kraft müde, und dann brüllte er: »Ja!«

»Das ist gut«, sagte der Junge zufrieden. »Sag mir Bescheid, wenn du fertig bist.«

Kraft ging aus der Halle hinaus, die Waffe in seiner Hand. Er weinte.

Lieber Gott! dachte Kraft, töte ihn. Lass ihn aufhören! Mach ihn auf irgendeine Weise tot!

Er weinte noch, als er den Lift im dreizehnten Stockwerk verließ und den Korridor hinunterging. Er weinte hilflos wie ein Kind, er sah nichts mehr.

In Schumachers Zimmer war es totenstill. Der Junge hatte das Tonband abgestellt.

Vielleicht ist er unterwegs, dachte Kraft, aber das glaube ich nicht. Er kommt nicht. Er würde auch nicht kommen, wenn ich ihm sagte, der Scheck ist unterschrieben. Er wird erst kommen, wenn ich das Haus verlassen habe. Nicht eher. Er ist ein Feigling. Und wenn ich den ersten Scheck unterschrieben habe, wird er, wenn er den zweiten will, wieder das Tonband spielen. Irgendwann, wenn es seinem verrückten Gehirn einfällt.

»Schreib den Scheck«, sagte der Junge sanft. »Du weinst ja.«

»Komm herauf«, sagte Kraft, »ich schreibe schon.«

»Ich werde damit warten, bis du gegangen bist.« Der Junge lachte unterdrückt. »Auf was hast du eigentlich geschossen, als du in der Halle warst? Auf eine Ratte?«

»Komm herauf«, sagte Kraft müde, »du kannst ruhig kommen.« Er setzte den Lauf der Waffe an seine rechte Schläfe und schoss.

Ich weiß, was das Gericht sagen wird. Und es wird pathetisch klingen, wenn der Herr Vorsitzende deklamiert: »Und in dem Bewusstsein seiner tiefen, tiefen Schuld entzog sich Friedrich Kraft der irdischen Gerechtigkeit. Er erschoss sich.« Das wird ziemlichen Eindruck machen, und einige der Zuhörer werden Kraft posthum Sympathie bekunden.

Ich will nicht widersprechen, man kann die Dinge aus verschiedenen Blickwinkeln betrachten. Der Vorsitzende wird denken, dass er so die beste Wirkung erzielt, und er hat recht. Es wäre auch zuviel verlangt, genau erklären zu müssen, wie man herausgefunden hat, dass Andreas Lorenz den Kraft zum Selbstmord trieb und dass es nichts anderes als glatter Mord war. Ich gebe zu, dass im streng kriminalistischen Sinn die Beweise spärlich sind. Im Keller des Schumacherschen Hochhauses fand man ein Stückchen Tonband, an den elektrischen Anschlüssen die Spuren der Klemmen, die dazu benutzt wurden, das Tonband und das Mikrofon anzuschließen. Die Verbindungsschnüre und die Klemmen sind ebenfalls gefunden worden. Für mich reicht das, dem Oberstaatsanwalt ist es unheimlich. Die Herren haben sich geeinigt. Nach meinen Informationen hat das Gericht beschlossen, den Tod Krafts als Selbstmord hinzunehmen. Wörtlich wurde erklärt: »Wir haben auch die Pflicht, die Allgemeinheit vor der Ausbreitung von Teufeleien zu schützen. Das bringt Unruhe, das wird nicht verstanden, das findet Nachahmer.« Also entzog sich Kraft der irdischen Gerechtigkeit »in dem Bewusstsein seiner tiefen, tiefen Schuld …«

Als Andreas den Schuss hörte, dachte er automatisch an eine Falle. Dann aber sagte er sich, dass Kraft zu erschöpft sein müsse, um noch Fallen zu stellen. Er löste die Kabel, verschloss den Tonbandkoffer und steckte die Spule in die Tasche seines Jacketts. Den Tonbandkoffer stellte er im Erdgeschoss in der Halle ab und fuhr in das erste Stockwerk. Dort schaltete er die Telefonanlage wieder ein, ehe er sich auf den Weg zum dreizehnten Obergeschoss machte. Er benutzte die Treppe. Er war misstrauisch.

Vielleicht ist es doch eine Falle, dachte er. Vielleicht hat er den Zusammenbruch nur vorgetäuscht, er ist ein raffiniertes Biest.

Als er den Korridor betrat, keuchte er vor Anstrengung. Es war totenstill, aber er hatte keine Angst, er war nur vorsichtig. Eng an der Wand entlang ging er über den weinroten Teppich und bemühte sich leise zu atmen. Vorsichtig starrte er durch die offene Tür von Schmitzchens Zimmer. Er sah einen Teil von Schumachers Schreibtisch und darauf eine Hand. Dieser Idiot! dachte er.

Dann stand er vor dem Schreibtisch, sah das Blut, den zerschmetterten Kopf, und er wandte sich schnell ab, um sich nicht übergeben zu müssen. Wäre er in diesem Augenblick von irgendjemand überrascht worden, so hätte die mörderische Geschichte ein Ende gehabt.

Aber die einzige mögliche Störungsquelle, der Hausmeister Wolf, lag zu dieser Zeit im Bett und hielt seinen Mittagsschlaf.

Der Junge fuhr hinunter in die Halle und holte den Tonbandkoffer. Er brachte ihn hinauf in sein eigenes Büro und verließ anschließend das Hochhaus. Er setzte sich in seinen Wagen und fuhr durch die Innenstadt. Er hatte ein schwieriges Problem zu lösen – sollte er die Entdeckung der Leiche Krafts dem Zufall überlassen oder sollte er nachhelfen? Er dachte ganz richtig, dass dieser Freitod wesentlich weniger Staub aufwirbeln würde, wenn er an einem Wochenende untersucht würde und nicht erst zu Beginn der Woche unter den Augen der gesamten Belegschaft, und er entschied sich für Nachhelfen. Es war zwölf Uhr zwanzig, und unter normalen Umständen hätten jetzt sowohl Kraft wie auch er zu Hause zum Essen erscheinen müssen. Also war es notwendig, Chris anzurufen. Er kaufte an einem Kiosk vier Taschenflaschen Doornkaat und fuhr dann zur Mülheimer Brücke. Er stieg aus, sah sich um und trat dann, da kein Fußgänger in der Nähe war, an das Geländer und ließ die Tonbandspule in das Wasser fallen.

Andreas fuhr weiter nach Westen. Unterwegs leerte er die vier Fläschchen Schnaps und rief aus einer Telefonzelle zu Hause an. Obwohl der Alkohol noch nicht wirkte, gelang es ihm ohne Schwierigkeiten, angetrunken zu erscheinen.

Er sagte: »Hallo, Schatz! Da bin ich. Ich habe ganz allein eine Tour gemacht, und ich komme bald nach Hause.« Er lachte dümmlich.

»Du hast getrunken?« Ihre Stimme klang vorwurfsvoll und besorgt.

»Nicht viel«, sagte er, »nicht viel.«

»Dann warte lieber, ehe du fährst.«

»Na gut, ich warte also.«

»Wo bist du denn?«

»In einem Kaff an der Autobahn, ich weiß nicht, wie es heißt.«

»Komm bald, ja?«

»Sicher, sicher.«

Wie konnte er den Hausmeister dazu bringen, Kraft zu finden? Er fuhr zu einer Kneipe, sie war leer. Er trank hastig und schweigsam, als habe er Sorgen. Zehn Minuten später verließ er die Kneipe und erreichte nach zwanzig Minuten ein Gartenlokal. Wieder trank er, starrte nur vor sich hin und erweckte so das Interesse einer jungen Kellnerin.

»Kann man hier telefonieren?«

»Natürlich.« Sie lächelte, war dunkelhaarig, zierlich und wirkte unternehmungslustig.

Er stand auf und ging dicht an ihr vorbei. Er sagte: »Ihr Haar ist sehr hübsch.«

Sie lachte aufgeregt. »Ich zeige Ihnen das Telefon.«

»Ich habe viel getrunken«, sagte er, während er hinter ihr herging.

»Das kommt vor«, sagte sie großzügig.

»Ich habe in allen möglichen Kneipen herumgetrunken«, sagte er beharrlich. »Seit neun Uhr.«

Sie lachte. »Das ist viel.«

Er nickte mit ernstem Gesicht und trat in die Telefonzelle. Er rief in der Fabrik an und musste eine Zeit lang warten, ehe Wolf sich meldete.

Er sagte: »Hallo, alter Freund! Lorenz hier.«

»Jawoll, Herr Lorenz!«

»Ich bin etwas betrunken, alter Freund.«

»Aber ich bitte Sie, Herr Direktor. Das macht doch nichts. Ich meine …«

»Das macht nichts?« Er lachte. »Nein, du hast recht, alter Freund, das macht nichts. Ich wollte nur sagen, Sie sollen ein paar Flaschen Bier besorgen und eine Flasche Doornkaat. Ich will alles in meinem Büro haben. Ich komme gleich, ich muss arbeiten. Klar?«

»Klar«, sagte Wolf beflissen. »Wird sofort erledigt.«

Andreas lachte zufrieden. Er sagte: »Kauf dir auch eine Flasche, eine große Flasche, ja.«

»Danke, Herr Direktor, vielen …«

Der Junge hängte ein und sah die Kellnerin an, die vor der Zelle stehen geblieben war, als habe sie ein Rendezvous mit ihm.

»Und nun noch ein Bier und einen doppelten Steinhäger«, murmelte er erheitert.

Gegen vierzehn Uhr verließ er das Lokal. Er hatte zwar die Schnäpse unter dem Tisch auf die Erde gegossen, aber er war trotzdem betrunken. So betrunken, wie er sein wollte. Das einzige, was ihm fehlte, war eine starke Alkoholfahne. Also bestellte er zum Schluss einen doppelten Bourbon.

»Sie sollten nicht mehr Auto fahren«, sagte die Kellnerin.

»Was soll's«, sagte er, »ich komme schon wieder.«

Sie sah ihm nach, sie würde sicher ein wenig von ihm träumen.

Andreas fuhr sehr vorsichtig, überschritt die vorgeschriebenen fünfzig Stundenkilometer nur in den allgemein üblichen Grenzen und erreichte die Fabrik gegen vierzehn Uhr vierzig.

Das Fabriktor stand weit offen. Vor dem Hochhaus standen zwei graue Volkswagen sowie ein Leichenwagen mit städtischer Zulassungsnummer. Andreas stieg schwankend aus, er brauchte sich nicht besonders zu bemühen, den Zustand eines Betrunkenen zu spielen.

Er durchquerte die Halle, nachdem er mit gerunzelter Stirn die fremden Wagen betrachtet hatte, und fuhr im Lift nach oben. Er stieß die Tür des Lifts auf und brüllte übergangslos: »Was ist hier los, zum Teufel?«

Aus dem Zimmer Schmitzchens kam ein Uniformierter heraus und starrte ihn misstrauisch an.

»Was ist hier los, habe ich gefragt«, sagte der Junge aggressiv und ging auf den Polizisten zu.

»Wer sind Sie?«

Der Junge sah ihn an und stieß ihn leicht zur Seite. Er antwortete nicht. Im Zimmer Schmitzchens war es still. Rita und Chris standen nebeneinander am Fenster und starrten leise schluchzend hinunter in den Hof.

»Was ist?«, fragte der Junge.

Die beiden Frauen drehten sich nicht um.

»Fred!«, sagte Rita.

Der Junge stand mit hängenden Schultern und spürte hinter sich den Uniformierten. Dann wandte er den Kopf nach links und sah, dass sie ein Tuch über Kraft gedeckt hatten.

»Wer sind Sie?«, fragte der Uniformierte.

»Wer ist denn da?«, fragte ein Mann aus Schumachers Zimmer, den Andreas nicht sehen konnte.

»Lorenz ist mein Name«, sagte Andreas.

Es blieb einen Augenblick lang still, dann sagte die Stimme: »Aha, kommen Sie bitte herein.«

Er verhielt sich völlig richtig. Er sah die Männer nicht an, sondern starrte auf das weiße Tuch, unter dem Krafts Kopf verborgen lag.

»Was ist denn?«, stotterte er.

»Sie haben getrunken?« Es war die Stimme eines älteren Mannes, und sie klang gelangweilt.

»Etwas«, sagte Andreas. »Wer ist das?« Er deutete vage auf die Figur unter dem Tuch.

»Ihr Schwiegervater«, sagte der ältere Mann. »Es tut uns sehr leid. Kommen Sie.«

Der Mann drehte ihn sanft an den Schultern herum und führte ihn aus dem Zimmer.

»Wo ist Ihr Büro?«

»Nebenan. Hat ihn jemand umgebracht?«

»Nein. Bedauerlicherweise Suizidfall.«

»Was, bitte?«

»Selbstmord.«

Er blieb ruckartig stehen und wandte sich zu dem alten Mann um. »Das ist Blödsinn.«

»Nein. Kommen Sie.«

Es ist Abend. Ich bin müde und, wie ich zugeben muss, auch deprimiert. Es ist nicht angenehm, diese Geschichte zu schreiben, es ist im Gegenteil sogar belastend und bedrückend. Bevor ich wieder eine Pause mache, muss ich jedoch noch davon erzählen, wie dieser 12. August endete.

Das Protokoll des Verhörs des Andreas Lorenz zum Freitod seines Schwiegervaters ergibt nicht die geringsten Anhalts-

punkte. Nichts deutet auf eine Mitwirkung des Jungen hin. Jede seiner Antworten kam schnell, präzise, meistens frech und gewagt. Seine Balanceakte riefen auch bei mir Bewunderung hervor, wo eigentlich nur Abscheu hätte sein dürfen.

Ich kenne den Mann, der ihn verhört hat, sehr gut. Es ist der Kriminalhauptwachtmeister Alois Huding, 61 Jahre alt. Dieser Mann ist für meine Begriffe klug, fast weise. Er besitzt alle Gaben eines guten Kriminalisten, auch die, zu schweigen. An diesem Tisch, an dem ich jetzt schreibe, hat er häufig gesessen und mit mir über Täter und Motive gesprochen, und häufig hat mir seine fast prophetische Gabe, Zusammenhänge zu erkennen, Bewunderung abgenötigt.

Ich wusste, dass Huding sein Leben lang über alle Fälle private Notizen gemacht hat. Auch über dieses Verhör. Er nennt es seine doppelte Buchführung. Hier ist seine private Eintragung vom 12. August:

Selbstmord Friedrich Kraft. Art: Schuss in den Kopf mit Walther PPK. Motiv: Nicht festzustellen. Merkwürdig: Hat vorher auf einen Steuerstand in der Werkhalle geschossen. Warum? Hat Kognak verschüttet, ein Glas zerbrochen. Warum? Irgendetwas hat ihn gejagt. Was? Schwiegersohn jetzt Erbe. Beim Verhör betrunken. Sehr glatt, sehr labil, risikofreudig in seinen Aussagen. Warum? Es gibt Menschen, die es lieben, mit uns zu spielen. Ich glaube, ich sehe ihn wieder. Ich bin davon überzeugt. Es war Selbstmord, aber es passt nicht. Nichts passt. Inhaber der Fabrik kurz vorher ertrunken. Komisch, aber keine Verbindung. Dieser Lorenz ist kalt wie eine Hundeschnauze. Dumme Geschichte. Ich werde warten.

17. August

Dieser Tag war ein Freitag, der dritte Tag nach Krafts Beerdigung.

Glücklicherweise wurde er in allen Ehren beerdigt, und den Frauen blieb die Schande erspart, ihn jenseits der Friedhofsmauer verscharren zu müssen, wie das noch vor zwei Jahrhunderten üblich war. Selbstmörder gelten heutzutage für die katholische Kirche als einsame, verirrte, verängstigte Kinder der Gemeinde. Trotzdem war Krafts Tod dem Herrn Domprobst höchst unangenehm, seine Predigt war schablonenhaft und so kurz, dass sie gerade noch mit Anstand als Abschiedswort bezeichnet werden kann.

Es gab keine offizielle Mitteilung vom Selbstmord Krafts, und die Polizei hatte den Vorfall im täglichen Bericht an die Presse nicht erwähnt. Aber natürlich wusste jedermann, was vorgefallen war, oder jedermann glaubte, es zu wissen.

Der Trauerzug war lang, die Menschen neugierig. Das Mitglied einer altehrwürdigen, seit Generationen eingesessenen Fabrikantenfamilie kann nicht nach Art

eines auf dem Dachboden lebenden Rentners Selbstmord begehen. Für die beiden Frauen war es nur ein
Spießrutenlaufen.

Ich habe zwölf Stunden traumlos geschlafen, meine Erschöp-
fung war wohl größer, als ich angenommen hatte. Ich habe
im Büro angerufen, meine Grippe sei noch nicht wesentlich
besser, und wie erwartet hat der Chef gesagt, ich solle um
Himmels willen im Bett bleiben. Wörtlich: »Bleiben Sie in
der Horizontalen, mein Junge, trinken Sie Pfefferminztee und
lassen Sie sich pflegen. Ich werde meine Grippe demnächst
nehmen.« Wahrscheinlich werde ich ihm eines Tages erzäh-
len, was ich wirklich getrieben habe, und ganz sicherlich wird
er keinerlei Verständnis dafür aufbringen! Bis jetzt habe ich
vierhundertelf DIN-A4-Seiten beschrieben, und wenn ich
ein Kriminalautor wäre, wüsste ich auch schon einen Titel
für die Geschichte: MAGNETFELD DES BÖSEN. Ob der
wohl ankommen würde bei Lesern, die nicht ahnen, worum
es hier geht? Ich frage mich, ob ich allen Aspekten der Sache
gerecht geworden bin. Habe ich einen der Hauptakteure unfair
behandelt? Ich glaube es nicht, ich war eher ein viel zu mil-
der Richter mit viel zu viel Verständnis und viel zu wenig
Abscheu. Es ist zwar etwas verfrüht, eine solche Selbstverur-
teilung auszusprechen, da noch ein Mensch morden und noch
ein Mensch sterben wird, aber ich werde meine Generallinie
nicht verlassen können: Ich habe einfach verstanden, was sich
da abspielte. Ich kann weder Hassgefühle entwickeln noch
flammende Verteidigungsreden halten.

Ich will erst einmal ein Fazit ziehen. So ist der Stand der
Dinge an diesem Freitag, dem 17. August:

Schumacher ist ermordet worden. Es gibt keinen Tatzeugen und keine Möglichkeit mehr, diesen Mord zu beweisen. Sollten wider Erwarten auf seinen Füßen trotz der Badeschuhe Druckstellen durch die kräftig zupackenden Hände der beiden Mörder zu finden gewesen sein, so wäre das an diesem Tag nicht mehr festzustellen, da die Verwesung bereits zu weit fortgeschritten ist. Von diesem abrupten Tod durch Ertrinken ist also keine Erhellung der Tragödie zu erwarten, es sei denn, einer der beiden Mörder hätte irgendeine Andeutung gemacht. Das aber geschah nicht.

Kraft hat einwandfrei Selbstmord begangen. Entscheidend ist zwar die Tatsache, dass er von Andreas Lorenz dazu getrieben wurde. Aber dafür gibt es nur einen Zeugen: Andreas selbst. Und der wird schweigen. Zwei Dinge könnten ihn belasten: Tonband Nummer eins mit dem Originalgespräch und Tonband Nummer zwei mit dem manipulierten Geständnis. Beide Bänder sind nicht mehr vorhanden: das eine überspielt, das andere liegt (vermutlich) im Rhein. Mich verwundert jetzt die Tatsache, dass es zum Schluss nur drei Leichen gibt und nicht vier oder fünf. Ich habe häufig genug erwähnt, dass de facto der Fall mit drei Leichen abgeschlossen wurde, dass also Überlegungen dieser Art Sandkastenspiele sind. Aber diese Spiele reizen mich, weil häufig die Aufklärung eines Verbrechens daran scheitert, dass die Rechercheure zu wenig denken, zu wenig spielen.

Andreas zum Beispiel hätte aus Angst vor Entdeckung allein fünf Frauen töten können. Nämlich seine Frau, Rita, Anneli, Schmitzchen und die Winter. Alle fünf hatten die Möglichkeit, ihm gefährlich zu werden. Jede der fünf Frauen wiederum hätte, um Andreas zu schützen oder aber um persönlicher Vorteile willen, entweder eine der anderen vier

*Frauen oder Andreas selbst ermorden können. Durch einen
glücklichen Zufall aber war die dritte Leiche die letzte.*

*Wie dem auch sei: Ich wäre überhaupt nicht in der Lage,
diesen Bericht niederzuschreiben, wenn Rita und Chris an
diesem Freitag nicht unabhängig voneinander zum Angriff
angetreten wären.*

Der Tag war sehr heiß.

Chris verließ gegen elf Uhr das Haus und ließ sich
von einem Taxi über den Rhein in die Innenstadt fahren. Hübsche junge Frauen in eleganter Trauerkleidung
erregen immer Aufsehen, und es gibt mehr als zwanzig
Zeugen, die beobachteten, wie Chris um elf Uhr vierzig
in einer Buchhandlung der Innenstadt verschwand.

Sie stand ein wenig verloren zwischen den hohen
Regalen und empfand mit schmerzlicher Deutlichkeit
den Geruch der Bücher. In diesem Laden hatte sie schon
die Algebrabücher und ihren Tacitus gekauft, als sie
noch eine lang aufschießende, nichtssagende Blondine
war, ohne Geschlecht und Ahnung von kommenden
Dingen.

Der Verkäufer, der sie bediente, ist Homosexueller.
Er ist außergewöhnlich intelligent und ein ausgezeich-
neter Beobachter. Er bedient mit Vorliebe Frauen, weil
sie, wie er sagt, ein so außergewöhnliches Gespür für
Besonderheiten haben. Er sagte aus:

»Sie kam herein und trat nicht direkt an den Ver-
kaufstisch, sondern blieb ein paar Schritte davor stehen, als habe sie Hemmungen oder irgendeinen gro-
tesken Wunsch, der mich zum Lachen bringen könnte.

Ich fragte: ›Was darf ich für Sie tun?‹ Sie sah mich an, und ich bemerkte, dass sie einfach entzückend war. Und sie war in Trauer. Sie sagte mit sehr leiser und zart klingender Stimme, sie wünsche eine Landkarte, und zwar eine besonders große von dem Gebiet zwischen Nizza und Cannes. Ihre Augen erinnerten mich an einen Schauspielschüler, der einmal bei mir in Untermiete gewohnt hat. Sie waren groß, verwundert und sehr traurig. Ich muss noch hinzufügen, dass der Schauspielschüler gerade seine Eltern verloren hatte, als ich mich seiner annahm. Glücklicherweise sind wir in Karten sehr gut sortiert, und ich konnte der jungen Dame eine Reliefkarte dieses Gebietes zum Preis von neun Mark fünfzig anbieten. Sie starrte auf die Karte und legte dann den Zeigefinger der rechten Hand darauf. Sie sagte: ›Das möchte ich haben.‹ Dann legte sie mir einen Zehnmarkschein auf den Tisch, drehte sich um und ging mit der zusammengefalteten Karte hinaus. Ich sollte besser sagen, sie lief hinaus, als habe sie etwas Verbotenes getan. Ich war verwirrt und bestürzt. Ganz abgesehen von den fünfzig Pfennig Wechselgeld, die sie noch zu bekommen hatte, hatte sie mich beeindruckt. Wissen Sie, ich bin fasziniert von Frauen in Trauer. Ich weiß nicht, warum. Ich ließ die übrige Kundschaft stehen und lief hinter ihr her. Sie ging sehr schnell auf den Domplatz zu. Ich sagte: ›Sie bekommen noch Geld von mir.‹ Sie drehte sich um, als habe ich sie wieder bei etwas Verbotenem ertappt, nahm das Fünfzigpfennigstück, stotterte etwas, was ich nicht verstand, und lief weiter. Ich sah sie dann in eine Taxe steigen.«

Chris zitterte, als sie in die Taxe stieg. Sie gab die Adresse der Fabrik an und versuchte mit fahrigen Händen, die Landkarte in ihre lächerlich kleine Handtasche zu pressen.

»Es ist heiß hier.«

»Na klar«, sagte der Fahrer, ein dicker, schwitzender Mann. »Es ist richtig August. Kurbeln Sie die Fenster runter, ich fahr' langsam.«

Chris kurbelte die Fenster herunter und versuchte, ihre Gedanken zu analysieren. Was traf sie mehr? Dass irgendetwas Furchtbares mit Onkel Gustav geschehen war, bei dem Andreas im Spiel war? Oder dieser unfassliche Selbstmord ihres Vaters?

Sie begann zu weinen, und der dicke Fahrer betrachtete sie unruhig im Rückspiegel.

»Na, na, nicht weinen. Soll ich Ihnen einen Schnaps besorgen?«

»Nein.«

»Aber Schnaps ist gut, wenn man die Schnauze von irgendwas voll hat.«

Sie sagte: »Ich habe nicht die ... so ist es nicht.«

»Ja, ja, ich verstehe, Trauerfall. Da ist neulich ein Kumpel von mir unter die Radieschen gegangen ...« Der Mann schwafelte, und sie ließ sich absetzen und lief zu Fuß weiter.

Eine Viertelstunde später tauchte Rita in dem gleichen Buchladen auf und kaufte die gleiche Karte. Sie kam vom Friedhof, wo sie das Grab ihres Mannes besucht hatte, und sie wirkte nach Aussage des homosexuellen Verkäufers kühl, ausgeglichen, ruhig und arrogant. Sie war ihm wesentlich unsympathischer, was sich einfach daraus erklären lässt, dass Homosexuelle Frauen mit starker erotischer Ausstrahlung nicht mögen.

Rita fuhr in einem Taxi nach Hause. Am Tage der Beerdigung ihres Mannes hatte sie Therese, die Haushälterin, in Urlaub geschickt, und sie war nun allein.

Rita: »Nachdem Fred beerdigt war, brauchte ich Zeit für mich. Zeit zu überlegen. Also schickte ich Therese nach Hause und sagte ihr, sie solle in vierzehn Tagen wiederkommen. Ich habe die folgenden Tage wie im Traum verbracht, und ich kann mich an das, was ich tat, nicht mehr genau erinnern. Nach wie vor hatte ich das Gefühl, dass mein Mann nicht ohne sehr triftigen Grund Selbstmord begangen haben könnte. Ich stellte eine Theorie auf, die ich natürlich nicht beweisen konnte – mein Mann musste mit Schumachers Tod irgendetwas zu tun haben. Vor seinem Selbstmord hatte ich das ganz vage vermutet, jetzt glaubte ich fest daran. Denn aus welchem Grund sollte er sich umgebracht haben, wenn nicht wegen quälender Gewissensbisse? Ich lief sehr häufig nackt durch die Wohnung, ließ Schallplatten laufen, trank viel, rauchte Unmengen von Zigaretten und tat eigentlich nichts. Ich versuchte, mir meinen Mann in Erinnerung zu rufen. Wie hatte er sich in den Tagen zwischen unserer Rückkehr aus dem Urlaub und seinem Selbstmord verhalten? War etwas Besonderes an ihm? War er nervös? Ich fand nichts. Nun muss ich hinzufügen, dass mein Mann ein sehr guter Schauspieler gewesen ist und dass er seine Gedanken und Sorgen meisterhaft verbergen konnte.

Wer war in der Lage, mir Auskunft darüber zu geben, was vorgefallen war? Natürlich nur Andreas Lorenz. Aber ich konnte es nicht riskieren, ihn einfach zu fragen. Möglicherweise war er völlig unschuldig, und ich neigte dazu, das zu glauben. Seit unserem gemeinsamen Urlaub war ich in ihn verliebt. Ich weiß nicht, warum, und ich kann auch nicht erklären, warum erst zu diesem Zeitpunkt, nachdem wir uns schon Jahre kannten. Ich war einfach verliebt, und ich fand mich damit ab.«

Untersuchungsrichter: »Ihr Mann war seit drei Tagen beerdigt, als Sie die Landkarte kauften. Sie sagen, Sie wären sich zu diesem Zeitpunkt darüber klar gewesen, dass Herr Lorenz Sie stark interessierte. Sie nennen es verliebt. Ist das nicht seltsam angesichts des Todes Ihres Mannes?«

Rita: »Ja, natürlich, Sie haben recht. Mein Mann war tot. Aber ich bin kein Typ, der tagelang hemmungslos weinen kann, ohne seine Umwelt wahrzunehmen. Ich weiß genau, dass das Leben weitergeht.

Untersuchungsrichter: »Haben Sie zu irgendeinem Zeitpunkt angenommen, Herr Lorenz könne etwas mit dem Selbstmord Ihres Mannes zu tun haben?«

Rita: »Nein, niemals auch nur eine Sekunde lang.«

Untersuchungsrichter: »Bitte, verstehen Sie mich nicht falsch, aber Sie müssen sich doch Gedanken darüber gemacht haben, wie Ihr Mann Herrn Schumacher getötet haben könnte. Sie hatten den Verdacht. Nun gut. Wie stellten Sie sich denn diesen Mord vor? Was glaubten Sie an diesem 17. August? Wie konnte Ihr Mann, Ihrer Meinung nach, das gemacht haben?«

Rita: »Ehrlich gestanden habe ich mir die Frage schon gestellt, als ich von Frau Winter erfuhr, an welchem Tag Schumacher ertrunken ist. Ich bin keine technisch begabte Frau, aber ich weiß, dass mein Mann ein großer Tüftler war, wenn es um …«

Untersuchungsrichter: »Entschuldigen Sie, was bitte?«

Rita: »Ein Tüftler, ein Bastler. Nicht mit Hammer und Zange, sondern mit Ideen und Theorien.«

Untersuchungsrichter: »Bleiben wir bei der Sache. Sie glaubten also, dass Ihr Mann Schumachers Ertrinkungstod vorgetäuscht hat?«

Rita: »Genau. Das glaubte ich. Und den Beweis dafür fand ich am Sonntag, dem …«

Untersuchungsrichter: »Lassen wir diesen Beweis erst einmal beiseite. Was taten Sie, als Sie am 17. August mit der Landkarte nach Hause kamen?«

Rita: »Ich zog mich aus. Zog dann einen Morgenmantel über und setzte mich mit der Karte an den Schreibtisch meines Mannes. Ich stellte fest, dass wir am Tag des

Todes von Schumacher höchstens drei bis vier Kilometer von seinem Sommerhaus entfernt gewesen sein konnten. Und die Männer waren in Richtung dieses Hauses gefahren.«

Untersuchungsrichter: »Aber eine Vorstellung, wie dieser Mord als Ertrinkungstod kaschiert worden ist, hatten Sie nicht?«

Rita: »Noch nicht.«

Auch Chris ist sehr eingehend zu diesem 17. August vernommen worden. Ihre Aussage wirkt mühsamer, gequälter:

Untersuchungsrichter: »Befassen wir uns nur mit dem 17. August. Warum kauften Sie an diesem Tag, also fünf Tage nach dem Selbstmord Ihres Vaters, die Karte?«

Chris: »Vater war tot, und ich hatte nur noch Andy. Ich habe die Karte gekauft, weil ich die Hoffnung hatte, mit ihrer Hilfe beweisen zu können, dass weder mein Vater noch Andy irgendetwas mit dem Tod von Onkel Gustav zu tun hatten.«

Untersuchungsrichter: »Bestätigte sich diese Hoffnung?«

Chris: »Nein. Wir waren damals sehr nahe an dem Haus. Wir waren so nahe daran, dass ich mir nicht vorstellen kann, dass sie Onkel Gustav nicht getroffen haben.«

Untersuchungsrichter: »Weinen Sie nicht. Möchten Sie ein Glas Wasser?«

Chris: »Danke, ja.«

Untersuchungsrichter: »Also, erzählen Sie, was an diesem Freitag geschah, nachdem Sie die Karte gekauft hatten.«

Chris: »Ich fuhr zu Andy in die Fabrik. Ich hielt es allein zu Hause nicht aus.«

Untersuchungsrichter: »Seien Sie ganz ruhig. Berichten Sie genau.«

Chris: »Ich ging in Onkel Gustavs Büro. Da saß Andy, seit die Sache mit Vater passiert ist. Der Schreibtisch war mit neuem Leder überzogen. Sicher haben sie die Blutflecke nicht herausgebracht. Er sah mich erst erstaunt an, und dann hat er sich gefreut, dass ich da war. Er hat sich gefreut …«

Untersuchungsrichter: »Ich verstehe Sie nicht. Können Sie etwas lauter sprechen?«

Chris: »Wie bitte? Ach so, ja, er sagte, er wäre froh, dass ich gekommen bin, und er wollte sofort mit mir nach Hause gehen. Er sagte: ›Wir lassen den Wagen hier und fahren mit dem Taxi in irgendein Lokal. Über die Brücke gehen wir zu Fuß.‹ Das sagte er. Aber wir konnten nicht sofort gehen, weil noch einige Herren zu ihm kamen, um irgendetwas zu besprechen. Ich habe mich in einen Sessel gesetzt und zugesehen, wie er mit diesen Leuten gesprochen hat.«

Untersuchungsrichter: »Bei einer früheren Aussage haben Sie gesagt, dieser Tag sei der schönste Ihres Lebens gewesen. Halten Sie das aufrecht?«

Chris: »Es war der schönste und der quälendste. Ich musste eine Stunde warten, ehe wir gehen konnten. Wir ließen uns mit einem Taxi in das Hotel Mondial fahren. Ich weiß nicht, weshalb er ausgerechnet dorthin fuhr, er sagte, da seien wir ungestört. Wir tranken im Restaurant einen Kaffee und dann eine Flasche Sekt. Plötzlich sagte er, es sei ihm klar, wie sehr ich durcheinander sein müsse, und es sei ihm ebenfalls klar, dass ich wegen Onkel Gustavs Tod die unmöglichsten Gedanken haben müsse. Aber sie seien nicht bei Onkel Gustav gewesen und hätten nicht das Geringste damit zu tun.«

Untersuchungsrichter: »Und Sie waren beruhigt?«

Chris: »Ja. Er hatte von sich aus die Sache erledigt, und ich schämte mich, dass ich die Karte gekauft hatte.«

Untersuchungsrichter: »Wie ging es weiter? Erzählen Sie ruhig. Soll ich den Protokollführer hinausschicken?«

Chris: »Das wäre mir lieber.«

Untersuchungsrichter: »Gut, machen wir das, obwohl es gegen tausend Vorschriften verstößt. Wir können es nachträglich formulieren.«

Andreas war an diesem Tag in einer ausgezeichneten Verfassung. Trauer um die Toten, Rücksichtnahme auf seine Frau und der feste Wille, ihr Leben in ein gerades Gleis zu bringen – das waren anscheinend die Gefühle, die ihn beherrschten. Bis heute ist niemand in der Lage, das Gegenteil zu beweisen.

Er goss den Rest aus der Flasche in die Gläser und lächelte leicht, als amüsiere ihn etwas:

»Was hast du?«

»Nichts«, sagte er. »Ich gehe schnell irgendwohin.«

Sie sah hinter ihm her, und sie war sehr glücklich, dass er die Sache mit Schumacher aus der Welt geschafft hatte. Sie glaubte ihm.

»Darf ich noch etwas bringen, gnädige Frau?« Der Kellner, ein Italiener, lächelte so, als kenne er ihre traurige Geschichte ganz genau.

»Bringen Sie Kognak«, sagte sie hastig. »Nein, Genever. Haben Sie alten Genever?«

Der Kellner war ausgezeichnet, er kam gar nicht erst auf die Idee, eine Dame in dieser offensichtlich glücklichen Verfassung mit einem lächerlichen Glas Genever zu traktieren. Er brachte eine kleine Karaffe mit zwei sehr klobig wirkenden holländischen Schnapsgläsern.

»Dem Herrn auch?«

»Auch, mir ein bisschen mehr.« Jetzt war da nur noch die Sache mit ihrem Vater, aber Andy erschien wieder in ihrer Welt.

Er kam sehr ruhig und lächelnd zurück. »Wir haben ein Apartment«, sagte er. »Es riecht hier nach Genever.«

»Es ist welcher.« Sie lächelte. »Was für ein Apartment?«

»Ein gewaltiges mit einem ganz niedrigen Bett. Du kannst herausfallen und tust dir nicht weh, weil du auf ein Lammfell fällst.«

»Bist du verrückt?«

»Ja.«

»Ich auch.« Sie lächelte verlegen und errötete.

Sie ließen den Genever stehen und gingen eng nebeneinander hinaus durch die Halle zum Lift.

»Das Gepäck kommt nach«, sagte Andreas. Er war fröhlich, und er zeigte es.

Das Apartment trug die Nummer 3, es bestand aus drei Räumen in Weinrot, dunklem Grün und Azurblau.

»Kostet das viel?«

»Ein Vermögen. Sieh her: Fernsehen, Radio, Eisschrank. Möchtest du Sekt?«

»Ja. O Gott, ich bin so glücklich. Und ich dürfte es nicht sein.«

»Du darfst.«

Es ist einfach, Rita in Liebesszenen zu beschreiben, bei Chris ist das etwas anderes. Ich weiß nicht, vielleicht wirkt sie zu zart, zu verträumt. Vielleicht ist sie auch zu unnahbar anständig. Ich habe tatsächlich Hemmungen.

Zum ersten Mal in ihrem Leben ließ sie sich gehen. Zum ersten Mal in ihrem Leben biss sie sich nicht in die Hand, sondern schrie leise, fordernd. Zum ersten Mal ließ sie es nicht zu, dass ihre Umarmung gleich wieder ein Ende nahm. Als sie sich nach drei Stunden trennten, waren beide totenblass und erschöpft.

Als Andreas die Rechnung bezahlte und etwas von einer unvorhergesehenen Abreise murmelte, nahm sie seine Hand und flüsterte: »Lass uns schnell nach Hause gehen, ich will dich immer mehr lieben.«

Untersuchungsrichter: »Wie verlief das folgende Wochenende?«

Chris: »Ruhig und wild. Beides.«

Untersuchungsrichter: »Sie sahen Frau Kraft nicht?«

Chris: »Nein. Wir nahmen Rücksicht auf sie. Außerdem hatten wir genug mit uns selbst zu tun. Es waren zwei Tage, in denen ich manchmal glaubte, mein Herz müsse vor Erschöpfung stillstehen. Dann tranken wir Sekt und gingen unter die Dusche.«

Untersuchungsrichter: »Und am Montag darauf war der Spuk zu Ende.«

Chris: »Warum nennen Sie es Spuk?«

Untersuchungsrichter: »Weinen Sie nicht. Ich kann Sie ja verstehen, obwohl ich ein alter Mann bin.«

21. August

Ich habe mir durch meine Frau Vitamin C besorgen lassen.
Ich denke, ich werde in drei bis vier Stunden fertig sein. Ich
bin total erschöpft.

Mir fällt auf, dass ich Andreas' Verhalten nach dem Selbst-
mord Krafts noch nicht genau untersucht habe. Das ist aber
keine Unterlassungssünde, denn er benahm sich völlig natür-
lich. Er zeigte tiefe Trauer, und ich bin nicht einmal so sicher,
dass sie gespielt war. Immer noch hege ich die Vermutung,
dass er Kraft nicht in den Tod treiben wollte. Immer noch
kann ich den Gedanken nicht loswerden, dass er naiv genug
war zu glauben, sein Schwiegervater würde den Scheck über
eine Million unterschreiben.

Er benahm sich ruhig und gefasst bis auf die Stunden, in
denen er gezwungen war, nicht nur den Alltag der Fabrik zu steuern, sondern selbstständig schwerwiegende
Entscheidungen zu treffen. In diesen Perioden scheute er
sich nicht, die jeweils zuständigen Direktoren zurate zu
ziehen, und er begann mit dem Satz: »Ich bin einfach zu

jung, ich brauche jetzt Ihre Hilfe …« Eine psychologisch geschickte Einstellung, die ihm schnell die Sympathie aller Mitarbeiter eintrug. Auch zu den Arbeitern fand er sofort den richtigen Weg. Er lud den Betriebsrat noch am Montag, also knapp vierundzwanzig Stunden nach dem Selbstmord Krafts, zu einer Besprechung ein, bei der er lapidar und schnoddrig erklärte: »Ich muss den Laden jetzt schmeißen, ob ich will oder nicht. Und ich kann es nicht, wenn ihr mir nicht dabei helft. Lasst die Gewerkschaftsflausen aus dem Kopf und gebt mir Hilfestellung. Ich habe von vielen betrieblichen Dingen noch keine Ahnung. Wenn einer von euch mich sprechen will, soll er reinkommen und nicht erst lange fragen, ob ich Zeit habe. Ich habe nur keine Zeit für Kinkerlitzchen.«

Er betrank sich mit den Männern, weil sie allesamt Kraft sehr gern gemocht hatten, und er warf sie dann mit der Bemerkung hinaus: »Haut ab, ich muss etwas tun.« Das war der Ton, den sie mochten, den sie bisher für eine Erfindung gehalten hatten. Es war ihr Traum.

Andreas erschien morgens gegen sieben Uhr im Betrieb und war vor Mitternacht selten zu Hause. Am Dienstag, dem Tag der Beerdigung Krafts, gab er der gesamten Belegschaft frei und überließ es jedem Einzelnen, auf den Friedhof zu kommen. Der Erfolg war, dass von den etwa zweitausend Belegschaftsmitgliedern über tausend erschienen und gerührt sein Jungengesicht betrachteten, als er die Schaufel dreimal mit Erde füllte und die Erde auf den Sarg poltern ließ.

Dies war der Tag, an dem er Rita wiedersah, und die einzige Bemerkung, die er machte, war: »Geh nach Hause. Du brauchst Ruhe. Ich sorge für die Fabrik.«

Eine Schwierigkeit war Schmitzchen. Sie war einfach nicht zu gebrauchen, da sie meistens weinte. Im Übrigen brachte sie ihm Misstrauen entgegen, das er in den ersten Stunden zu zerstreuen versuchte, dann aber völlig richtig stillschweigend akzeptierte. Nach der Beerdigung schickte er sie in Urlaub. »Kommen Sie wieder, wenn Sie in Ordnung sind.« Am Donnerstag bereits ließ er alle Sekretärinnen der Geschäftsleitung antreten. Er erklärte kühl: »Ich komme mit Schmitzchen nicht mehr zurecht. Nichts gegen sie, aber sie ist einfach fertig. Außerdem werde ich mit einer nicht auskommen. Hat jemand Vorschläge?«

Und natürlich war es Anneli, die das Recht einer Ersten unter Gleichen für sich in Anspruch nahm. »Wir sollten diese Trennwände herausreißen und so eine Art großes Chefbüro machen. Mit Blumen und Sitzecken und so weiter.«

»Ja«, sagte er. »Noch etwas?«

Und wieder war es Anneli. »Ja, wir verdienen nur Tarif. Ich finde das nicht richtig.«

Er erwiderte knapp: »Ich auch nicht. Wollen wir einzeln verhandeln? Was ist euch lieber?« In dem »euch« lag eine Spur versteckter Zärtlichkeit, die fünf Frauen waren sehr zufrieden.

Am Freitag, dem 17. August, hatten zehn Angestellte und Arbeiter versucht, mit persönlichen Sorgen zu ihm zu kommen. Allen war es gelungen, allen hatte er geholfen. In einer Woche hatte er die Fabrik buchstäblich in die Tasche gesteckt.

Am Montag, dem 21. August, neunzehn Tage nach Schumachers und acht Tage nach Krafts Tod, begann der dritte Mörder unruhig zu werden, und das dritte Opfer begann zu trudeln wie ein abstürzendes Flugzeug.

Rita wachte bereits gegen sieben Uhr früh auf und fuhr sofort zum Friedhof. Sie war sich darüber im Klaren, wie ihr Leben in Zukunft aussehen würde, aber sie wollte Andreas danach fragen. Und sie wollte zu Chris gehen, um einige Dinge zu besprechen, die geklärt werden mussten.

Sie blieb nur drei Minuten vor dem Grab ihres Mannes stehen und fragte sich, ob es einen Sinn habe, diesen Toten dauernd zu besuchen. Sie war ein Kind der Altstadt Kölns, ein waches, unsentimentales Kind. Als ein Arbeiter kam und sagte: »Wir müssen die Kränze jetzt wegmachen«, nickte sie nur und ging davon. Sie dachte: Ich werde wiederkommen, wann ich es will, und nur dann, wann ich es will. Tote haben Zeit, sie können warten.

Sie ließ sich in die Fabrik fahren und ging mit großer Selbstverständlichkeit durch die Halle an den Lift, wobei sie der Empfangsdame kühl zunickte. Sie war erst zweimal in dieser Fabrik gewesen, und der Gedanke, dass die Hälfte dieses Haufens aus Stein und Stahl nun ihr gehörte, nahm ihr fast den Atem.

Im dreizehnten Stockwerk stieg sie aus und fragte sich, ob ihr beim Anblick des Schreibtisches schlecht werden würde. Aber sie gab sich keine Zeit, darüber nachzudenken. Sie klopfte an und ging hinein.

Die fünf jungen Frauen betrachteten sie sekundenlang und begriffen sofort. Sie standen auf und stellten sich nacheinander vor. Rita lächelte: »Es sieht hier besser aus als vorher.«

»Wir haben es geändert«, sagte Anneli freundlich, »es ist hübscher so.«

»Ist Andy da?« Sie sagte »Andy«, es war ein leichter Seitenhieb gegen die fünf.

»Ja, er ist da.« Anneli öffnete die Tür. »Frau Kraft, bitte.« Andreas stand auf und kam um den Schreibtisch herum auf sie zu. »Es ist gut, dass du kommst.«

»Wie geht es dir?« Sie sah sich um. »Es ist ein komisches Gefühl zu wissen, dass einem die Hälfte davon gehört.«

»Möchtest du Kaffee?«

»Nein, Kognak. Warum wirfst du diesen Schreibtisch nicht hinaus?«

»Da saß schon der Vater von Schumacher.«

»Arbeitest du viel?«

»Vierzehn bis sechzehn Stunden am Tag. Ich weiß nicht genau.«

»Warum hast du mich nicht angerufen?«

»Ich wollte es nicht. Chris meinte auch, wir sollten dich besser die ersten Tage in Ruhe lassen.«

»Das hab ich mir gedacht. Ich will jetzt nicht mehr allein herumsitzen.«

»Das brauchst du nicht. Komm zu uns oder komm hierher und hilf mir ein wenig.«

»Das hier ist Männersache. Aber ich brauche deine Hilfe wegen des Nachlasses. Was soll ich mit dem Haus machen? Ich brauche auch keine zwei Autos.«

»Ich werde dir helfen.«

»Wann?«

»Am Wochenende, wenn es dir passt.«

»Es passt mir.« Sie wollte plötzlich heraus aus diesem Zimmer. »Ruf mich an, bevor du kommst, ich gehe jetzt zu Chris.«

»Ich werde am Samstagmorgen kommen.«

Anneli ging neben ihr her zum Lift.

»Sie waren die Sekretärin meines Mannes?«

»Ja, gnädige Frau.«

»War er ein guter Chef?«

»Ja, das war er.«

Sie nickte und drückte den Knopf. »Geben Sie einem der Fahrer Bescheid, bitte.«

»Jawohl, gnädige Frau.«

Während der Fahrt überlegte sie sich, ob das, was sie vorhatte, gemein sei oder hinterhältig und wohin das führen könnte. Sie fand keine Antwort. Derartige Dinge konnten eine Ewigkeit dauern oder nur Stunden. Sie konnten auch aus irgendeinem Grund gar nicht erst zustande kommen. Es hing viel davon ab, wie sie miteinander lebten, ob sie sich vertrugen.

Chris erschien ihr älter und merkwürdig gelöst.

»Hat Andy dich angerufen?«

»Ja, warum bist du nicht eher gekommen?«

»Ich weiß es nicht, ich wollte allein sein. Wie geht es euch?«

»Gut, sehr gut.«

»Kann ich einen Badeanzug haben oder so etwas?«

»Sicher, aber er wird dir nicht passen, nimm einen Morgenmantel.«

Sie zogen sich im Schlafzimmer um.

»Warst du am Grab?«

»Ja.«

»Gehst du jeden Tag hin?«

»Bis jetzt ja.«

»Ich war erst zweimal da.«

»Das macht nichts, er wird es dir nicht übel nehmen.«

»Ich geh nicht gern auf den Friedhof.«

»Wer tut das schon. Arbeitet Andy nicht zu viel?«

»Ja, ich glaube, aber dagegen ist nichts zu machen.«

Sie gingen hinunter über die weichen Teppiche des Wohnzimmers auf die Terrasse. Die Sonne brannte, und über der Stadt lag eine Dunstglocke.

»Möchtest du Kaffee?«

»Nein. Lieber Sekt, vielleicht auch Kognak.« Was hatte dieses Mädchen plötzlich so alt gemacht? Sie musste es herausfinden.

»So früh schon Alkohol?«

»Warum nicht?«

»Sicher, ich hole etwas.« Chris ging in das Dunkel des Hauses. Als sie mit einem Tablett zurückkam, lag Rita neben dem Tischchen in einem Liegestuhl, der Morgenmantel klaffte auseinander, der hauchdünne Slip wirkte obszön.

»Ich werde auch Alkohol trinken. Willst du Kognak?«

»Ja. Was macht deine Ehe?«

»Sie ist gut«, sagte Chris ernsthaft. »Sie ist sehr gut.«

Rita hielt die Augen geschlossen und überlegte, ob sie es dem Mädchen jetzt gleich sagen sollte. Schließlich entschied sie sich zu warten. Wenigstens so lange, bis der Kognak zu wirken begänne. Eine halbe Stunde lang sprachen sie über Belanglosigkeiten, und jede trank vier große Gläser aus.

Dann fragte Chris: »Hast du meinen Vater sehr geliebt?«

Rita antwortete zögernd. Wie betrunken war das Mädchen? »Sehr geliebt? Das ist schwierig zu sagen. Es war wohl nicht so wie bei euch. Als wir heirateten, waren wir schon älter, verstehst du?«

»Nein.« Chris kicherte.

»Man nennt es dann nicht mehr die große Liebe oder so etwas, das meine ich.«

»Aha.«

Das Mädchen war beschwipst, sicher sehr beschwipst. Rita stand auf und ging auf den Rasen. Sie lehnte sich an den Stamm einer Kirsche.

»Mach den Mantel zu«, murmelte Chris. »Wir haben hier Nachbarn.«

Rita schloss den Mantel, spreizte die Beine, schloss die Augen und spürte die stechende Sonne. Sie rekelte sich träge und fragte: »Was hast du eigentlich getan, seit wir aus dem Urlaub zurück sind?«

»Nichts.« Chris ahnte etwas, sie saß wie ein verschüchtertes Kind in dem Liegestuhl. Jetzt zog sie sogar noch die Beine an, als müsse sie sich vor Schlägen schützen.

»Erinnerst du dich an den Tag, an dem wir bei der Winter waren?«

»Ja.«

»Was hast du gedacht, als du erfahren hast, dass wir an Schumachers Todestag gewissermaßen in der Nachbarschaft waren? Hast du nicht Verdacht geschöpft?«

»Nein.« Das kam dünn und verängstigt.

»Hast du wirklich nichts gedacht? Keine hässlichen Gedanken?«

»Nein.« Jetzt versuchte sie, sich zu wehren.

»Auch nicht, als dein Vater Selbstmord beging?«

»Nein.« Natürlich zitterten die Hände des Mädchens, und sie versuchte, sie in ihrem Schoß zu verstecken.

»Hast du niemals gedacht, dass dein Vater und möglicherweise dein Mann etwas mit Schumachers Tod zu tun haben könnten?«

»Nein!« Das war fast geschrien, und Rita blickte sich um, ob niemand der Nachbarn im Garten war und es gehört hatte.

»Das glaube ich nicht.«

»Dann lass es sein.« Das Mädchen trank noch einen Kognak. Es wirkte jetzt sehr trotzig.

Rita ging vom Stamm der Kirsche hinüber zu dem kleinen flachen Becken mit Goldfischen. Sie trat aus den Sandalen und stellte sich in das Wasser, das nicht höher reichte als bis an ihre Knöchel.

»Warum bist du so störrisch? Du weißt doch, dass ich nichts gegen dich habe oder gegen Andy.«

»Ja, das weiß ich. Sprich nicht von diesen Dingen. Das ist …« Sie suchte nach dem richtigen Wort und entschied sich für »Dreck«.

Plötzlich war Rita davon überzeugt, dass sie es dem Mädchen sagen musste, selbst auf die Gefahr hin, dass sie einen Keil zwischen sich und das junge Paar trieb. Sie dachte kühl: Vielleicht ist die Kleine die nächste. Sie brauchte nicht nach einem Anfang zu suchen, denn Chris blinzelte in die Sonne und fragte mit unnatürlich heller Stimme: »Glaubst du, dass Onkel Gustav getötet wurde?«

»Ja«, sagte Rita. »Und ich weiß, dass du das auch glaubst.«

»Nein«, sagte das Mädchen. »Andy hat gesagt, es wäre nichts geschehen.«

»Du hast ihn gefragt?« Das verwirrte Rita.

»Nein, das brauchte ich nicht. Er sagte es von sich aus.«

»Wann?«

»Am Freitag. Glaubst du es nicht?«

»Doch, doch.« Es war merkwürdig, sehr merkwürdig sogar. »Was hat er gesagt?«

»Ganz einfach. Er sagte, er wisse, dass ich mir sehr viel Sorgen mache, aber eine könne er mir abnehmen oder so ähnlich. Bei Onkel Gustav sei niemand gewesen, weder er noch Vater.«

Rita dachte: Was sind wir doch für dumme, hilflose Geschöpfe, und gleich darauf fuhr sie fort: »Es heißt also, dass Andy deine Bedenken zerstreut hat. Meine wird er nicht zerstreuen können.«

Das Mädchen wurde schnippisch. »Vielleicht will er es gar nicht. Vielleicht ist es ihm die Diskussion nicht wert.«

Ich muss es ihr sagen, dachte Rita. Sie wird tief fallen, aber es wird vielleicht heilsam sein. Sie machte ein paar Schritte in dem flachen Wasser hin und her und beobachtete, wie die Fische blitzartige Wendungen machten, um ihren Füßen auszuweichen. »Lass uns hineingehen. Hier kann man über so etwas nicht sprechen.«

Das blonde Mädchen nahm die Kognakflasche und das Glas. »Wie du willst. Ich bin betrunken. Ich trinke nämlich morgens nie.«

»Das macht nichts«, murmelte Rita. »Wir können mittags schlafen.« Chris setzte sich auf einen Ledersessel. Sie setzte sich so, als müsse sie stets in der Lage sein, schnell aufspringen zu können. Rita blinzelte und nahm die Sonnenbrille ab. Zunächst sah sie nichts, es war zu dunkel. »Gieß mir noch einen Kognak ein, ich muss dir etwas sagen.«

Chris hatte Angst, ihre Augen und ihre Bewegungen verrieten dieses Gefühl deutlich. Sie versuchte auszuweichen. »Warum bleiben wir nicht in der Sonne. Wir haben viel durchgemacht, und alles ist erst ein paar Stunden her.«

Rita lächelte boshaft. »Versteck dich nicht. Was ich zu sagen habe, ist nicht gerade schrecklich, aber man muss darüber sprechen.« Sie ging vor den Jalousien auf und ab, und die durch die Schlitze einfallenden Sonnenstrahlen verzerrten die Linien ihres Körpers. »Eine Frau kann nicht denken wie ein Mann. Ein Mann ist viel praktischer. Dein Vater hat mir beigebracht, Skat zu spielen und Schach. Und in früheren Jahren war ich manchmal mit Ganoven zusammen, die nachts Bruch machten.« Ihre Art zu sprechen und sich dabei zu bewegen war ganz plötzlich vulgär geworden.

»Was heißt ›sie machten Bruch‹?«

»Bruch machen heißt einbrechen.« Rita lachte und musste dann husten. Sie hatte in den letzten Tagen zuviel geraucht und zu viel Schnaps getrunken. »Na ja, diese Männer haben mir viel beigebracht. Gewisse Dinge, die man in euren Kreisen zwar tut, aber als Schweinerei bezeichnet. Verstehst du?«

»Ja.« Keine Abwehr mehr, nur noch Neugier.

»Aber ich habe von ihnen noch etwas anderes gelernt – auf eine bestimmte Art zu denken. Wenn sie einen Bruch planten, waren sie plötzlich anders. Praktisch, kalt und nüchtern. So sind Männer.«

»Warst du lange Zeit mit diesen Männern zusammen?«

»Nein, nur ein Jahr. Das Jahr, in dem mein Vater im Gefängnis saß und meine Mutter für diese Leute kochte und ihnen Alibis besorgte, wenn sie eins brauchten. Ich bin eben nicht so wohlbehütet aufgewachsen wie du.«

»Wie waren diese Männer?«

»Das spielt jetzt keine Rolle. Bring mich nicht vom Thema ab. Sie waren wie alle Männer, nur ihre Sprache war etwas ehrlicher.« Plötzlich fiel ihr auf, wie schwierig es sein würde, diesem noch so kleinen Mädchen die Sache glaubhaft darzustellen. Oder war dieses Mädchen nicht mehr klein? »Also, hör gut zu. Als wir durch die Winter erfuhren, an welchem Tag Schumacher ertrunken ist, hatten wir beide die gleiche Idee. Wir wissen beide, dass Fred Schumacher hasste, wenigstens ich weiß das ganz genau. Aber beide Männer sind tauchen gegangen. Andy auch. Und dann war die Sache mit dem Tintenfisch. Andy erzählte, er hätte das Vieh aus dem Wasser geholt, und es hätte sehr lange gedauert. Ich habe nun überlegt, ob Fred vielleicht in dieser Zeit nicht bei Andy war. Vielleicht war er oben im Boot. Vielleicht aber auch ganz woanders. Vielleicht brachte er gerade Schumacher um. Kannst du mir folgen?«

»Das alles habe ich auch schon gedacht.«

»Ich weiß, und Andy hat dir nun gesagt, weder er noch Fred seien mit Schumacher in Berührung gekommen. Und du bist beruhigt.« Nicht eine Spur Spott, nichts als eine Feststellung. »Vielleicht wäre ich auch beruhigt, wenn Andy mir das sagen würde. Aber ich bin nicht seine Frau. Hör zu. Wahrscheinlich hat Fred es ohne Andy gemacht, denn er hat ihn gemocht und wollte ihn deshalb nicht in diese Sache hineinziehen. Mich stört nur eins: Wieso hat der Arzt gesagt, Schumacher wäre durch einen Schwächeanfall ertrunken. Schumacher war ein großer, kräftiger Mann. In den Tagen, in denen ich allein gewesen bin, habe ich mich daran erinnert, wie gut Fred Skat spielte und Schach. Immer plante er weit voraus. Und gestern Abend habe ich dann gefunden, was ich brauchte.«

Chris weinte, und sie murmelte: »Warum hast du das getan?«

Rita setzte sich ihr gegenüber: »Du kannst ruhig sein. Ich glaube zwar, dass Andy weiß, was Fred gemacht hat, aber ich glaube, er war nicht beteiligt.«

»Meinst du das ehrlich?«

Wirklich, sie war ein Kind! »Natürlich. Ich habe nur herausfinden wollen, wie dein Vater es gemacht hat. Ich weiß genau, dass er nie in der Lage gewesen wäre, einen Menschen zu töten. Aber bei Schumacher war das etwas anderes. Schumacher hat ihn jahrelang gequält. Ich sagte mir: Wenn er also Schumacher umgebracht hat, dann hat er es so gemacht, dass niemand ihn entdecken konnte. Du kennst ihn doch auch. Was hältst du davon?«

Draußen wehte ein sanfter Wind. Er war plötzlich gekommen und ließ Leute, die nackt auf ihren Betten lagen oder träge zu arbeiten versuchten, aufatmen.

»Es könnte so sein.« Chris' Stimme war spröde. Etwas war zerbrochen, und zwar so, dass man es nicht mehr zusammensetzen konnte.

»Dein Vater«, sagte Rita, und etwas Selbstquälerisches war jetzt in ihrer Stimme, »hat nie viel von Büchern gehalten, aber in den letzten Monaten las er viel in einem bestimmten Buch. Ich habe mich nie dafür interessiert. Gestern Abend aber fiel mir das ein, und ich habe Buch für Buch untersucht. Als ich es fand, wusste ich, wie er es gemacht hat. Das Buch heißt *Das Jahrhundert der Detektive*, und er hatte ein Lesezeichen hineingelegt. An dieser Stelle stand, wie man einen Menschen in einer Badewanne ermorden kann, dass es so aussieht, als sei er ertrunken. Man muss nämlich nichts anderes tun als …«

»Ich will das nicht hören!«

»Warum nicht?« Ritas Stimme war sehr hart.

»Es macht mich verrückt. Andy weiß nichts davon. Er hat es mir gesagt. «

»Das kann sein, aber ich will es genau wissen.«

»Aber warum? Es ist doch alles vorbei.«

»Ich habe meinen Mann verloren.«

»Ja.« Es war eine klägliche Bestätigung, als habe das Mädchen jegliche Kraft verloren und allen Mut.

Rita trank von dem Kognak und schüttelte ihr Haar durcheinander. »Es ist so verdammt heiß hier.« Sie öffnete die Schlaufe des Mantels und ließ ihn auf den Teppich fallen. »Ich will nicht zur Polizei gehen, komm nicht auf diese Idee. Aber wenn es unten an der Küste so war, wie ich annehme, dann hat Fred sich erschossen, weil er Gewissensbisse hatte. Und das will ich genau wissen.«

»Andy wird nichts sagen.« Chris war sehr weit weg. Sie versuchte, die Scherben zusammenzusetzen.

»Nicht sofort«, sagte Rita, »aber er soll mir helfen, meine Sachen in Ordnung zu bringen. Vielleicht gehe ich irgendwoanders hin, um dort zu leben. Auf jeden Fall muss er mir bei den finanziellen Dingen helfen.

Und vielleicht sagt er mir etwas, wenn er erfährt, was ich weiß und vermute.«

»Vielleicht«, murmelte Chris. Es kam ihr gar nicht die Idee zu sagen, dass das eigentlich ihre Aufgabe sein müsse.

»Bist du immer noch betrunken?«

»Nein.«

»Ich auch nicht. Also gib mir noch ein Glas.«

Chris goss ein, sie hatten die Flasche fast geleert.

»Was ist, wenn Andy gar nichts davon weiß?«

»Das werde ich herausfinden.«

»Ich weiß nicht, ob man das schafft. Er erzählt so wenig.«

»Ich werde mir Zeit lassen.« Rita war aufgestanden und stand breitbeinig in der Tür zur Terrasse.

Chris sah sie lange an und murmelte plötzlich empört: »Du siehst aus wie eine, wie eine …«

»Eine Nutte, was? Sag's ruhig. Aber macht das einen Unterschied?«

Und das Schulmädchen sagte demütig und schluchzend: »Nein.«

Ich bin unterbrochen worden. Pütz rief an und sagte, eine Illustrierte habe Mörder Nummer drei kostenlos einen Verteidiger angeboten. Ich habe gesagt, Nummer drei habe bereits einen Verteidiger. Pütz sagte, er wisse das natürlich, aber schließlich sei der von der Illustrierten angebotene Verteidiger eine Größe.

»Was wollen sie dafür?«

»Natürlich die Memoiren.«

Ich stellte mir den grinsenden Pütz vor und sagte:

»Fragen Sie Nummer drei, mich geht das nichts an.«

Wie ich Nummer drei kenne, wird die Illustrierte kein Glück haben.

Um noch einmal auf die Aussprache der beiden Frauen zurückzukommen: Rita war zwar ein schwacher Gegner, und mit der Auffindung des Buches war sie zwar einen winzigen Schritt vorwärtsgekommen, aber kein Kriminalbeamter dieses Landes hätte sich dadurch bewegen lassen, etwas zu unternehmen. Es war also ein Glück, dass niemand Zeuge dieses Gespräches war und den Frauen sagen konnte, auf welch schwachen Füßen ihr Verdacht stand. Wahrscheinlich hätten sie dann gar nichts unternommen. Ich muss jetzt an Mord Nummer drei herankommen.

An diesem Montag trennten sich die Frauen gegen Mittag, und Rita war so betrunken, dass sie vor dem Einsteigen in das Taxi stolperte und auf den Gehsteig fiel.

Chris legte sich sofort auf die Couch im Wohnzimmer und schlief ein. Andreas fand sie, als er gegen dreiundzwanzig Uhr nach Hause kam, noch immer schlafend, weckte sie aber nicht auf, sondern ging hinauf in das Schlafzimmer. Morgens gegen fünf Uhr wurde er plötzlich wach und sah seine Frau in der Tür stehen. Sie hielt ein Glas in der Hand und lächelte mit verkniffenem Mund. Andreas schloss die Augen sofort wieder. Nach einigen Sekunden hörte er ihre Schritte. Sie ging wieder hinunter in das Wohnzimmer, und kurz darauf hörte er leise Musik. Dann summte sie sogar.

Er dachte: Sie wird sich vor Kummer betrunken haben. Und er zwang sich dazu, nach ihr zu sehen.

»Guten Morgen, Kleines. Was ist denn?«

»Nichts.« Sie war nicht betrunken. Sie war von einer seltsamen gläsernen Starre.

»Aber irgendetwas stimmt doch nicht.«

»Es stimmt alles«, sagte sie. »Lass mir bitte die Schlüssel vom MG da, ich möchte in die Sauna.«

»Wie war es gestern mit Rita?«

»Es war gut.«

Sie war unerreichbar, aber wahrscheinlich war es eine Laune.

»Ich schlafe noch eine Stunde«, murmelte er.

»Tu das.«

Er ging wieder hinauf und lag wach, bis er mit tiefen Schatten unter den Augen aufstand, um sich zu rasieren.

26. August

Bei den Verhören, in denen man komplizierte Dinge klären will, sind intelligente Frauen mit sehr großer Sorgfalt zu behandeln. Es ist außergewöhnlich schwer, die Wahrheit oder eine der Wahrheiten herauszufinden. Ich kenne Nachwuchskriminalisten, die eine Frau sechs Stunden verhörten, die auf jede Frage eine Antwort bekamen, die strahlten, weil sich das Verhör so gut machte, und die schließlich wütend und verzweifelt in die nächste Kneipe liefen, als sie erkennen mussten, dass die Frau ihnen im Grunde nichts gesagt hatte.

Glücklicherweise war das mit Rita nicht so. Von Beginn an war sie aufgeschlossen und bemühte sich um eine klare Sprache. Ihre Verhöre lesen sich infolgedessen zuweilen wie eine Pornographie. Sie konnte nicht verleugnen, woher sie kam, und anscheinend war sie geradezu dankbar dafür, endlich wieder die Sprache ihrer Jugend sprechen zu können. Hier ein kurzer Auszug aus dem Verhör zu den Ereignissen vom 26. August.

Untersuchungsrichter: »Am 26. August kam Herr Lorenz auf Ihre Bitte hin zum ersten Mal in Ihr Haus. Wollten Sie nur über Ihre persönlichen finanziellen Belange mit ihm sprechen oder auch noch über andere Dinge?«

Rita: »Ich wollte auch noch über Schumachers Tod mit ihm sprechen.«

Untersuchungsrichter: »Sonst nichts?«

Rita: »Ich weiß, worauf Sie anspielen. Aber tatsächlich wollte ich nichts anderes von ihm als die Erledigung dieser beiden Punkte. Ich gebe zu, dass ich in ihn verliebt war und dass er mich reizte. Aber ich wollte ihm in dieser Beziehung ausweichen.«

Untersuchungsrichter: »Hatten Sie Erfolg damit?«

Rita: »Es ging nicht länger als eine halbe Stunde gut. Vielleicht noch weniger.«

Untersuchungsrichter:: »Sie schliefen miteinander?«

Rita: »Sehr.«

Untersuchungsrichter: »Wie bitte?«

Rita: »Ich sagte ›sehr‹.«

Untersuchungsrichter: »Wir kennen Sie als eine sehr um Wahrheit bemühte Zeugin, und wir möchten ausdrücklich feststellen, dass das lobenswert ist. Aber ich darf doch bitten, nicht in eine allzu drastische Ausdrucksweise zu verfallen. Erzählen Sie, aber erzählen Sie zurückhaltend. Ich verstehe die Dinge auch, wenn man Sie mir nur andeutet.«

Rita: »Jawohl, ich werde mich bemühen.«

Das Verhältnis zwischen Chris und Andreas bestand seit Dienstag nur noch aus belanglosen Bemerkungen und einem vorsichtigen Einander-aus-dem-Weg-Gehen. Der Junge hielt das für eine nervöse Störung seiner Frau und war hilflos, während Chris in völliger Verkrampfung lebte, die sich nur ein wenig lockerte, wenn sie Alkohol trank.

Am Samstagmorgen verließ er gegen zehn Uhr das Haus. Er sagte: »Wie du weißt, soll ich Rita bei ihren Sachen helfen. Ich werde anrufen, bevor ich zurückkomme.«

Sie antwortete nur: »Gut.« Und als sie seinen Wagen fortfahren hörte, rief sie Rita an.

»Er kommt jetzt.«

»Gut. Wie geht es dir?«

»Schlecht. Das ist ein schlechter Zustand.«

»Vielleicht weiß ich heute Abend schon, dass er nichts damit zu tun hatte. Er will nur deinen toten Vater nicht verraten.«

»Ich wünsche es so sehr. Oh, ich wünsche es so sehr.«

Gleich darauf trank sie eiskalten Cinzano, um sich zu beruhigen.

Andreas fuhr wie üblich sehr schnell, und unterwegs tat es ihm leid, dass er so leichtfertig zugesichert hatte, Rita zu helfen. Er spürte die ungeheure physische Belastung, die die Arbeit für die Fabrik mit sich brachte.

Sie gab ihm die Hand, eine kühle, feste Hand. »Komm herein. Zieh dein Jackett aus. Ich habe alle Sachen auf der Terrasse.«

Sie gingen durch das Wohnzimmer auf die Terrasse, und er warf einen flüchtigen Blick auf die Reihe der

Bücher. »Es ist nicht gut für eine junge Frau, allein zu sein.«

»Das wird nicht immer so bleiben«, sagte sie. »Setz dich. Kaffee?«

»Ja. Schwarz mit Zucker.«

»Wie geht es deiner Frau?«

»Ich weiß nicht. Ich glaube nicht gut. Ich vermute eine Neurose oder so was.«

»Das kann sein. Sie ist sehr zart.«

»Sehr, ja. Sag mir, was du tun willst.«

Sie saß ihm gegenüber, und die Sonne fiel auf ihr Gesicht. Sie trug ein sackartiges grünes Leinenkleid, und er dachte belustigt, dass sie immer erregend wirkte, gleichgültig, was sie trug.

»Ich weiß nicht, was ich tun will, ich weiß es noch nicht. Bin ich eigentlich wohlhabend?«

Ja.«

»Wie viel verdiene ich im Monat?«

Er lachte. »Das weiß ich nicht., Du verdienst nicht pro Monat, sondern du entnimmst.«

»Was heißt das?«

Er wurde ernst. »Mir ist das ebenso neu wie dir. Es ist so: Die Fabrik wirft pro Jahr soundso viel ab, und du kannst mit der Hälfte machen, was du willst.«

Sie wurde ungeduldig »Wie viel im Monat?«

Er lachte wieder. »Ich weiß es wirklich nicht. Ich weiß es wirklich noch nicht.«

»Du hast dich nicht darum gekümmert?«

»Ich habe bis jetzt erfahren, dass etwa ein Viertel des Reinertrages dazu benutzt wird, die Finanzreserve aufzustocken. Diese Reserve ist in sicheren Papieren angelegt und beträgt zurzeit etwa zwanzig Millionen. Dreiviertel des Reinertrages stehen zu unserer Verfügung. Ich schätze, dass sowohl du wie Chris monatlich auf vielleicht zwanzig- bis dreißigtausend Mark kommen. Diese Summe ist netto gemeint.«

»Du lieber Himmel! Was soll ich damit?«

»Schumacher hat zum Beispiel die Winter ausstaffiert. Er hat außerdem Häuser gekauft und Grundstücke, die jetzt zur Hälfte dir gehören. Außerdem existiert noch ein Barvermögen von etwa vier Millionen. Davon gehört dir ebenfalls die Hälfte.«

Sie stand auf, breitete die Arme aus und drehte sich einmal schnell im Kreis. »Ich bin stinkreich, ich bin stinkreich!«

»Eine reiche Witwe.« Sie lachten, und Rita redete noch eine Weile darüber, weil die ungeheuren Summen ein so angenehmes Gefühl erzeugten.

»Aber Schumacher hat doch immer den Eindruck gemacht, als wäre er nicht mehr als ein gut bezahlter Angestellter.«

»Das ist so seine Art gewesen.«

»Wie viel verdienst du?«

Er grinste jungenhaft. »Nichts. Ich habe noch nicht festgelegt, wie viel ich verdiene. Ich muss außerdem meine Frau fragen und dich.«

Sie lachten schallend. Sie waren sehr heiter, weil sie über das Leben und vor allem über gewisse schwierige Seiten des Lebens ähnlich dachten. Und weil sie es für dumm hielten, allzu lange irgendwelchen Zeiten nachzutrauern oder irgendwelchen Menschen.

»Also, was hast du vor?«

»Ich weiß es nicht. Aber ich will das Haus verkaufen und die Autos. Kannst du das für mich tun?«

»Ich habe meine Leute«, sagte er pathetisch, und sie lachten wieder. »Nimmst du ein neues Haus?«

»Nein, eine Wohnung in der Stadt. Was soll ich mit all den Zimmern. Ich nehme nur Therese mit und ein paar Sachen, die mir gefallen.«

»Du kannst es aber nicht sofort tun.«

»Ich weiß, ich werde ein halbes Jahr warten. Oder muss es das ganze Trauerjahr sein? Ich werde verrückt, wenn ich daran denke, immer nur in Schwarz herumlaufen zu können. Kannst du das verstehen? «

»Sicher«, sagte er, »sicher. Aber sag mir endlich, was ich für dich tun soll, außer dem Verkauf des Hauses und dem Besorgen einer neuen Wohnung.«

»Das weiß ich noch nicht. Das werde ich dir sagen, wenn es mir einfällt.«

Er wusste genau, dass das Spiel jetzt begann, und er stürzte sich skrupellos und mit überschäumender Freude hinein.

»Gehen wir irgendwo essen?«

»Wenn du willst.«

»Ich fände es angenehmer, dann brauchst du keine Dose aufzumachen.«

»Ich ziehe mir etwas an. Etwas Schwarzes.« Er sah hinter ihr her, wie sie in das Wohnzimmer lief und in der Diele verschwand. Er fragte sich, ob es nur Oberflächlichkeit war, so wenige Tage nach dem Tod ihres Mannes so verlockend sein zu können. Und diese Frage machte ihn unruhig. Er ging in das Wohnzimmer hinein und suchte nach irgendetwas Trinkbarem, aber er fand nichts. Er stellte sich an den Fuß der Treppe in die Diele: »Wo versteckst du deinen Korn?«

»Er steht in der Küche im Eisschrank. Mir auch einen.«

»Gut.« Er ging in die Küche und nahm sich sehr viel Zeit für diese so lächerliche Geschichte wie das Füllen von zwei Schnapsgläsern. Aber als er die Treppe hinaufkam und sie ruhig sagen hörte: »Ich bin hier«, dachte er, es wäre besser gewesen, noch länger zu warten. Aber er hatte damit gerechnet, und er war nicht der Mann, sich dagegen zu wehren.

Sie saß vor dem Spiegel auf einem jener flauschigen Hocker, die ihm stets so geschmacklos vorgekommen waren Und die er bei all den wohlhabenden Frauen gefunden hatte, deren Geliebter er gewesen war. Sie trug nur einen weißen Büstenhalter und einen Slip, und sie kämmte ihr Haar.

»Stell es hierher.«

»Zum Wohl.« Er sah hinunter auf ihre Brüste und lächelte. »Das ist ziemlich gefährlich.«

»Ich möchte nicht essen gehen.«

»Das dachte ich.« Er versuchte, Sarkasmus in seine Stimme zu legen, aber es gelang ihm nicht.

»Willst du essen gehen?«

»Nein, nicht mehr.«

Sie stand auf und nahm das Glas, das er vor sie hingestellt hatte.

»Ich bin ein Schweinehund.«

»Wir sind beide Schweinehunde«, sagte er heiser.

Während sie tranken, lehnte sie sich an ihn, und er spürte ihren schweren Atem.

»Ich habe dich schon lange gewollt.«

»Ich weiß«, sagte er. »Ich möchte noch einen Korn.«

Sie warf einen flüchtigen Blick auf das Bett und nickte. Sie gingen nebeneinander die Treppe hinunter, und sie murmelte: »Du hast zu viel an. Ich schenke den Korn ein.«

Er ging in das Wohnzimmer und zog sich aus. Als sie mit den Gläsern hereinkam, stand er an einen Sessel gelehnt und lächelte sie an.

Sie sagte fast erstickt: »Oh!« Dann stellte sie die Gläser auf den Tisch und ging auf ihn zu.

»Du bist verrückt.«

»Ja.«

»Ich auch, Andy, ich auch. Hörst du, ich auch.«

An diesem Tag blieb er bis abends bei ihr, und sie liebten sich oft.

Untersuchungsrichter: »Nun wissen wir also, was geschah. Leider besitze ich nicht Ihre blumige Ausdrucksweise. Sie hatten also mehrere Male Verkehr miteinander. Und Sie hatten Herrn Lorenz bereits mündlich angetragen, sich um Ihren Besitzstand zu kümmern. Hatten Sie vor, ihn zu Ihrem finanziellen Berater zu machen?«

Rita: »Ich hatte nichts vor. Ich selbst kann mit Geld nicht umgehen. Ja, wenn Sie es so auslegen, würde ich sagen, er konnte mit meinem Geld machen, was er für richtig hielt.«

Untersuchungsrichter: »Hatten Sie den Eindruck, dass ihn das freute?«

Rita: »Sie meinen, ob er hinter meinem Geld her war? Entschuldigen Sie bitte, aber das ist doch absurd, denn erstens gehört die Hälfte der Fabrik seiner Frau, zweitens hatte er sich bis dahin nicht ein einziges Gehalt ausgezahlt, und drittens hätte er von mir alles bekommen, was er wollte. Er hatte es also gar nicht nötig, hinter irgendwelchen Geldern her zu sein.«

Untersuchungsrichter: »Das leuchtet mir ein. Sie haben zugegeben, dass Herr Lorenz Sie reizte, vor allem wohl sexuell reizte. Aber Sie hatten doch außerdem noch etwas anderes vor. Sie wollten doch etwas von ihm in Erfahrung bringen.«

Rita: »Das ist richtig. Aber an diesem Samstag spürte ich, dass es nicht das Sexuelle allein war. Ich hatte begonnen, ihn zu lieben. Und es interessierte mich nicht mehr, ob er mit Schumachers Tod etwas zu tun hatte und ob mein Mann Schumacher ermordet hat. Als er mich an diesem Samstag verließ, dachte ich nur an ihn und daran, wie ich ihn für mich behalten könnte.«

Untersuchungsrichter: »Aber trotzdem sind Sie am nächsten Tag in den Besitz der Information gekommen, die Sie haben wollten.«

Rita: »Ja, aber es geschah eigentlich zufällig. Ich glaube, ich war für ihn die richtige Frau. Ich will nicht behaupten, dass er mich liebte, aber er mochte mich sehr, und da begann er zu sprechen.«

Untersuchungsrichter: »Und er belog Sie trotz dieser Zuneigung.«

Rita: »Sind Sie jetzt spöttisch?«

Untersuchungsrichter: »Nein, ich stelle nur fest.«

Rita: »Ja, er belog mich. Ich fiel auf ihn herein, ebenso wie seine Frau.«

Untersuchungsrichter: »Sie sind sehr ehrlich.«

Rita: »Es hat wenig Sinn, sich etwas vorzumachen.«

Untersuchungsrichter: »Würden Sie sagen, dass er eine Art Don Juan war?«

Rita: »Ja, er war unwiderstehlich. Andy war einfach ein unwiderstehlicher Mann.«

Untersuchungsrichter: »Soweit ich weiß, beklagt man sich heute darüber, dass wir Männer nicht mehr richtige Männer sind. War er ein richtiger Mann?«

Rita: »Das war er. Launisch, weich und hart. Eine Mischung, wie sie selten ist. Dazu kommt noch, dass er irgendwie nicht richtig erwachsen war. Irgendwo steckte noch immer ein Lausejunge in ihm.«

Untersuchungsrichter: »Ich habe an manchen Tagen Lust, auf einen Baum zu klettern.«

Rita: »Das ist es.«

Untersuchungsrichter: »Immerhin bin ich dreiundsechzig.«

Rita: »Man merkt es an Ihren Erfahrungen, nicht an Ihrem Gesicht.«

Untersuchungsrichter: »Ich muss Sie in aller Freundlichkeit bitten, so etwas nicht zu sagen. Es geht nicht …«

Rita: »Ich verstehe, aber schließlich verhören Sie mich seit drei Tagen, und ich mag Sie.«

Untersuchungsrichter: »Danke. Und ich meine das so. Sie wissen, dass wir es mit einem sehr großen Tatkomplex zu tun haben. Mit drei Toten und drei, nun ich möchte sagen, Tötern. Dabei ist höchste Sorgfalt erforderlich, verstehen Sie?«

Rita: »Ja. Es haben mich schon andere Herren verhört. Ich habe den Eindruck, Sie sind der erste, der es begreift. Deshalb werde ich die Wahrheit sagen.«

Untersuchungsrichter: »Man kann die Gerechtigkeit schlecht mit dem Vornamen anreden, aber ich muss zugestehen, dass Zeugen wie Sie meinen Beruf zuweilen versüßen. Weiter jetzt. Frau Kraft, Sie sind sehr hübsch und, wie Sie selbst eingestehen, sehr erotisch veranlagt. Ich muss zur Erhellung bestimmter Umstände die etwas harte Frage stellen, ob Sie nymphoman sind. Verstehen Sie den Ausdruck?«

Rita: »Ja, ich verstehe ihn. Nein, ich bin nicht so. Ich kann wochenlang ohne ... ohne das leben. Ich habe immer nur mit Männern geschlafen, die ich wirklich gern hatte, und ich war meinem Mann drei Jahre lang treu.«

Untersuchungsrichter: »Ganz?«

Rita: »Ganz.«

27. August

Andreas und Chris besuchten das Hochamt im Dom. Es wurde zelebriert von einem Weihbischof, den Chris seit ihren Kindertagen kannte und dessen Predigten sie besonders gern mochte.

Auch Rita kam. Sie setzte sich neben Chris und murmelte freundlich: »Guten Morgen. Wie geht es euch?«

»Es geht gut«, flüsterte Chris, aber ihr Gesicht wirkte wie aus Metall.

Der Weihbischof predigte kurz und war offensichtlich nicht bereit, der frömmelnden Masse der hochanständigen guten Gesellschaft entgegenzukommen.

Andreas stellte belustigt fest, dass Rita eine Sonnenbrille aufsetzte, sobald sie in das Licht trat. Er sagte: »Ich komme nach dem Mittagessen zu dir. Ich denke, wir haben noch viel zu tun.«

»Ja«, sagte Rita, es klang freundlich, nicht mehr.

»Komm mit zu uns essen«, sagte Chris.

»Ich bin eingeladen«, sagte Rita sanft. »Bei der Winter.«

»Ach so.«

»Mach's gut«, sagte Andreas und fasste Chris am Arm.

Er führte sie sanft zum Auto und fragte:

»Wollen wir nicht irgendwo hier essen? Du brauchst Abwechslung.«

Sie schüttelte den Kopf, und sie fuhren schweigend nach Hause.

Andreas verließ das Haus gegen vierzehn Uhr, und bevor er ging, strich er ihr sanft über den Kopf. »Du wirst sehen, dass alles gut wird«, murmelte er.

Sie starrte hinter ihm her, verwirrt und hoffnungsvoll. Sie sagte stockend: »Komm bald wieder.«

Andreas erreichte Ritas Haus gegen vierzehn Uhr zwanzig.

»Warst du wirklich bei der Winter essen?«

»Ja. Ich habe mich amüsiert, weil sie einen Mann für mich auftreiben will.«

»Das ist typisch. Hast du etwas anderes erwartet?«

»Nein, aber es macht Spaß, es zu erleben. Setz dich.«

Er setzte sich. »Wann wird diese verdammte Hitze nachlassen?«

»Ich mag Hitze.«

»Aber sie stört, wenn ich arbeiten muss, und morgen muss ich arbeiten.«

»Soll ich das Haus verkaufen oder vermieten?«

»Vermieten. Ich habe darüber nachgedacht. Es ist ein Haus ohne Nachbarn. Etwas ganz Kostbares.«

»Das dachte ich auch. Bist du müde?«

»Nein, warum?«

»Das sollte eine Anspielung sein.«

»Das habe ich begriffen. Nein, ich bin nicht müde.«

»Was machen wir mit den Autos? Ich mag beide nicht.«

»Wegen der Erinnerung?«

»Ja.«

»Ich lasse dir einen neuen Wagen bestellen. Was willst du?«

»Ich weiß nicht. Mach uns eine Flasche Sekt auf.«

Er ging gehorsam in die Küche und öffnete eine Flasche Sekt.

»Baden wir ein bisschen?«

»Ja.«

Sie zogen Badesachen an, und dann standen sie im diffusen Licht des Wohnzimmers.

Sie klagte: »Wir sind so verrückt. Ich liebe dich.«

»Ich mag dich«, sagte er sanft.

»Ich habe nicht geschlafen. Hast du geschlafen?«

»Wie ein Toter.«

»Ich habe nicht geschlafen. Liebst du mich?«

»Ich weiß es nicht, ich glaube.«

»Du musst mich lieben. Sieh mich doch an.«

»Ja. Komm her zu mir.«

Sie ließ sich vor ihm auf den Teppich fallen.

Um Punkt sechzehn Uhr schellte das Telefon, und sie begannen beide zu lachen, als sei das etwas besonders Erheiterndes.

Rita kroch über den Teppich zum Telefon. »Hallo? Ach, Winterin?«

Er beobachtete sie, wie sie scheinbar heiter und gelöst irgendwelche Dummheiten sagte, und er ging hin zu ihr und biss ihr in die Schultern und liebkoste sie, bis ihr Atem rascher ging. Da sagte sie hastig: »Ich ruf dich später an, mein Kaffeewasser kocht.« Sie legte den Hörer auf die Gabel und zog seinen Kopf zwischen ihre Brüste.

Als sie sich wieder trennten, sagte er: »Jetzt will ich schwimmen.«

»Aber ertrink nicht, wie Schumacher.«

»Nein«, sagte er. »So schwach werde ich nicht sein.«

Sie suchte nach irgendeinem verräterischen Zeichen in seiner Stimme, aber sie fand keines, und als er hinzusetzte: »Immerhin war Schumacher im Vergleich zu mir ein alter Knabe«, war sie vollkommen beruhigt und dachte nicht mehr daran, ihm eine gefährliche Frage zu stellen.

»Was meinst du, schaffe ich einen Salto?«

»Zeig's.«

Er stellte sich an den Beckenrand und schnellte dann plötzlich in die Luft. Der Sprung gelang ihm glatt, und sie beobachtete zärtlich seinen braunen Körper, dessen Konturen das Wasser verwischte. Er tauchte hin und her, ein glatter, dunkler Strich, der sehr eifrig wirkte und verspielt.

»Verbrauch deine Kräfte nicht.«

»Nein. Du bist unersättlich.«

»Es ist gut, so zu sein.« Sie sah ihm zu, wie er lautlos mit schlenkernden Gliedern versank, als sei er plötzlich ohnmächtig geworden. Unten auf dem Beckengrund streckte er sich, ging in die Hocke wie ein Sprinter und stieß sich dann nach oben ab. Bis zur Hüfte schoss er aus dem zwei Meter tiefen Wasser, und er lachte laut und völlig unbeschwert.

»Mein Junge«, sagte sie, »mein kleiner Junge.«

»Ich bin Fabrikant!« brüllte er. »Merken Sie sich das.«

Er kann es nicht sein, dachte sie. Niemals kann er etwas damit zu tun haben, niemals. Sicher, er ist nicht so wie diese Gesellschaft, in der wir leben, aber er kann nichts Schlechtes tun, nichts wirklich Schlechtes.

»Komm ins Wasser.«

»Ich will nicht. Ich spüre dich noch zu sehr.«

»Dummheiten.«

Sie lächelte. »Tut es dir leid?«

»Nein. Warum?«

»Ich frage nur, weil ich dich lieb habe und weil ich daran denke, dass du eine Frau hast.«

Seine Beine, die eben noch einen heftigen Wirbel geschlagen hatten, erlahmten und sanken herunter in das Türkisblau des Wassers.

»Du musst nicht daran denken. Chris ist im Moment einfach krank. Und ich bin sehr gesund.«

»Und wenn sie gesund ist, wirst du gehen.«

Er kam mit trägen Bewegungen heran und legte beide Hände auf ihre Oberschenkel. »Ich werde nicht gehen. Ich gehe niemals einfach fort. Und ich habe auch nie einen schlechten Geschmack danach.«

Sie dachte darüber nach, und sie glaubte ihm und war glücklich. Sie beobachtete, wie er tauchte. Merkwürdig: Er schwamm kaum mit dem Kopf über Wasser, fast immer bewegte er sich unter der Wasseroberfläche. Sie konnte nicht verhindern, dass ihr Schumacher einfiel und dass sie darüber nachdachte, wie ihr Mann es wohl getan haben mochte. Sie hatte keine Vorstellung davon, wie viel Sauerstoff diese Tauchflaschen enthielten, aber sie konnte sich plötzlich sehr gut vorstellen, dass es so gewesen war, wie dieser Junge, den sie so liebte, es gerade demonstrierte. Sie sah ihren Mann über die hellen Flächen des Meeresgrundes gleiten, dann durch dichte Waldungen irgendwelcher Pflanzen. Und sie sah Schumacher schwimmen, den kantigen Kopf geradeaus gerichtet, den Mund wie ein Karpfen rhythmisch öffnend.

Das machte sie nervös, und sie lief ins Haus und trank einen Schluck Schnaps. Als sie den warmen Schlag im Magen spürte, wurde sie ruhiger und ging wieder an das Schwimmbecken. Der Junge tauchte noch immer, aber seine Bewegungen waren träge geworden.

Sie sprang ihm nach und tauchte unter ihm hindurch. Sie sah ihn lachen und wie er sich verschluckte. Dann war er über ihr an der Oberfläche, und sie fasste seine Füße und versuchte, ihn nach unten zu ziehen.

Er klappte vornüber, und sein Kopf traf sie schmerzhaft zwischen den Schultern, sodass sie nach oben musste, um Luft zu schöpfen.

»Du hast mir wehgetan.« Dann sah sie sein Gesicht und murmelte betroffen: »Was ist denn?«

»Du wolltest mich herunterziehen. Dabei kann man einen Menschen töten.« Seine Stimme war tonlos, seine Augen groß und leer. »Wusstest du das nicht?« Er drehte sich um, schwamm an den Rand des Beckens und zog sich hinauf.

»Entschuldige, das wollte ich nicht!«

»Macht nichts.«

»Wieso kann man einen Menschen damit töten?«

Ihre Augen sind so merkwürdig, dachte er. Er lächelte wieder, aber es fiel ihm schwer. »Wo ist ein Handtuch?«

»Hinter dir im Liegestuhl.«

Sie wusste nun, dass er dabei gewesen war. Es konnte gar nicht anders sein. Gewiss, für einen Unbeteiligten waren es völlig nichtssagende Bemerkungen. Aber für jemand, der viel ahnte, sagten sie viel.

Er machte seltsame Verrenkungen, als er versuchte, das Wasser aus seinen Ohren herauslaufen zu lassen.

»Trinken wir Kaffee?«

»O ja, das wäre gut.« Er ging vor ihr her in das Wohnzimmer, und sie sah noch, wie er nach seinen Sachen griff.

Im Schlafzimmer blieb sie vor dem Spiegel stehen und betrachtete aufmerksam ihre Figur. Plötzlich fragte sie sich, ob er sie töten würde. Und wenn, wie würde er sie töten?

Sie begann sich hastig anzuziehen, und sie empfand ihre Kleidung wie einen Schutz.

»Setzt du schon Wasser auf?«

»Natürlich«, rief er. Seine Stimme war wieder heiter.

»Der Kaffee steht rechts im Küchenschrank.«

»Ja, ich finde ihn.«

»Mach ihn stark. Ich bin erschöpft.«

Sie hörte ihn lachen und in der Küche hantieren. Einen Augenblick lang empfand sie Panik. Sie hatte begriffen, dass sie ihn eigentlich überhaupt nicht kannte, dass er ihr unbegreiflich geblieben war.

»Wann kommst du?«

»Gleich«, sagte sie hastig. »Sofort.« Sie legte ein hellrotes Band um ihr Haar. Dann wandte sie sich langsam um und ging die Treppe hinunter. Sie dachte: Wenn er mich töten will, wird er es nicht tun, wenn ich ihm sage, was seine Frau weiß.

Er war nicht in der Küche, er stand im Wohnzimmer vor den Büchern und betrachtete sie aufmerksam.

Noch ehe er sich zu ihr wandte, noch ehe sie sich darüber klar wurde, was sie riskierte, sagte sie ruhig: »Falls du das Buch suchst, es steht da rechts oben. Es ist das mit dem hellen Einband.«

Er hatte sich zu ihr herumdrehen wollen, hielt aber in der Bewegung inne und senkte den Kopf.

»Welches Buch meinst du?«

»Das Buch, in dem Fred die richtige Todesart für Schumacher gefunden hat.«

»Also hat er es dir gesagt?« Sein Gesicht war grau, er setzte sich in einen Sessel, ohne sie anzuschauen.

»Nein«, sagte sie. »Nein, er hat es mir nicht gesagt, ich habe es einfach erraten, und dann habe ich das Buch gefunden. Vor einer Woche.«

Sie war erstaunt, dass er so ruhig blieb, dass er nicht zu schreien begann, dass er nichts abstritt. Und wieder hatte sie Angst. Doch dann hob er den Kopf, und sie sah, dass er einfach erschöpft war.

»Wie hast du das Buch gefunden?«

»Er hatte ein Lesezeichen hineingelegt. Es war ganz einfach. Er hat sich deshalb erschossen, nicht wahr?«

Er nickte und streckte die Hände nach ihr aus.

Ruhig ging sie zu ihm hin und kniete sich vor ihn auf den Teppich. Er hielt die Augen geschlossen und atmete hastig.

»Warst du dabei?«

»Ja.«

»Quält es dich?«

»Ja.«

Sie zündete zwei Zigaretten an und war starr vor Erregung. »Warst du nur dabei, oder hast du ihm geholfen?«

Seine Lippen waren trocken, die Zigarette fiel auf den Teppich. Sie hob sie auf und steckte sie ihm wieder in den Mund.

»Ich habe ihm geholfen.«

Einfach »ich habe ihm geholfen«. Keine Beschönigung, keine Entschuldigung, ein glattes, rundes Geständnis.

Sie schrie: »Nein!«, und stand auf.

Er sagte: »Ich werde es dir erzählen, hör mir bitte zu.«

Sie drehte sich zur Tür auf die Terrasse und fragte tonlos: »Warum hast du das getan?«

»Ich weiß es nicht. Ich hatte von dem ganzen Plan keine Ahnung. Nicht die geringste Ahnung. Er sagte es mir erst, als wir Schumacher entdeckten, der in die Bucht hinausschwamm. Und er sagte mir, Schumacher hätte mich auch finanziell in der Hand. Er hätte meine Bankauszüge bekommen und mein Darlehen einfach übernommen. Ich weiß heute, dass er die Wahrheit sagte, aber damals am Strand habe ich ihm einfach nur geglaubt. Ich war so entsetzlich wütend. Wir sind hinausgetaucht und haben ihn unter Wasser gezogen. Das war alles.« Er atmete laut wie ein Schlafender. »Ich glaube, ich hätte dir irgendwann sowieso davon erzählt.«

Nur der letzte Satz interessierte sie plötzlich, und sie dachte darüber nach, ob er damit die Wahrheit sagte: »Warum hättest du es mir erzählt, warum nicht Chris?«

»Sie hätte es nicht verstanden, du verstehst es.«

Es war ganz einfach, es war sicher so, wie er sagte. Sie wandte sich um und ging zu ihm hin. Sie legte ihm die Hände auf das Gesicht und murmelte heiter und unendlich erleichtert: »Ich kann mir vorstellen, wie mein Mann dich hereingelegt hat. Ich kann mir das so gut vorstellen, als wäre ich an deiner Stelle gewesen.« Und sie wiegte ihn wie ein Kind, das nicht einschlafen kann.

Das werde ich erklären müssen. Nicht wenigen Leuten ist das Verhalten des Andreas Lorenz unverständlich, manche bezeichnen es sogar als idiotisch. Ich dagegen behaupte, dass es ein psychologisches Meisterstück war.

Angenommen, er hätte jedes Wissen um den Tod Schumachers glaubhaft abgestritten, so wäre das Misstrauen der Frauen trotzdem niemals ganz erloschen. Denn sie hätten sich immer wieder gefragt, aus welchem Grund Kraft Selbstmord begangen hat, und ganz folgerichtig hätten sie sich in den Gedanken verbissen, es müsse eine Verbindung zwischen diesem Selbstmord und dem Tod Schumachers bestehen.

Es war also Andreas' erste Aufgabe, dieses Misstrauen zu beseitigen. Nicht eine Spur durfte zurückbleiben. Eine Spur dieses Misstrauens wäre aber auch dann geblieben, hätte er behauptet, Kraft habe Schumacher getötet, als er selbst den Tintenfisch jagte. Es war ihm sogar möglich zu behaupten: »Ich jagte den Tintenfisch, Kraft war nicht dabei. Ich weiß nicht, was er in dieser Zeit getan hat. Ich vermute, er tötete Schumacher.« Nein, mit halben Sachen gab er sich nicht zufrieden, dieser Lorenz. Er gestand den ersten Tatkomplex ohne Einschränkung. Er lieferte damit der Frau, die ihn liebte, einen ungeheuren Beweis seiner Zuneigung und seines Vertrauens. Er gestand seine Schuld, gab sich völlig in ihre Hände und erreichte damit, was er wollte: Sie würde ihn schützen, was auch immer geschehen mochte.

AUSZUG AUS DER VERNEHMUNG RITA KRAFTS:

Untersuchungsrichter: »Und Sie sind sicher, dass sich das mit Schumacher damals so abgespielt hat, wie Herr Lorenz Ihnen berichtete?«

Rita: »Ganz sicher. Denn im Grunde genommen hätte er es nicht nötig gehabt, seine Mitwirkung zuzugeben. Ebenso gut hätte er sagen können, dass mein Mann den Mord beging, als er gerade nach dem Tintenfisch tauchte. Auch das hätte ich geglaubt.«

Untersuchungsrichter: »Das leuchtet ein. Sie wussten jetzt, dass Schumacher tatsächlich von Ihrem Mann ermordet worden war. Dachten Sie nicht an eine Verbindung zwischen Andreas Lorenz und dem Selbstmord Ihres Mannes?«

Rita: »Nein.«

Untersuchungsrichter: »Wie sollten Sie auch darauf kommen? Hatten Sie den Eindruck, dass Herr Lorenz am Rande seiner psychischen Kräfte war, als er Ihnen das Geständnis machte?«

Rita: »Nein, eigentlich nicht. Er war wohl froh, dass er es loswerden konnte, und ich war die Frau, der er es am einfachsten sagen konnte.«

Untersuchungsrichter: »Warum, bitte?«

Rita: »Weil wir uns so gut verstanden. Wir mochten uns sehr.«

Untersuchungsrichter: »Haben Sie mit dem Gedanken gespielt, zur Polizei zu gehen?«

Rita: »Nicht eine Minute. Ich glaubte Andy, dass er der Verführte war. Schumacher war tot und mein Mann ebenfalls. Es wäre dumm gewesen, all den Dreck aufzuwühlen. Und ich hätte Andy verloren.«

Untersuchungsrichter: »Ich habe die Frage gestellt, weil die Staatsanwaltschaft möglicherweise deshalb gegen Sie vorgehen wird. Wegen Mitwisserschaft und Begünstigung. Immerhin hätten Sie durch den Gang zur Polizei den letzten Mord verhindern können!«

Rita: »Das mag sein, aber damals dachte ich nicht an diese Möglichkeit. Die Staatsanwaltschaft kann mich ruhig anklagen. Ich werde sagen, was zu sagen ist.«

Untersuchungsrichter: »Sie haben keine Furcht davor?«

Rita: »Nein.«

Untersuchungsrichter: »Sie hatten intime Beziehungen zu dem Mann Ihrer Stieftochter. Bedrückte Sie das nicht?«

Rita: »Das bedrückte mich, und ich wollte dafür sorgen, dass es sich änderte.«

Untersuchungsrichter: »Erzählen Sie doch zunächst, wie es an diesem Sonntag weiterging.«

Rita: »Da ist nicht viel zu sagen. Ich tröstete ihn, denn er brauchte Kraft. Und wenig später hatten wir wieder, wie Sie es nennen, intime Beziehungen.«

Untersuchungsrichter: »Noch an diesem Sonntag?«

Rita: »Natürlich. Etwa eine Stunde später.«

Untersuchungsrichter: »Und wenn ich die Situation und die Mitspieler richtig verstanden habe, so war er diesmal besonders heftig.«

Rita: »Ja.«

Untersuchungsrichter: »Und Sie ließen ihn gehen und haben ihn in der Folgezeit immer wieder empfangen?«

Rita: »Ja. Er kam drei- oder viermal die Woche. Manchmal blieb er eine Nacht, manchmal einen Tag.«

Untersuchungsrichter: »Dachten Sie an seine Frau?«

Rita: »O ja. Am Montag nach diesem Geständnis bin ich zu ihr gegangen und habe ihr gesagt, dass Andy nichts mit Schumachers Tod zu tun hatte und dass auch mein Mann nicht etwa ein Mörder gewesen sei.«

Untersuchungsrichter: »Und sie hat das geglaubt?«

Rita: »Ja. Ich erzählte es so, dass mein Bericht wie ein Beweis klang. Ich sagte zum Beispiel, mit dem von mir aufgefundenen Buch habe es nicht die geringste Bewandtnis. Nicht mein Mann habe es gelesen, sondern vielmehr Therese, unsere Haushälterin.«

Untersuchungsrichter: »Sehr geschickt. Also besserte sich das Verhältnis zwischen Lorenz und seiner Frau?«

Rita: »Ja. Es besserte sich zwar sehr langsam, aber es besserte sich. Zuletzt waren sie wieder ein normales glückliches Ehepaar.«

Untersuchungsrichter: »Wie können Sie das sagen, da Sie doch selbst noch intime Beziehungen zu Lorenz unterhielten?«

Rita: »Ich kann es sagen, weil meine Stieftochter sehr naiv ist oder war. Sie vermutete die Verbindung zwischen mir und ihrem Mann nicht.«

Untersuchungsrichter: »Und dieses Verhältnis sollte immer so weitergehen?«

Rita: »Nein. Ich hatte vor, mich irgendwo im Ausland anzusiedeln. Aber so lange wollte ich ihn haben. Wenigstens einen Teil von ihm. Er machte mich so sehr glücklich.«

Untersuchungsrichter: »Sie brauchen nicht zu weinen. Ich weiß, wie schwer es für Sie ist. Sie wollen also sagen, dass Sie sich freiwillig zurückziehen wollten. Und bis zu diesem Zeitpunkt war Andreas Lorenz ein Mann mit zwei Frauen.«

Rita: »Ja. Wir Frauen sind so verrückt, wenn wir lieben.«

Untersuchungsrichter: »Nicht nur die Frauen. Und dann kam also der 18. Dezember.«

Rita: »Ja, dann kam dieser schreckliche Tag.«

Untersuchungsrichter: »Nun, wir wollen morgen davon sprechen. Nur noch eine Frage im Voraus – was wissen Sie von der Waffe?«

Rita: »Mein Mann war begeisterter Jäger, und er wollte, dass Andy ebenfalls einer würde. Also schenkte er ihm die Waffe zur Hochzeit. Einen Zwilling. Aber Andy mochte das Ding nicht. Es hing immer an einem Garderobenhaken im ersten Stock.«

Untersuchungsrichter: »Geladen?«

Rita: »Muss wohl, oder?«

Wenn es nicht zu pathetisch klänge, würde ich sagen, ich bin tödlich erschöpft. Der Tag ist vorbei. Für diese letzten Seiten wird meine Kraft wohl noch reichen, obwohl meine Schrift immer krakeliger wird. Was mögen die Übriggebliebenen jetzt treiben? Hat Anneli Besuch? Was macht Rita? Denkt sie an einen neuen Andy? Was treibt die Winter?

Ich bin nun am Ende. Es kommt sehr schnell. Gleichgültig, wie lange ein Mensch braucht, um zu sterben. Der Tod ist schnell, er ist eine furchtbare Sekunde.

18. Dezember

Zwanzig Uhr.

Chris hat Geburtstag, sie wird zweiundzwanzig Jahre alt. Sie feiert. Andreas hat es ihr eingeredet, und sie ist glücklich darüber, Gäste zu haben. Jetzt steht sie verloren und sehr verlegen vor dem Kamin im Wohnzimmer und starrt auf die stählerne Wendeltreppe zum ersten Stock. Es ist der einzige Punkt, den sie fixieren kann, denn vor ihr stehen in einem Halbkreis zwanzig junge Leute und singen falsch und lautstark: »Happy birthday ...«

Mitten unter ihnen steht Andreas und grinst jungenhaft. Er ist der einzige, den sie zuweilen blitzschnell ansieht. Und sie weiß nicht, wohin mit ihren Händen.

Einundzwanzig Uhr.

Die Gesellschaft hat gut und ausgiebig gegessen. Es sind junge Leute, die Chris schon seit Jahren kennt, einige seit ihrer Schulzeit. Alle sind sie aus den ersten Häusern Kölns, sie benehmen sich sehr ausgelassen und sind sehr sympathisch. Einige sind schon angetrunken.

Chris steht mit Andreas in der offenen Tür zur Terrasse, sie halten einander an der Hand. Sie sagt: »Ich bin so glücklich«, und er antwortet: »Das wurde auch Zeit!«

Er hat ihr einen Ring geschenkt, einen Ring mit Diamanten. Es ist das erste Mal gewesen, dass er sich von der Fabrik Geld auszahlen ließ, aber der Ring war teuer. Chris weiß das, sie war zu Tränen gerührt, als ihr der eifrige Buchhalter davon erzählte.

Auf den unteren Stufen der Wendeltreppe sitzt Rita mit einem gewissen Georg. Rita und Andreas haben ihn zu Ritas ständigem Begleiter gemacht. Er ist naiv und glücklich genug zu glauben, bei dieser Frau etwas erreichen zu können. Rita und Andreas blinzeln sich in stiller Heiterkeit zu.

»Ob sie ihn liebt?«, fragt Chris und dann: »Lass uns tanzen. Etwas ganz Schnelles.«

Einundzwanzig Uhr dreißig.

Die Gesellschaft wird immer ausgelassener. Es haben sich einzelne Grüppchen gebildet. Sie erzählen sich zweideutige Witze, sie tanzen oder sie flirten miteinander. Rita tanzt mit Georg und sieht ihn mit großen Augen an. Er muss sich wie ein Eroberer fühlen, und Andreas lacht laut, als er mit einer üppigen Blondine, deren Namen er nicht verstanden hat, an dem Paar vorbeitanzt.

Zweiundzwanzig Uhr.

Chris steht in der Küche und kocht Kaffee. Rita hilft ihr dabei. »Hast du nicht einen scharfen Schnaps hier, Geburtstagskind?«

»Ich glaube, im Eisschrank ist etwas Himbeergeist.«

Rita trinkt von dem Himbeergeist. Sie hat ihn einfach in ein Wasserglas geschüttet.

Chris kichert ausgelassen. »Sehr viele sind schon richtig betrunken. Rita, ich bin so glücklich.«

»Das ist gut, Kleines, das ist gut. Ich schnapp mir jetzt deinen Mann.«

»Tu das, ich komme gleich.«

Rita geht hinaus und sieht Andreas mit einigen Männern zusammen auf der Wendeltreppe hocken. Sie sagt: »Ich möchte tanzen, Schwiegersohn!« Die Gesellschaft lacht, und Andreas windet sich an den anderen vorbei. Sie tanzen langsam, und nichts verrät ihre Beziehungen.

Zweiundzwanzig Uhr zehn.

Rita und Andreas hören auf zu tanzen. Sie zünden sich jeder eine Zigarette an und gehen hinaus auf die Terrasse. Das ist vollkommen unverfänglich, die Terrasse ist beleuchtet, und außer ihnen steht noch ein Pärchen auf dem Rasen, sie umarmen sich heftig.

»Chris ist glücklich«, sagt Rita.

»Ja«, sagt Andreas, »sie scheint es jetzt überwunden zu haben.« Sie stehen da und rauchen. Es ist kalt, der Mond ist vollkommen klar, man sieht die Schatten der Krater.

Im Wohnzimmer läuft das Tonband aus. Ein dunkelhaariges Mädchen, das sehr beschwipst ist, zieht seinen Begleiter dorthin, und sie sehen in dem kleinen Schränkchen, auf dem das Gerät steht, nach einem weiteren Band. Sie entscheiden sich für *Tanzmusik/allgemein*. Das hat Andreas auf das Etikett geschrieben. Der Begleiter des schwarzhaarigen Mädchens legt das Band auf. Das Mädchen sagt: »Dreh ganz auf, dann kommen wir noch mehr in Stimmung.«

Zweiundzwanzig Uhr elf.

Das Tonband läuft an. Man hört zunächst Schritte, dann kommt eine Männerstimme:

»Guten Abend, mein Junge. Lange gewartet?«
Eine andere Männerstimme: »Nein, ein paar Minuten.
Wie geht es zu Hause?«

Das dunkelhaarige Mädchen sagt schrill: »So ein Blödsinn!«, und es greift nach der Spule. Aber ihr Begleiter hält es zurück.

Chris steht mit einem Tablett an der Wendeltreppe, und in ihren Augen ist Verwunderung. »Das sind Papa und Andy.«

Das Band läuft weiter:

»Gut genug für uns«, sagt Andreas.
Kraft: »Also, was fehlt uns denn?«
Andreas: »Du sprichst albern wie eine Krankenschwester.«
Kraft: »Das wollte ich nicht. Also, was ist los?«

»So ein Blödsinn«, sagt das schwarzhaarige Mädchen. »Wir wollen Musik. Nun hör dir diesen Blödsinn an. Was sollen wir damit?

Sollen wir danach tanzen? Wie heißt der Tanz?« Einige lachen, aber alle hören zu. Das Band ist weitergelaufen.

Andreas' Stimme: »Ich habe darüber nachgedacht, wie wir ihn ermordet haben. Und ich habe auch über deinen Plan nachgedacht. Jetzt erscheint er mir nicht mehr so gut.«

»Was ist das?« fragt ein Mann verblüfft, und sie alle starren Chris an. Sie macht einen Schritt zurück und stellt das Tablett ganz langsam auf den Boden.

Zweiundzwanzig Uhr vierzehn.

Das Band läuft, und sie hören zu. Von draußen hört man das heitere Gemurmel von Rita und Andreas.

»So ist es!«, murmelt Chris beinahe heiter, sie ist schneeweiß. Es entsteht ein kurzes Durcheinander, als sie durch das Knäuel der oben auf der Wendeltreppe hockenden Männer hindurch nach oben stürzt.

»Macht mir Platz!«

Irgendjemand fragt: »Was ist denn?«

Andreas' Stimme: »Seit dem Tag, an dem wir ihn umgebracht haben, komme ich nicht mehr an sie heran!«

Zweiundzwanzig Uhr sechzehn.

Chris steht auf der Wendeltreppe, und im Arm trägt sie das Gewehr. Sie schreit: »Andreas!« Ihre Stimme ist schrill: »Andreas! Andreas!« Sie legt den Lauf der Waffe auf das Geländer, und die Freunde haben den Eindruck, sie müsse gleich ohnmächtig werden.

»Was ist denn?« In der Tür steht Andreas, und er sieht seine Frau mit dem Gewehr. Er ist zunächst erstaunt, aber nur Sekunden, bis er das Band hört.

Er sagt gerade selbst:

»Du hast keine Ahnung, wie oft ich gerade bei Frauen gute Nerven bewiesen habe.«

Rita kommt hinter Andreas durch die Tür. Sie starrt auf Chris und die Waffe, und sie hebt beide Hände.

»Um Gottes willen!«, murmelt Andreas. Und dann hat er Angst und beginnt zu schreien. »Ich kann es dir doch erklären.«

Das Mädchen auf der Treppe sagt: »Erinnerst du dich daran, dass wir diesen Fehler immer gemacht haben? Den Fehler mit den Bändern?«

Andreas kann nur mit Mühe sprechen. Er fragt: »Wieso?«

Sie lacht kalt. »Du hast das Band damals in der Nacht vor Vaters Tod überspielen wollen. Aber du hast das falsche Ende eingefädelt.« Jetzt beginnt sie hysterisch zu lachen, und Andreas schreit: »Nein, ich kann dir doch erklären …«

Zweiundzwanzig Uhr siebzehn.

Chris schießt. Andreas wird am Kopf getroffen und am Hals. Er ist sofort tot. Er hat die Arme noch hochreißen können, aber er hatte keine Chance. Sein Kopf ist völlig zerschmettert, der Hals ist zerrissen. Die Blutlache auf dem Parkett ist sehr schnell sehr groß.

Ich war damit beauftragt, über die Motive der Frauen *zu arbeiten. Es wird mir nichts anderes übrig bleiben, als zehn oder zwanzig Seiten zu diesem nicht existierenden Fragenkomplex zu schreiben. Das kann ich morgen erledigen. Ich bin im Augenblick froh, dass ich dies hier geschafft habe.*

Eines ist ganz sicher. Mein letzter Satz wird lauten: Nach sorgfältiger Prüfung der vorliegenden Tatkomplexe halte ich es nicht für angebracht, Christine Lorenz des vorsätzlichen

Mordes anzuklagen. Es ist meiner Meinung nach Totschlag im Affekt. Sie gehört zunächst in die behutsame Behandlung eines Arztes und sollte dann ihr Leben leben können.

Fritz-Peter Linden

JACQUES BERNDORF
von der Eifel aus betrachtet

gebunden, 304 Seiten
ISBN 978-3-942446-28-0
19,95 EURO

Offen, ehrlich und schonungslos gibt Jacques Berndorf, Deutschlands erfolgreichster Krimi-Autor, Auskunft – über seine aufregenden Zeiten als Reporter, über seine verlorenen Alkoholjahre und über sein neu gewonnenes Leben in der Eifel. Berndorf aus der Nähe: so spannend wie seine Romane.

Als Journalist hat Michael Preute die Krisenherde der Welt bereist, hat sich aufgerieben, verbraucht. Für spektakuläre Recherchen und atemberaubende Kriegsberichterstattungen hat er seine Gesundheit geopfert, brannte völlig aus und verfiel scheinbar unrettbar dem Alkohol.
Ein harter Bruch in seinem Leben führte ihn schließlich in die Eifel, an den westlichen Rand der Republik, ließ ihn aus dem hektischen Dasein des Topjournalisten hineinfallen in eine entschleunigte Provinz abseits des großen Weltgeschehens. Hier lag seine einzige Chance, zu gesunden. Er nutzte sie und wurde zu Jacques Berndorf.
Heute ist er der meistgelesene deutschsprachige Krimiautor mit einer Gesamtauflage von vier Millionen verkauften Eifelkrimis. Jetzt wird Jacques Berndorf 75 Jahre alt. Ein passender Anlass, um im Gespräch mit Fritz-Peter Linden auf sein bewegtes Leben zurückzublicken. Und dabei kommt einiges ans Licht.

»Pflichtlektüre für alle Krimi-Fans. Lindens Berndorf-Story liest sich so spannend wie die Romane des Krimi-Gurus selbst.
(Norderneyer Badezeitung)

KBV SPECIALS

Jacques Berndorf

DER REPORTER

Taschenbuch, 328 Seiten
ISBN 978-3-95441-536-6
13,00 EURO

Ein brutales Frühwerk

»Es ist ein Beruf wie jeder andere auch. Die meisten Leute glauben, er ist sehr abenteuerlich, aber meistens ist er nur ein bisschen widerwärtig, und Sternstunden sind selten.«

Es hätte nicht viel gefehlt, und Paul Poggemann wäre endgültig unter die Räder gekommen. Er hat alles verloren. Seine Frau, seinen Beruf, den Glauben an sein Talent. Im Keller eines Mietshauses verkriecht er sich und zieht Resümee. Er weiß, dass er nur weiterleben kann, wenn es ihm gelingt, seine schrecklichen Erinnerungen zu verarbeiten. Und so macht er das, was er kann: Er haut die Gedanken an die irrsinnigen Tage seiner Reporter-Tätigkeit in die Schreibmaschine.

Erinnerungen an ein Leben voller Hetze, voller Brutalität und voller Alkohol. Ein Leben, in denen er über Flugzeugabstürze, bestochene Regierungsräte und besudelte Kinderleichen berichtete, bei dem kein Weg zu weit und kein Spiel zu schmutzig war, um an Informationen zu kommen.

Ein Leben auf Abruf, ohne Ruhepause, eins, das man nur im Suff halbwegs ertragen kann. Doch Poggemann hat noch eine kleine Tochter. Und diese Tatsache ist der letzte Rest an Hoffnung auf eine Art Zukunft, der ihm überhaupt noch geblieben ist.

Jacques Berndorf schrieb diesen Roman 1971 unter seinem wirklichen Namen Michael Preute, mit dem er damals selbst große Karriere als Illustrierten-Reporter machte. Mit nur 35 Jahren weiß er schon ganz genau, worüber er schreibt. Kein Abgrund dieses Berufs ist ihm fremd.

KRIMINALROMAN

KBV

Jacques Berndorf

DER MONAT VOR DEM MORD

Taschenbuch, 208 Seiten
ISBN 978-3-940077-52-3
10,00 EURO

Nicht immer steht die Tat am Anfang
Neuauflage: Ein frühes Meisterwerk des Eifelkrimi-Königs

Niemand ahnt etwas von Horstmanns Träumen. Für seinen Chef ist er der hochqualifizierte Chemiker, der nur in Formeln denken kann. Für seine Kollegen, besonders für Ocker, ist er der nette, immer ein wenig zerstreute Weltfremde.

Seine Träume? Er braucht Geld, um sie realisieren zu können. Viel Geld. Ein neuer Forschungsauftrag kommt ihm daher sehr gelegen. Der Auftrag lautet, ein Mittel gegen einen verheerenden Kiefernschädling zu entwickeln. Horstmann will dieses Mittel schneller finden als die Kollegen, schneller als die Konkurrenz.

Umsichtig und raffiniert macht er sich an die Arbeit, die ihn seinem Ziel einen Schritt näherbringen soll. Einem Ziel, das er ohne Gewalt nicht erreichen kann. Einem Ziel, das einen Monat entfernt vor ihm liegt.

Deutschlands meistgelesener Krimiautor hat in seinem Fortsetzungsroman im „stern" den Zeitgeist der Siebziger Jahre eingefangen uns seziert mit dem aufmerksamen Blick des Journalisten und dem großen Talent eines versierten Erzählers das Kleinbürgertum in einer wilden Zeit des Aufbruchs.

»... schon damals – lange vor den Eifel-Krimis – erwies er sich als überzeugender Baumeister spannender Handlungsbögen. Ein ungeschöntes, unerbittliches Buch.« (Thomas Przybilka, Die Alligatorpapiere)